나
부
의
춤

이남산 소설집

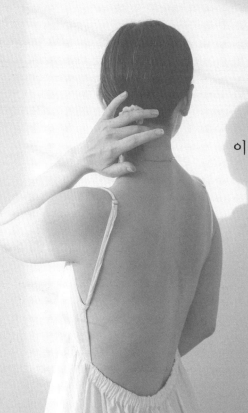

청어

나
부
의

춤

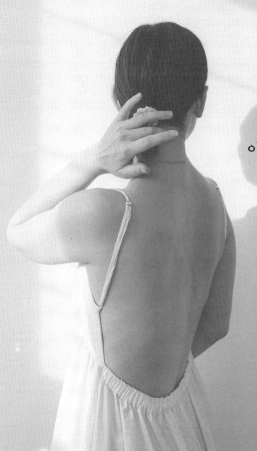

이남산 소설집

나부의 춤

이남산 소설집

작가의 말

그동안 문예지에 발표했던 소설을 한 권의 책으로 묶는다. 새로운 표지와 표제를 정하고 다시 수정하면서 초고를 썼던 감성이 복기되는 과정이었다. 의식을 치르는 마음으로 품고 있던 글을 마지막으로 읽었다.

이 책에는 나의 모든 감정 요소가 들어있다. 열정과 나태, 갈증과 해소 그리고 정화와 치유를 가공의 인물 속에서 찾으려 했다. 누구나 품고 있는 깊은 우물을 들여다보는 시간이었으며 일상 뒤에 숨어버린 외면된 슬픔을 직면하는 시간이기도 했다.

내면 소리에 귀 기울여 글을 썼다. 의미 있는 중요한 대상에게 받은 상처가 삶에서 어떤 영향을 미치는지 접근해 보았고 꿈을 찾기 위해 시행착오를 거듭하는 과정도 말했다. 현실 세계 부조화에서 정신적 균형감을 스스로 찾아가는 과정을 모색했다. 때론 결말의 매듭을 짓지 않고 방관하듯 내버려두었다. 최선이 아닌 차선의 방법이 해답일 수도 있다. 독자가 각기 다른 답을 찾아주길 바랄 뿐이다.

갈등과 역할 부재에서 오는 결핍, 상실감을 말하면서 가족의

해체에서 부조화 원인을 찾는 의식의 무의식화가 되었는지 모른다. 오류를 범한 것이 아니었으면 한다. 소설을 쓴다는 이유로 허구인 것을 내세워 독자의 묻어둔 아픔을 헤집어 놓았을지도 모른다. 부디 작가의 의도를 살펴주길 바라며 공감과 위안이라는 무형의 변형된 형태로 마음에 남길 바랄 뿐이다.

소설 속 인물들은 모두 어려움을 겪고 있다. 그럼에도 살아간다는 것은 축복일 것이다. 희망으로 오늘을 이겨내고 꿈꾸는 것으로 새로운 삶을 일궈간다면 분명 아름다운 내일을 맞이할 수 있다고 단언한다. 그것만으로도 고단한 현실은 과정일 뿐 삶의 축복일 것이다.

글과 그림은 내 영혼을 사랑하는 방법이다. 그림은 온전히 작가의 주관적인 것을 담는다면 소설은 타자의 이해와 공감을 불러일으켜야 하는 상대적 창작물이다. 사용하는 도구는 다르나 감상자에게 묵직한 위로가 된다고 생각된다. 그 처방의 도구를 찾기까지 고단함이 따르지만 해야만 하는 당위성에 나를 묶어두게 된다. 독자를 향한 하나의 예술 행위를 위해 창작이라는 이름을 빌린다. 그 뒤에 따르는 물리적 고독의 시간을 나는 사랑한다.

2025년 봄을 기다리며
이남산

차례

해방고시원

이민경 〈남산인상3〉 73x53cm, oil on canvas

밖이 부산하다.

자정이 가까운 시각인데 복도에서 나는 소리가 신경을 건드렸다. 방문을 여닫는 소리, 이방 저방 옮겨 다니는 발걸음 소리, 시답지 않은 이야기를 하며 낄낄 웃는 소리. 자기들끼리 조심한다고 목소리를 낮춰 말하지만, 고스란히 들렸다. 해방고시원 22호, 23호 공시생들이다. 보지 않아도 알 수 있었다.

공시생들은 항상 허겁지겁 뛰쳐나갔으며 술을 마시고 늦은 시간에 들어왔다. 그런 다음 날은 학원에 가지 않고 정오까지 늦잠을 잤다. 술을 먹지 않고 들어오는 날은 지금처럼 분주하게 서로의 방을 오갔다. 공부하는 사람들은 맨 위층에 머무는데 두 개의 방이 붙어있는 곳을 원해 아래층에 있게 됐다. 처음 입실할 때부터 예견된 일이었다. 일어나 주의 시키고 싶었지만 싫은 소리 하기가 나한테는 더 어려운 일이었다. 청춘의 시간을 보내는 일도 힘겨운 것을 알고 있어서 저 정도의 소음은 참았다. 어떤 이유가 되었든 그들이 오래 있지 않을 것을 알고 있다.

계속 잠이 오지 않아 뒤척였다. 이번에는 새벽에 니갔던 틀니 아저씨의 묵직한 발걸음 소리가 들렸다. 술을 많이 마신 것을 알 수 있다. 틀니 아저씨는 술이 과하면 치아 사이로 방울뱀 지나가는 소리를 내며 헛기침하는 버릇이 있다. 목이 아픈 것인지 치아가 아니 틀니가 붉펴한 것인지 엄려가 될 성노였다. 방으로 들어가서두 한참 동안 들렸다. 얼마 지나지 않아 코 고는 소리가 났다.

짙은 밤이 될수록 시나리오를 쓴다는 옆방 안경 여자의 자판 소리와 마우스 클릭 소리가 또렷이 들렸다. 안경 여자와 마주친 적은 거의 없었다. 키가 작고 안경을 썼다는 것 외에 이목구비와 음성은 모른다. 그녀도 나처럼 사람을 피했다.

그들과 이야기해 보지 않았지만, 어떤 생활을 하는지 그려졌다. 이곳에서 극도로 말하지 않고 살지만 청력의 기능은 나날이 예민해졌다. 소리에 민감한 만큼 입을 닫았다. 그들끼리 마주치며 나누는 이야기, 고시원 원장이 친밀감으로 건네는 인사말에서 잡다한 소식을 전해 들었다.

고시원 원장은 아침 아홉 시 출근해 저녁 아홉 시에 퇴근했다.

총무가 따로 있지는 않았다. 밤늦은 시간에 소음으로 불편한 경우 입실자들은 벽을 두드리거나 나가서 노크로 주의 시키곤 했다. 때론 서로 마음이 상해 큰소리가 오갔다. 고시원 원장이 출근하면 지난밤 별일 없는지 나에게 물었다. 그 물음이 불편할 적이 많았다. 핸드폰으로 연결된 CCTV를 통해 알 수 있지만, 항상 인사처럼 나에게 말을 걸었다.

불면으로 또 새벽을 맞이했다. 시계를 볼 적마다 숫자는 한 시간씩 넘어갔다. 잠과 사투 끝에 패잔병으로 어둠을 마쳤다. 무거운 몸을 일으켜 거울을 봤다. 얼굴에 어둠이 들러붙어 있다. 잠을 자지 못했다는 심리적 피로감을 떨치기 위해 청소함에서 대걸레를 집었다. 발걸음을 바삐 움직이며 고시원 복도를 힘차게 밀었다. 천장에 붙어있는 검은색 감시자를 슬쩍 쳐다봤다. 고시원에서 벌어진 일들을 들여다보듯 CCTV는 어두운 시선으로 나를 주시했다. 곳곳에 있는 검은 감시자는 고시원 전체를 지켜봤다. 원장이 보고 있을 거라는 생각이 들자, 어깨가 움츠러졌다.

해방고시원에서 칠 년을 살았다. 처음 일 년을 보낸 뒤부터 청소하는 일을 계속했다. 이 일이 싫은 적은 한 번도 없었다. 생활에 보탬도 되고 불면증과 우울증, 대인기피증이 있는 나로서는 최적의 일이었다. 아무도 마주치지 않는 새벽 청소로 나는 살아 있다는 것을 확인했고, 무기력증에서 잠시라도 빠져나올 수 있었다. 이 일이 얼마 전까지 유일한 직업이었다. 고시원 원장이 몇 해 전에 총무로 일해보지 않겠냐고 제의했었다. 은둔형인 나에게 쉽지 않은 제의였고 큰 배려를 해주었지만, 아직은 그럴 자신이 없었고 개운치 않은 원장의 호의도 꺼림직해서 거절했었다. 사람을 믿지 못하는 불신은 불면과 우울처럼 항상 따라다녔다.

청소를 마치고 방으로 돌아와 누웠다. 두 평 남짓 좁은 방의 천장이 한눈에 들어왔다. 고개를 돌리지 않아도 창문과 지저분한 짐들이 보였다. 곳곳에 놓인 종이 쇼핑백은 어림잡아 스무 개도 넘었다. 짐이라고 할 것도 없는 허접한 것들이 점점 늘어만 갔다. 누추한 짐이 보기 싫어 창문 쪽으로 돌아누웠다. 창틀에 있던 새벽 냉기가 내려와 서늘했다. 이불을 끌어다 덮었다. 졸음이 쏟아져 눈이 반쯤 감겼다. 게슴츠레 뜬 눈 사이로 창백한 아침 하늘이 보였다. 몇 년 전 창문 없는 방에서 지냈던 때가 생각났다. 처음 해방고시원에 들어왔을 때 나는 아무것도 체감하지 못했다. 답답함도 불편함도 느끼지 못했고 모든 감각과 생각이 마비되었다. 죽고 싶다는 생각조차 할 수 없었다. 그래서 살았는지 모른다. 현실을 깊이 생각했다면 지금쯤 없는 사람이 되었을 것이다.

창문 있는 방으로 옮기기까지 오 년이 걸렸다. 오십 센티미터 창문을 품기 위해 매달 오만 원의 돈을 더 지급해야 했다. 해방고시원 내에서 방을 옮겼을 때 작은 창문만큼의 기쁨이 있었다. 고시원 생활을 하면서 첫 번째로 기억되는 특별한 날이었다. 그러나 기쁨도 잠시 창문은 나에게 사치 품목으로 여겨졌다. 아버지에 대한 죄스러움 때문에 한동안 편치 않았었다.

창문으로 들어오는 소음은 유일하게 바깥세상과 연결해 주었고, 햇빛과 바람은 고뇌를 잠시 잊게 해주었다. 네모난 작은 하늘은 푸른색, 붉은색, 먹색 등 시시때때로 변화무쌍한 하늘을 볼 수 있게 해주었고, 삶의 빛도 함께 보여주었다. 아주 천천히 조금씩 나는 늪에서 빠져나오려고 꿈틀거렸다.

*

이번 주 영상 제목은 '백수 생존기' 항상 비슷한 제목이지만 단어를 늘리고 줄이면서 조합했다. 중년 여자의 백수 생활이 콘셉트였다. 영상 편집은 매주 하는 작업이지만 많은 시간이 소요됐다. 지난날 연이은 실패에서 얻어진 교훈이 있어서 구독자들에 대한 책임감으로 최선을 다했다. 영상 편집은 나를 다시 객관화하며 들여다보는 시간이었다. 가끔 낯이 붉어질 때도 있고 내 설움에 눈물을 흘린 적도 많았다.

영상의 내용은 고시원에서 하루 두 끼의 식사, 한 달 식비 십만 원을 넘지 않게 차린 밥상이 주된 영상 화면이었다. 고시원에서 제공되는 밥에 내가 만든 반찬 한두 가지가 전부였다. 반찬은 주로 푸성귀이며 공용 주방을 사용하기 때문에 한꺼번에 조리한 후 소분해서 먹었다. 방에 있는 작은 냉장고는 냉동고와 분리되지 않아 맨 아래 칸에 넣어도 나물이 얼기 일쑤였다. 예전에는 비빔밥을 싫어했는데, 간편함을 추구하다 보니 식성도 변한 것을 뒤늦게 알게 됐다. 음식의 소중함과 감사함을 생각하며 준비하는 과정과 함께 패배자의 현실도 영상에 담았다.

공용 주방에서 요리하는 장면을 찍을 적마다 사람 없는 시간을 택했다. 아직도 누군가와 마주치면 가슴이 두근거리지만, 최대한 다양하게 영상을 찍으려 노력했다. 보여줄 수 있는 것이 많지 않아 손의 움직임과 목소리가 큰 비중을 차지했다.

하루 일상과 생각을 내레이션 형식으로 담담하게 말했다. 간혹 어리석었던 과거의 실패담을 말하며 회한의 한숨을 쉬기도 했다. 아물지 않은 상처를 마주할 때면 감정을 추스르기 힘들었다. 그런 영상을 올린 날은 새로운 구독자가 늘었다. 다른 사람과 대면하는 일은 힘들지만 혼자 만드는 영상은 할 수 있었다. 아름다운 화면이 아니어서 자막에 들어갈 단어 하나 쉼표 하나도 심혈을 기울였다.

처음에는 밑바닥 인생의 허접한 일상을 기록에 남기는 것이 수치스러웠다. 누가 이런 것을 볼까, 싶기도 했다. 그러나 과거로부터 해방될 수 있는 일을 찾아야 했다. 지난날 우울증이 조금 나아진 것 같아 사람들 속으로 들어가 닥치는 대로 일하기도 했었다. 결국 몸이 힘들어서가 아니라 인간에 대한 신뢰감이 부족해서 인지 견디지 못하고 좌절감만 끌어안고 더 깊은 우울과 불면의 밤을 보냈다. 거듭된 좌절이 절망으로 부풀어 올라 섣불리 바깥세상에 뛰어들기가 겁났다.

언제까지 세상과 단절하고 은둔자로 살아야 하는지 끊임없이 나에게 물었다. 혼자 할 수 있는 일을 찾다 보니 영상 찍는 것이 지금의 내가 할 수 있는 유일한 일이었다. 밑바닥에서 생의 끈을 찾는 낙오자의 삶을 가감 없이 보여주는 것도 엄청난 용기가 필요했다.

유튜브를 시작한 지 이 년이 되어갔다. 구독자 수는 오 만여 명, 이커머스 업체와 채널도 연결했다. 구독자의 칭찬과 응원이 상당수 있었으며 도움의 손길도 있었다. 목소리가 차분하고 듣기 좋다며 마음을 움직이는 힘이 있다는 댓글이 많았다. 한동안 잊고 있던 칭찬이었다. 댓글 중에는 집 자랑, 물건 자랑, 음식 자랑 일색인 브이로그와 달리 진정성이 느껴진다며 힘을 실어주었다. 물건을 구매할 때도 파트너스를 통해서 구매하고 광고도 시청하자는 구독자의 독려도 있었다. 그들은 가식 없이 올린 영상에서 나의 진정성을 알아주었다. 간혹 나이 먹어서 그렇게 사는 게 창피하지도 않냐며 구걸도 다양하게 한다는 비방과 욕설도 있었다. 새로운 사람과의 소통에서 받는 에너지에 비하면 악플은 작게 느껴졌다. 영상 제작에 상당한 시간이 소요되지만, 에너지를 충전하는 시간이었다. 떨어져 나간 지인의 자리를 구독자들이 메꿔주었고 그들의 응원에 용기와 희망도 내 것이 될 수 있다는 기대도 하게 됐다. 축복받은 삶이 이런 것일 수도 있다는 생각이 들었다. 축복이라고 말하기에는 터무니없는 현실에 있지만 분명 내가 지은 죄 안에서 받는 축복이었다. 아버지의 희생으로 얻게 된 축복임을 알고 있다.

영상을 업로드하고 잠시 후 승우에게서 문자가 왔다. 영상을 본 그는 웃음 이모티콘과 함께 목소리가 매번 심금을 울리다 못해 심장에 실금이 간다며 유머 있는 안부를 전해왔다. 보낸 문자에 싱그러움과 환한 웃음이 묻어있다.

나는 고맙다며 취업 준비 잘하라는 짧은 답을 보냈다. 승우를 알게 된 것은 몇 해 전이었다. 다육식물 스투키를 사 들고 들어오던 날이었다. 열악한 실내에서도 잘 견딘다는 스투키를 들고 계단을 오르던 나에게 원장은 사무실로 들어오라고 손짓했다. 여름방학 동안만 있을 아르바이트생이니 물품 채워 넣는 것과 낮에 청소하는 방법 좀 알려주라고 했다. 원장이 직접 알려줘도 되는데 굳이 나에게 부탁했다.

인사하는 승우를 본 순간 남동생 얼굴이 떠올랐다. 내가 마지막으로 본 동생의 외모와 많이 닮았다. 이십여 년 전 멈춰버린 동생 나이 또래 대학생을 보니 잊고 살았던 시간이 떠올랐다. 밝게 인사하는 승우의 목소리는 고장 난 기억회로를 작동시켰다. 동생과 어울렸던 어린 시절로 돌아가게 했다.

나는 승우에게 물품 정리와 청소를 쉽게 하는 방법을 알려주었다. 승우는 놀라며 머리가 비상하다고 추켜세우며 감탄했다. 그의 반응은 용수철처럼 탄성이 좋았다. 쾌활한 승우는 매사에 긍정적이었고 상대방 기분을 좋게 만들었다. 며칠 지나자, 엄마뻘인 나에게 누나라는 호칭을 편하게 했다. 가끔 점심도 함께 먹었다. 동생과 동행하는 것 같아 내심 좋았다. 승우와 함께 있으면 다른 사람과 달리 마음이 평화로웠다.

유튜브 방송을 하게 된 동기도 승우의 용기와 응원이 있었기에 가능했다. 은둔자로 지내는 나를 안타까워했다. 승우는 내가 할 수 있는 일이라며 일인 방송을 제의했고 콘텐츠 아이디어도 제공했다. 망설이는 나를 또 다른 세상으로 밀어 넣었다.

항상 고마운 승우. 그에게 먼저 연락하는 일은 없었다. 승우에게 부담을 줄 것 같아 오는 문자에도 짧은 답만 보냈다. 언제까지 관계가 유지될지 모르나 애써 이어가지 않으려고 한다. 승우가 찾아주면 감사한 마음만 갖고 싶다.

*

유난히 조용했다. 옆방 안경 여자도 들어오지 않았는지 잠잠
했다. 영상을 편집하기 위해 내가 두들기는 자판 소리만 났다. 갑
자기 소음의 진원지가 되어버린 것 같아 잠시 멈추었다. 누군가
백색소음이라도 내주었으면 좋겠다고 생각하며 침대에 누워 어둑
해지는 하늘을 보다가 눈을 감았다. 얼마 지나지 않아 갑자기 화
재경보기가 요란하게 울렸다. 백색소음을 원했건만 너무 큰 소리
였다.

해방고시원에서는 수시로 경보음이 났다. 양치기 소년처럼 거
짓소리를 냈다. 며칠 전 새로 입실한 외국인만 놀라서 나오는 소
리가 들렸다.

"쏘리, 아무 일도 아니야. 어서 들어가."

원장이 외국인에게 걱정하지 말라며 진정시켰다.

틀니 아저씨도 나와 한마디 거들었다.

"정 원장, 누가 담배 피운 거여?"

"그건 아닌 것 같아요. 오작동이에요."

"어찌 된 게 저것은 심심하면 지랄이여. 교체해야겠구먼. 근디
돈이 문제지."

"그러게, 말입니다. 그나마 퇴근 전이라 다행이죠. 아니었으면
밤중에 또 달려올 뻔했습니다. 근데 오늘도 막걸리 한잔하셨나

보네요. 술 조금만 줄이세요. 지난번처럼 또 틀니 잃어버리면 어쩌려고요. 전 그만 퇴근하겠습니다."

"정 원장, 수고했어. 후딱 들어가 쉬어. 해방고시원이 좀 낡았지만, 정 원장 덕에 잘 지내고 있소."

틀니 아저씨는 원장과 연배가 비슷하나 늘 조카 대하듯 말했다.

밖이 조용할 때까지 일어나지 않았다. 수시로 울리는 경보음은 너희들 정신 차리고 잘 살라는 경고처럼 들렸다.

한차례 시끄러운 소동이 끝나자 다시 조용했다. 나는 여전히 누워있었다. 그대로 잠들었으면 좋겠다고 생각하며 불을 껐다. 나이가 들수록 잠드는 일은 큰 숙제처럼 여겨졌다. 밤이 깊을수록 냉장고 모터 소리가 점점 크게 들렸다. 모터는 작은 냉장고의 기능을 유지하기 위해 안간힘을 썼다. 그 익숙한 소리에 잠이 들었다.

휴대전화 진동 소리에 깼다. 하늘은 검푸른색으로 아직 어둠의 기운이 남아있었다. 불안했다. 이런 시간에 전화 올 때는 한곳 뿐이었다. 잔뜩 긴장하며 전화를 받았다. 요양병원에 계시는 아버지가 위독하다는 전화였다. 두 시간 거리에 있는 아버지를 뵌 지 일 년이 되었다.

가을비가 제법 굵었다. 버스를 타고 일 년 만에 아버지를 뵈러 가는 길이 심란했다. 차창은 비 오는 풍경을 보여주더니 이내 뿌옇게 시야를 가렸다. 아버지의 기억이 안갯속으로 사라지듯 밖은 보이지 않았다. 손가락으로 유리창을 문지르며 밖을 내다보려 애썼다.

아버지는 살아오면서 세 번의 알코올 중독 치료를 받았다. 처음은 엄마와 이혼했을 때였다. 당시 나는 여섯 살이었고, 동생과 함께 할머니 댁으로 보내졌다. 엄마에 대한 기억이 거의 없지만 항상 맴돌던 흐릿한 장면. 엄마는 내 손을 붙들고 등에는 어린 동생을 업고 있었다. 화창한 날 젊은 엄마는 아이들을 데리고 어디를 가는지 모르나 무엇이 좋았는지 콧노래를 불렀다. 그 봄날 같은 기억 때문에 오래도록 엄마의 불투명한 따스함을 간직할 수 있었다.

유년 시절 내내 엄마를 기다렸다. 초등학교를 입학할 때도, 소풍 가는 날에도 무턱대고 기다렸다. 혹시 엄마가 몰래 보러올지도 모른다는 생각에 수업이 끝나도 집에 가지 않고 해질 때까지 교문에서 기다렸다. 집에 돌아와도 수시로 대문 앞에서 엄마를 기다렸다. 오지 않는 엄마에 대한 그리움과 원망을 함께 품었다. 주말에 아버지가 오는 날이면 잠을 설쳤다. 오지 않는 엄마에게 지쳐버려서 아버지와의 보장된 만남에 반가움이 배가 되었다. 아버지가 들고 오는 과자와 장난감도 좋았지만 품에 안기는 게 더 좋았다. 동생보다 먼저 달려가 아버지 목에 매달려 얼굴을 비볐다. 아버지는 번쩍 끌어안으며 까끌까끌한 수염으로 내 얼굴을 마구 문질렀다. 웃는 아버지 입에서 위액이 올라오는 시큼한 냄새와 술 냄새가 났다. 아버지 체취였다. 악취지만 아버지한테서 나는 냄새라서 좋았다. 수염 때문에 아팠지만, 살을 비벼대는 행위에서 부성애를 확인할 수 있어 참았다. 그렇게 얼굴을 비비고 난 후 나는 매번 "엄마는?" 물었다. 대답을 회피한 아버지는 사 온 물건들을 펼치며 동생과 나에게 환심을 사려고 노력했다. 어린 시절 그 물음은 한동안 계속되었고 어느 순간 더는 묻지 않았다.

어느 날 밖에서 뛰어놀고 들어왔을 때, 할머니가 마실 온 동네 친구들과 나눈 이야기를 들었다.

"며느리가 바람이 나서 집을 나갔잖아. 내가 키워야지 어쩌겠어. 아이고, 내 팔자야."

동네 할머니들은 안 됐다며 혀를 마구 찼다. 그리고 내 얼굴을 보자 얼른 함구했다.

기다리던 엄마에 대해 험담하는 할머니가 미웠다. 그럴수록 할머니에게 삐딱하게 굴었다. 아버지의 알코올 중독이 심해지자, 할머니는 대놓고 여편네가 바람이 나서 애들 버리고 나갔는데 술을 안 먹을 수가 있겠냐며 당신 아들이 불쌍하다고 울었다. 동생과 나한테 엄마의 부정과 아버지의 가련함을 각인시켰다. 또한, 사소한 말썽에도 제 어미 닮아서 저렇다고 엄마를 끌어들이며 나를 미워했다. 그런 할머니 밑에서 사 년을 살고 새엄마와 함께 살았다. 동생은 나를 무척 따르더니 새엄마에게도 고분고분했다. 동생은 엄마의 기억이 전혀 없어서인지 할머니 대신 젊은 엄마가 생긴 것이 좋았던 모양이었다. 그와 반대로 매사에 불만이 있었던 나는 집안의 골칫거리였다. 학년이 올라갈수록 엄마가 더욱 그리워서 새엄마와 가까워질 수 없었다. 사춘기 시절 더욱 불평과 불만을 드러내며 속을 썩이니 새엄마는 네 엄마 찾아가라는 말을 했다. 그럴수록 찾아오지 않은 엄마가 미웠으나 더 그리웠다.

스물여섯 살 때 엄마를 수소문해서 찾았다. 너무도 가까운 곳에서 살고 있었다. 내가 딸이라는 사실을 누구도 부정할 수 없을 만큼 엄마를 닮았다. 나와 비슷하게 생긴 나이 든 여자가 있다는 게 어색했다. 그래서 할머니가 유독 날 미워한 것을 알게 됐다.

엄마는 재혼했고 이부동생 둘이 있다고 했다. 이십 년 전 바람났던 그 남자와 재혼을 한 것이다. 엄마의 무표정한 얼굴을 대하면서 나는 의혹을 가질 수밖에 없었다. 가느다란 희망의 끈을 붙들고 엄마에게 물었다.

"그동안 내가 보고 싶지 않았어? 혹시 몰래 보고 간 적은 없었던 거야?"

목소리가 미세하게 떨렸다. 눈물이 날 것 같아 아랫입술을 깨물었다. 그런 물음에 엄마는 너무나 덤덤하게 대답했다.

"다 잊고 살았다. …몰래 보고 간들 무슨 소용이 있겠니."

찬물 한 바가지를 뒤집어쓴 냉기가 머리카락을 쭈뼛 세웠다.

눈물까지는 아니어도 빈말이라도 보고 싶었다며 미안하다고 말해주었으면 좋으련만 엄마는 끝내 하지 않았다. 그리고 누구의 안부도 묻지 않았다. 엄마가 묻지 않아서 별이 된 동생 이야기도 하지 않았다.

엄마는 재혼해서 낳은 다 큰 고등학생의 자식들을 걱정했다. 아이들이 학교에서 올 시간이 되었다며 시계를 계속 보았다. 나하고 함께 있는 시간이 길어질수록 불편함을 그렇게 표현했다. 그동안 엄마에게 품었던 그리움마저 거둬가 버렸다. 그 이후 엄마를 생각한 적은 없었다. 자식을 버린 무책임한 엄마를 보면서 나도 그렇게 될 것 같아 결혼하지 않겠다고 다짐만 했다.

아버지가 두 번째 알코올 중독에 빠진 것은 남동생의 갑작스러운 죽음 때문이었다. 불의의 사고로 스물두 살, 빛나는 나이에 하늘의 별이 되었다. 나는 아버지의 충격을 가늠하기 힘들었다. 나도 겪어내야 하는 슬픔이 크다 보니 아버지의 아픔을 들여다볼 여력이 없었다. 아버지는 술을 마시면 항상 울면서 동생 이름을 불렀다. 알코올 중독이 재차 시작되니 급속도로 망가졌다. 결국 알코올중독치료병원에 입원까지 하게 됐다. 그럴 지경까지 오게 되자 새엄마는 참지 못하고 아버지에게 등을 돌렸다. 둘 사이에 정이 없는지 새엄마는 빠른 결단을 내렸다. 그런 새엄마를 보면서 붙잡지 않았다. 그럴 마음이 전혀 없었다.

"어린 자식 둘 버리고 간 여자도 있는데 뭐…."

나도 모르게 중얼거렸다.

할머니의 한풀이와 온갖 미움의 대상은 나였다. 할머니는 재수 없는 계집애라며 동생의 죽음이 나였기를 바랬다. 손자의 죽음보다 당신 아들의 안위를 훨씬 걱정하며 아파했다. 그런 마음 때문인지 아버지의 정신과 육체가 빠르게 회복되어 갔다. 그리고 몇 년 후 할머니도 먼 길을 떠났다. 할머니가 그랬듯이 나도 할머니의 죽음보다 아버지가 다시 무너질지 걱정이 앞섰다.

그 후 아버지는 급격하게 말수가 적어졌다. 날로 수척해지고 왜소해졌다. 할머니의 자리가 비워지니 아버지가 그 자리를 꿰찼다. 영락없는 노인의 모습이었다. 기울어지는 가세에 가장의 자리는 아버지에게서 자연스럽게 나에게 넘어왔다.

처음 아버지에게 커피숍을 했으면 좋겠다며 돈을 융통해 달라고 했을 때 아무 대답도 하지 않았다. 난 거절이라고 생각하지 않았다. 시간을 두고 준비하는 모습을 보였다. 바리스타 교육을 받으며 커피숍에서 아르바이트도 했다. 저녁에 일을 끝내고 들어오면 아버지는 러닝셔츠만 입은 채 구부정한 모습으로 밥상을 차렸다. 괜찮다고 했지만 씻고 나오면 이미 차려졌다. 아버지는 처진 어깨만큼 목이 늘어난 누런 러닝셔츠를 입고 내가 밥을 다 먹을 때까지 앞에서 기다렸다.

나는 식사하며 아버지의 눈치를 살폈다. 원하는 것을 얻기 위해 무슨 말을 해야 하는지, 아버지의 가장 취약한 부분이 무엇인지 알고 있었다. 힘 빠진 목소리와 지친 얼굴로 가련하고 불쌍하게 보이도록 애를 썼다. 그리고 한마디 덧붙였다. 나이 먹어 알바 생활하는 게 몸이 힘든 것보다 정신적으로 더 힘들다고 했다. 아버지는 말없이 눈만 질끔 감았을 뿐이었다. 결국, 오래 걸리지 않고 내 뜻대로 약간의 현금과 집 담보 대출로 일을 시작하게 되었다.

준비가 부족한 채 마음만 앞서 차린 커피숍은 삼 년을 넘기지 못했다. 젊은 나이에 세상 무서운 줄 모르고 덤빈 결과였다. 커피숍을 접고 집안에 틀어박혀 있을 때 아버지는 짧은 한마디를 했다.

"괜찮다. 기운 빠질 일 아니다."

그 후 몇 년을 허송세월하고 제빵 기술을 배웠다. 기술이 있으면 적어도 망하지 않겠지 생각했다. 제빵학원에 다니는 것을 묵묵히 지켜보던 아버지에게 도넛 가게를 하겠다고 다시 말을 꺼냈다. 친구와 동업으로 하겠다며 투자금도 적게 든다고 장점을 길게 설명했다.

"지난번 경험으로 큰 수업료를 치렀으니 너를 믿으마."

아버지는 의외로 덤덤한 승낙을 했다.

아버지의 미덥지 않은 승낙에 믿음을 주고자 부연 설명을 길게 했다. 이번에는 준비를 많이 했으니 실패하지 않을 자신이 있다고 호언장담했다. 안심시키느라 길게 말한 것이 오히려 잔머리

쓰는 꼴이 됐지만, 아버지는 불안한 눈빛으로 그저 듣기만 했다.

집 담보 대출을 추가로 받아 일을 시작했다. 그러나 내 의지와 달리 영업방식에 이견이 생겨 친구와 사이가 벌어졌다. 이 일로 투자금을 중간에 회수한 친구는 이간질로 거래처와 관계를 악화시켜 곤혹스럽게 만들었다. 금전적 손실은 둘째치고 오랜 친구의 행위에 크나큰 상처만 안고 결국 손해만 보고 접었다.

"내가 덕이 부족한 모양이다. 다 아비 잘못이다."

이번에도 아버지는 실의에 빠진 나에게 밥상을 차려주며 한숨으로 자책했다.

그때부터 아버지는 술잔을 기울이기 시작했다. 술을 드시는 아버지를 보자 걱정이 앞섰지만, 면목이 없어 말리지도 못했다. 그렇게 아버지의 재산을 야금야금 갉아먹었다. 아버지가 나에 대한 믿음이 있다고 생각했다. 사실은 믿음이 아니라 미안함이었다는 것을 뒤늦게 깨달았다. 아버지의 약점을 알고 협박한 꼴이 되어버렸다.

마지막으로 시작한 피부관리실을 하면서 아버지가 평생 일구었던 것을 없앴다. 은행 이자가 밀려 제2금융권에 대출받았고 가게 임대료를 내지 못해 보증금이 점점 줄어들었다. 매번 준비를 빈틈없이 했다고 생각했으나 겉핥기식으로 조금씩 배우고 시작한 결과는 매번 같았다. 바리스타, 제빵사, 피부 관리사, 뭐 하나 제대로 실력은 없으면서 자격증을 획득한 것만으로 최선을 다했다고 착각했다. 막바지에 손해 본 것을 복구하려고 코인에 투자했다가 더 큰 손해를 입었다. 내가 수습할 수 없는 지경까지 되어버렸다. 급기야 사채를 쓰게 되었고 불법적인 채권추심에 시달렸다. 내가 저지른 일에 대한 대가를 감당할 자신이 없었다. 모든 것을 놓고 싶었지만, 아버지가 걸렸다. 세상을 상대로 나는 패배를 인정하고 항복할 수밖에 없었다.

집을 처분하고 반지하방으로 이사했다. 그 사이 아버지는 매일 술을 마셨다. 그래도 나에게 원망 섞인 말을 하지 않았다. 오히려 술에 취하면 눈물을 흘리며 미안하다고 말했다. 자식에게 외로운 유년 시절을 보내게 한 것이 평생의 미안함으로 자신을 괴롭힌 것이다. 내가 받은 상처보다 아버지의 상처가 훨씬 큰 것을 뒤늦게 알았다.

점점 늘어가는 술의 양은 걷잡을 수 없었다. 결국 아버지는 알코올성 치매로 이어졌다. 아버지와 함께 살지 못할 상황까지 왔다. 오갈 때 없는 치매 노인으로 만든 나는 죽을 수도 없었다. 저렴한 요양병원으로 아버지를 보낼 수밖에 없었다. 그리고 창문 하나 없는 동굴 같은 고시원으로 들어가 나를 놓아버렸다.

나는 죽은 사람이었다. 죽은 사람이지만 매주 요양병원으로 면회하러 가야만 했다. 아버지를 위해서 유일하게 할 수 있는 일이었다. 기다림이 주는 고통을 충분히 알기 때문에 아버지를 기다리게 할 수 없었다.

아버지는 기억을 조금씩 내다 팔면서 생의 시간을 얻었다. 아버지의 재산이 없어지듯 기억도 점점 줄어들었으나 마지막까지 놓지 않은 것은 딸의 존재였다. 나를 볼 적마다 손을 꼭 잡고 애처로운 눈빛으로 항상 같은 말을 했다.

"은희야, 나하고 집에 같이 가자."

"어느 집을 말하는 거예요?"

"녹색 철 대문집 말이야. 대문 옆에 가로등이 있는 집."

"아버지, 이젠 여기가 우리 집이에요."

"여긴 아니야, 나 좀 데리고 가. 혼자만 가지 말고."

아버지는 예전 집을 정확히 기억했다. 내가 없애버린 집으로 가자고 할 때마다 눈물을 목으로 삼켰다. 그리고 허물어졌다.

아버지가 요양병원에 계시는 동안 다른 일을 하지 않은 것은 아니었다. 발버둥을 치면 칠수록 벽에 부딪혔다. 사소한 어려움에도 위축되고 용기를 잃었다. 크고 작은 상처들이 가슴에 쌓여갔다. 나는 비겁한 방법을 선택했다. 아무도 만나지 않았고 누구와도 말하지 않았으며 사람들의 눈을 쳐다보지 않았다.

몇 해가 지나자, 아버지의 모습은 처참했다. 살점은 누군가에게 빼앗기듯 사지는 뼈만 남았고 가래 낀 숨소리는 살아있는 것을 알리기 위해 쇳소리를 냈다. 혼탁한 눈은 이미 저승사자를 보고 온 것처럼 절망과 체념으로 빛을 잃었다. 아버지를 볼 적마다 내 육신은 낭떠러지로 곤두박질쳤다. 아버지에게서 벗어나고 싶었다. 내가 지은 죄를 잊은 채 죄책감과 책임감에서 벗어나고 싶었다.

　면회가 띄엄띄엄 소홀해졌다. 매주가 한 달이 되고 한 달이 두 달 그리고 일 년이 되었다. 길에서 노인을 보면 일부러 외면했다. 아버지의 모습이 겹쳐 고개를 돌렸다. 무시로 아버지가 생각났지만, 그때마다 가지 못하는 핑계를 찾았다. 나는 나쁜 년이었다. 여전히 이기적이고 못된 년이다.

　요양병원에 도착하기 전 병원에서 다시 전화가 왔다.
　"운명하셨습니다. 돌아가신 분을 다른 환자들하고 있게 할 수 없으니 빨리 조치하시기를 바랍니다."
　얼음처럼 차가운 소리는 귀와 입을 얼어붙게 했다.
　'잠시 후면 도착하는데….'
　입 밖으로 내뱉지 못하고 안에서만 맴돌았다. 아무 대답도 할 수 없었다. 얼음처럼 차갑게 말한 사람은 내 대답을 듣기 위해 재차 차가운 얼음을 쏟아냈다.
　아버지는 요양병원에서 칠 년 동안 나를 기다렸다. 내가 엄마를 기다렸듯이 아버지도 나를 기다렸다. 마지막 일 년은 고통으로 견뎠을 것이다. 결국 몇십 분을 버텨내지 못하고 동생 있는 곳으로 가버렸다.
　일 년 만에 숨이 끊어진 아버지를 보았다. 뼈와 가죽만 남은 몸. 싸늘하게 식은 손을 붙잡고 통곡했다. 이내 손으로 내 입을 틀어막았다. 나는 소리 내어 울 자격도 없었다. 이제는 용서받을 수 없고 죄를 평생 안고 살아가야 했다.

*

어두운 방 안에서 숨을 쉬지 않아도 나는 살아있다. 굳게 닫힌 창문은 하늘을 가렸고 좁은 방의 공기는 그대로 시간을 삼고 있었다. 해와 달이 몇 번을 교차했는지 가늠이 되지 않았다. 아버지를 보내고 칠 년 전으로 다시 돌아갔다.

한 달 가까이 어두운 동굴에서 지내는 사이 원장은 먹을 것을 갖다 놓고 수시로 노크하며 안부를 물었다. 내 처지를 알고 새벽 청소를 당분간 하지 말라는 배려도 해주었다. 장례식장에 와 주었던 유일한 문상객이었다.

이른 새벽과 늦은 밤 또는 고시원이 텅 빈 낮에 원장은 불편한 친절을 수시로 보내왔다. 원장의 노크 소리에 아무 반응을 하지 않을 적이 많았다. 물심양면 챙겨주는 원장은 예전에도 창문 있는 방으로 옮기라는 것을 거절했었다. 오래 있어서 주는 특전이라며 부담 갖지 말라고 했으나 남에게 폐를 끼치는 일이기도 했고 죄를 면할 수 있는 유예기간이 아직 남았다고 생각했다. 항상 미소를 지으며 나를 대하는 원장의 모습에서 고마움과 함께 과잉 친절에서 오는 불편함이 있었다. 오래도록 보아온 원장이지만 그의 친절 속에는 눅진하면서 미끄덩거리는 정체불명의 상반된 이물질을 느끼곤 했다. 아주 가끔 그의 표정에서 섬뜩한 호감이 보이기도 했다. 그럴 적마다 신경쇠약으로 온전하게 고마움을 받지 못하는 나를 탓하기도 했었다. 새로운 장소에 적응하기 힘든 나는 고시원을 옮기지 못하고 불편한 친절 뒤에 무엇이 있는지 확인하지 못한 채 위험한 경계선에 계속 머물렀다.

슬픔이 바닥을 보일 때쯤 이렇게 있을 수 없다는 생각이 들었다. 죽지 않으면 살아진다는 것을 다시 한번 체험했다. 임종을 보지 못했으나 아버지가 나에게 원했던 것은 이게 아닐 거라는 생각이 미치자 답답함이 몰려왔다. 숨을 쉬고 싶어 오십 센티미터 창문을 열었다. 하늘은 높고 가을은 깊었다.

아버지의 사망신고를 하기 위해 밖으로 나왔다. 걸어가는 동안 엄마 이름에 사망이라고 쓰여 있던 것이 생각났다. 엄마라는 존재를 까맣게 잊고 살았는데, 아버지의 장례 절차를 위해 서류를 발부받고서 엄마의 죽음을 알게 됐다. 재작년에 사망신고가 돼 있었다. 부모의 죽음을 같은 날 알았다. 엄마의 죽음 앞에서 아무런 감정이 일어나지 않았다. 엄마가 내 얼굴을 보고 무덤덤한 표정을 지었던 것처럼 말이다.

아버지의 마지막 신고를 마치고 공원으로 갔다. 가을빛은 어지러울 정도로 투명했고 바람은 눅눅한 기운까지 날려 보냈다. 걸음마다 바스락 소리가 났다. 붉은색과 노란색이 섞인 홍엽은 화려함과 슬픔을 동시에 품고 나뒹굴었다.

승우의 전화가 내 슬픔을 쫓아버렸다. 영상이 업로드되지 않는다며 무슨 일이 있는지 걱정스럽게 물어왔다. 아버지상을 치렀다고 하자 승우는 오겠다며 고집을 피워 공원에서 만나기로 했다.

눈이 마주친 승우는 미소로 인사를 대신하며 걸어왔다. 그를 볼 적마다 동생이 함께 보였다. 그에게서 뿜어나오는 밝은 에너지는 금방 나에게 전해졌다. 그는 말없이 내 손목을 잡고 근처 죽집으로 데리고 갔다.

아직도 사람들이 붐비는 곳에 가면 가슴이 두근거리고 긴장됐다. 다행히 식당 안은 한산했다.

"누나, 얼굴이 그게 뭐야 며칠 동안이나 굶은 거야?"

"안 죽을 만큼 굶었어. 그래도 바람 쐬니 한결 기분이 좋다."

그는 어떻게 위로해야 할지 모르겠다며 죽 그릇에 눈길을 보냈다.

혼자 먹는 식사가 어색하지만, 숟가락을 들었다.

수저를 드는 것을 본 승우는 안심이 된다는 표정을 지었다. 그러더니 일상으로 빨리 돌아오라고 했다. 영상도 올려야 하지 않겠냐고 조심스럽게 채근까지 했다.

한 달 이상 영상을 올리지 못한 것이 새삼 걱정으로 다가왔다. 이런 마음으로 어떻게 무엇을 올려야 될지 몰랐다.

내 걱정을 알아차리듯 승우는 방법을 알려주었다.

"아버지 전 상서를 올리듯 차분한 목소리로 심경을 읽어 내려가는 게 좋을 것 같아요"

"…너는 항상 반짝거린다."

동생이 승우로 환생 되어 나에게 찾아온 것 같았다. 그런 동생에게 걱정을 끼치기 싫어 죽 한 그릇을 다 비웠다. 빈 그릇을 보자 민망했다. 아버지에게도 미안한 마음이 들었다.

해방고시원으로 돌아가는 길에 갓 나온 따뜻한 송편을 샀다.

"원장님, 그동안 저 때문에 고생 많으셨어요. 내일부터 새벽 청소할게요."

"오늘 바깥바람 쐬고 오니 기분이 한결 나아졌지? 그래, 힘들더라도 방에만 있지 말고 산책이라도 자주 해."

"네, 장례식장까지 와 주셨는데 인사도 제대로 못 했어요."

"무슨 송편을 샀어? 잘 먹을게. 고마워."

원장은 안심된다는 표정으로 미소를 보냈다. 그러나 그 표정에서 야릇한 한기를 느꼈다. 장례식장에서 마음 추스르라며 내 어깨와 손을 잡았었다. 슬그머니 손을 뺐지만, 가끔 원장에게서 느껴지는 축축함.

떡을 내밀고 돌아서는데 원장이 한마디 덧붙었다.

"언제든지 총무로 일할 수 있으면 말해."

*

과거를 회상하며 아버지께 보내는 긴 글을 썼다. 밤새 쓴 편지를 꼬박 하루 동안 읽고 또 읽으며 슬픔을 소진했다. 아버지를 가슴에서 떠나보내는 의식이었다.

영상 화면은 바깥세상과 연결해 주는 창문으로 했다. 마침 비가 내렸다. 시들어가는 스투키를 창틀 가운데에 놓았다. 배경음악을 어떤 것으로 해야 할지 고심을 많이 했지만, 빗소리로 정했다. 차분하게 감정을 빼고 읽었다. 한 달간 업로드 못 한 이유를 설명하며 양해를 부탁했고 아버지에게 쓴 글을 담담하게 읽었다. 어린 시절의 이야기와 아버지의 사연도 말했다. 평소 영상 시간이 십 분 내외였으나 다 끝내고 나니 삼 십여 분이 걸렸다. 지난 이야기를 너무 길게 한 것은 아닌지 염려스러웠지만, 아버지를 보내는 의식이어서 그대로 올렸다. 영상을 올린 후 이내 쓰러져 잠들었다.

다음날 알람 소리에 깼다. 마음을 정리한 탓인지 아니면 숙면해서인지 몸과 마음이 가벼웠다. 청소를 마치고 어제 올린 영상을 봤다. 엄청난 댓글과 조회수에 놀랐다. 수많은 위로와 응원을 받았고 따끔한 힐책도 많았다. 평생 나에게 싫은 소리 한 번 하지 않은 아버지께서 사후에 보내는 당부처럼 들렸다.

-냉정녀
언제까지 은둔하며 살 거예요. 스스로 두꺼운 껍질을 만들어 놓고 그 속에 숨어버리는 것은 비겁한 행동입니다. 좀 더 근본적인 것을 생각해 보세요.

-배고픈철학자
돈을 없애는 것보다 그렇고 지내는 것이 진짜 아버지에게 죄짓는 겁니다. 그동안 얼마나 어리석은 짓을 하며 허송세월한 것인지 깨닫기를 바랍니다,

-짱돌
항상 청춘인 줄 아세요? 아니 이미 청춘은 지난 것 같은데 하루빨리 할 수 있는 일을 찾아서 하세요. 유튜브 수익은 일정하지 않으니 적더라도 고정적으로 일해서 노후대책을 마련하세요. 돈 없이 나이 들면 지금보다 훨씬 비참하게 지낼지도 모릅니다.

-울분녀

재미있거나 유익한 정보를 주는 콘텐츠가 아닌데 매번 영상을 찾아봅니다. 평소 아무 느낌 없이 행한 일상들이 누군가에겐 크나큰 행복이 될 수 있다는 것을 깨닫게 해주네요. 힘내세요!

-miracle

편안한 목소리가 어디서 나왔는지 알겠네요. 고난과 역경, 슬픔을 모두 이겨내었기에 가능한 것 같습니다. 아름다운 목소리를 가진 것만으로도 축복받은 거예요. 응원하겠습니다.

-동네아저씨

일반적이지 않은 삶을 살았네요. 그렇다고 특별한 삶은 아닙니다. 이보다 더 힘든 사람도 꿋꿋하게 자기 자리를 지키고 있습니다. 완벽한 홀로서기를 위한 과정이라 생각합니다. 빨리 일어나길 바랍니다.

-씨브리나

저도 비슷한 사십 대 중반의 비혼주의자며 고시원에서 생활하고 있습니다. 누구는 그러데요. 비혼이라는 말 잘도 갖다 붙인다고요. 직업 없고 돈 없고 인물 없고, 있는 거라곤 나이만 많아 결혼을 못 한 것이지 말이 좋아서 비혼이라고요. 남들이 어떻게 생각하든 삶에 최선을 다하시고 죄의식에서 벗어나세요. 아름다운 세상으로 들어가시길 바랍니다.

 -우스시오

 분명 아버지는 극락왕생하실 겁니다. 그만 놓아드리고 바깥세
상으로 나가세요. 인생은 생각보다 짧아요.

 댓글은 정곡을 찔렀다. 응원의 소리에 얼굴도 달아올랐다. 인
신공격의 심한 악성 댓글은 의미 없이 읽었지만, 악의 없는 힐책
과 응원은 애정의 결정체였다. 내가 응당히 받아야 할 벌을 피해
세상 뒤로 숨어버린 비겁한 행위인 것을 재확인했다. 깊은숨을 몰
아쉬며 혼미하도록 글을 읽었다. 한 자 한 자 마음에 새기며 응
원의 소리에 결의를 다짐했고 힐책에 상처를 다시 보게 했다. 끝
으로 아버지를 위해 기도도 함께했다.

 아름다운 목소리만으로도 축복이라는 말은 유한한 위로가
되었다. 지금 살아있다는 것만으로도 나는 축복받은 삶일지도
모른다.

 갑자기 울리는 휴대전화 진동에 화들짝 놀랐다. 승우 전화였
다. 한숨을 몰아쉬며 창밖 낮달을 보면서 전화를 받았다.

 "승우야."

 "네, 누나 힘들죠?"

 "힘든 것보다는 감사하다."

"다행입니다."

"애정이 듬뿍 담긴 충고와 응원. 그동안 나한테 따끔하게 얘기해 주는 사람이 없었는데…."

"누나, 죄송스러운 표현이지만 완전 떡상이에요."

"승우 덕분이다. 그보다 막연하게 생각한 것들을 정리할 수 있어서 좋았어. 아버지에 관한 이야기와 문신처럼 새겨진 어릴 적 얼룩을 편안하게 들여다볼 수 있는 계기가 됐어. 혼자 가신 아버지의 뒤를 나 혼자가 아닌 수만 명의 구독자가 배웅해 드린 것 같아 좋다."

"맞는 말씀입니다. 좋은 영상으로 보답하세요."

그는 항상 그랬듯이 유쾌함을 전했다.

며칠 동안 엄청난 댓글에 모두 답글을 달았다. 옆방 안경 여자의 자판 소리보다 내 작업시간이 훨씬 길었다. 구독자들의 시선은 나를 객관화시킬 수 있었다. 그들과 글로 마음을 나누다 보니 두려움은 작아지고 자신감이 조금씩 커졌다. 원장이 제의했던 총무 일은 내가 할 수 있는 첫 번째 일인 것 같았다. 언제든 일할 용기가 생기면 말하라는 원장의 배려가 있었지만, 그동안 용기가 나지 않았다. 다시 세상과 마주쳐 보자고 다짐했다.

새벽 청소를 마치고 오전 아홉 시가 되기를 기다렸다. 원장의 슬리퍼 끄는 소리가 들렸다. 전기 포트에 물을 올리고 끓어오르길 기다리며 마음을 가다듬었다. 커피를 들고 사무실로 향했다.

"원장님…."

"좋은 아침! 간밤에 별일 없었지? 웬 커피까지. 고마워요."

원장이 입가에 미소를 머금고 커피를 받았다.

잠시 잊어버린 불안감이 스멀스멀 올라왔다. 온화한 미소였지만 말문이 닫혔다. 미소가 주는 녹진함에 일할 자신감이 순식간에 사라졌다. 원장도 친구와 엄마처럼 배신으로 나를 주저앉힐 것 같았다. 사채업자처럼 정중한 태도 속에 비열한 공포를 내뿜는 것은 아닐까? 두려웠다. 커피만 내밀고 뒤돌아서 나왔다.

등 뒤에서 커피 잘 마시겠다는 원장의 목소리가 들리자, 어깨를 움츠렸다. 마침 안경 쓴 시나리오 작가가 문을 열고 나왔다. 처음으로 그녀의 눈을 볼 수 있었다. 안경 너머 핏발이 곤두선 그녀의 눈은 섬뜩했다. 서둘러서 방으로 들어와 이불을 뒤집어썼다. 아버지의 깡마른 모습이 이불 속에서 보였다. 숨넘어가는 쇳소리로 살려달라고 울부짖었다. 나는 무서워 두 눈을 감고 귀를 막았다.

다시 불안 증상으로 밤을 지새우는 날이 잦았다. 불안의 원형을 찾으려고 끊임없이 헤맸다. 사람에 대한 불신. 그 불신 속에서 어울려 살아야 하는 당위성. 더는 뒷걸음 쳐서는 안 된다는 현실 자각. 그러기 위해서는 다시 사람을 신뢰해야 하는데 그게 가능할까? 지독한 불치병인 불신으로 현재의 나를 묶어 두고 몸부림쳤다.

지금 내가 믿을 수 있는 사람은 승우밖에 없었다. 신뢰와 불신의 문제가 아니라 그저 그를 보면 동생의 환영으로 안정감을 주었다.

처음으로 먼저 승우에게 전화했다.

"잘 지내니?"

"네, 무슨 일 있어요?"

"사실은 상의할 게 있어서. 원장님이 오래전부터 총무로 일할 수 있으면 얘기하라고 했는데 그동안 자신이 없었어. 아버지를 보내드리고 구독자에게 힘을 받고 보니 빨리 일해야겠다는 생각이 들었어. 무엇보다 너에게 부끄럽더라. 더는 이렇게 살면 안 될 것 같아서. 며칠 전 일을 하겠다고 말하려는 순간 다시 불신이라는 못된 병이 나를 휘어잡아 삼켰어. 잠시 어두운 동굴에 갇혀있었다. 이대로 있어서는 안 되는데. 동굴 밖으로 나갈 수 있게 누군가 손을 잡아주었으면 좋겠는데 네가 생각나서…."

말끝을 흐리며 겨우 마음속 이야기를 했다. 아무 말 없이 듣는 승우가 되물었다.

"원장님에 대한 불신이 가장 큰 거로군요."

그는 내 이야기의 핵심을 짚어서 간단하게 정리했다.

그동안 원장이 베푼 호의와 배려가 순수하게 받아들여지지 않는다는 말을 간신히 덧붙였다.

"내가 누군가를 확신해서 말한다는 게 위험한 일인 것은 아는데요. 제가 알고 있는 원장님의 처지는 말씀드릴 수 있어요. 사실 정 원장님, 저의 아버지와 친구분이세요. 십여 년 전에 부인과 자식을 사고로 잃었어요. 그 당시 오랜 시간 누나처럼 지냈을 거예요. 그래서 배려와 호의를 베푼 것인지 모르겠어요. 마음의 병 때문에 원장님을 왜곡되게 생각한 건 아닌지."

이번에는 내가 침묵하며 승우의 이야기를 들었다.

문제는 상대가 아니라 나에게 있는 것을 생각하지 않았던 것은 아니다. 여러 생각으로 갈피를 잡지 못했는데 승우의 말이 엉킨 생각을 정리하는 데 큰 도움이 됐다. 고맙다는 인사를 하며 마무리했지만, 통화한 후 얼굴이 붉어졌다. 승우에게 못난 마음을 내비친 것 같아 부끄러웠다. 칠 년간 겪었던 원장에 대해 골똘히 생각했다. 그 생각의 끝은 새벽이 되어서 끝났다.

아침 청소를 마치고 다시 커피포트에 물을 올렸다. 오전 아홉 시에 맞춰 원장에게 줄 커피를 타기 위해서 준비했다. 어떤 말로 일을 하겠다고 해야 할지 또 잘할 수 있을지 앞서서 생각하니 긴장됐다. 긴 한숨을 쉬며 거울을 보았다. 허둥대는 눈빛이 역력했다.

나는 현실을 직시한 타인의 눈빛으로 허둥대는 나에게 말했다.

"여기서 무엇을 더 잃을 게 있단 말인가!"

그리고 어색하게 미소 짓는 연습을 했다.

나부의 춤

이민경 〈갈망〉 91x73cm, acrylic on canvas

요란한 빗소리에 잠이 깼다. 커튼 때문에 밖이 보이지 않지만, 창문에 부딪히는 빗소리는 선명했다. 비를 맞은 것처럼 온몸이 묵직하니 아팠다. 머리가 베개 속으로 빨려 들어가 일어날 수가 없었다. 몽롱한 의식을 겨우 부여잡고 한참을 꼼짝하지 않고 누워있었다. 의식의 틈을 비집고 들어온 외로움을 아무 저항 없이 받아들였다. 절대적 외로움의 정체는 겨울비 같은 남자 태민이였다. 그와 연락하지 않은 날이 벌써 일주일을 넘겼다.

　화정은 무거운 몸을 일으켜 욕실로 들어가 샤워기를 세게 틀었다. 부딪히는 물줄기가 온몸을 찔러댔다. 아픈 상처에 연고를 바르듯이 비누 거품을 가득 내어 숨겨진 깊은 곳까지 정성껏 어루만졌다. 경건한 의식을 치르듯 몸과 마음을 가다듬었다. 보디

로션과 오일을 꼼꼼히 바르고 발끝을 세워 정강이의 윤기를 확인했다. 긴 머리카락을 말리며 자연스럽게 늘어뜨렸다. 거울 속에 비친 모습을 천천히 살폈다. 태민이 좋아하는 모습이었다.

일이 있는 날은 아침 식사를 거르고 몸에 자국이 생길 것을 염려해 속옷을 입지 않았다. 몸에 닿는 액세서리도 하지 않았다. 태민이 선물해 준 물방울 펜던트가 달린 목걸이를 풀어 화장대 서랍 속에 넣었다. 잔잔한 분홍 꽃무늬의 헐렁한 원피스와 노란 카디건을 걸쳤다. 속옷과 가운을 챙겨 넣고 빨간 도트무늬 우산을 들고 현관문을 나섰다.

누드 크로키 수업이 있는 날이라 H대 미술 실기실로 들어섰다. 이십여 명 학생들이 수업을 위해 이젤을 세워놓고 자리를 잡고 있었다. 화정은 커튼 안으로 들어가 옷을 벗고 가운만 걸쳤다. 매끄러운 레이온 가운은 맨살을 핥았다.

재클린 뒤프레의 묵직한 첼로 음악이 흐르고 있어 창밖의 빗소리와 어우러져 감성을 자극하기에 충분했다. 단상 위에 올라가 익숙한 손놀림으로 가운을 벗고 일 분, 삼 분 간격으로 발레의 기본동작을 응용해 나비가 춤을 추듯 포즈를 취했다. 학생들의 시선은 담담하였으나 손으로 표현되는 감성은 아름다운 선을 만들었다.

목탄으로 그림을 그릴 때 나는 소리가 그녀는 좋았다. 카메라의 셔터 소리와 번쩍거리는 불빛은 매번 긴장감을 주었으며 불편했다. 사진 모델 일을 멀리하고 미술 관련 일만 고집하게 된 것도 목탄의 사각거리는 소리와 물감 냄새가 주는 안정감 때문이었다. 그 소리와 냄새는 다른 세계로 들어갈 수 있는 주문이었다. 마치 마법에 걸린 나부(裸婦) 조각상이 환상의 세계로 들어가 사람이 되어 아름답게 춤을 추는 것처럼 착각을 불러일으켰다. 무미건조한 표정이었으나 살아온 세월의 감정들을 발가벗고 몸짓으로 말했다. 그 몸이 느끼고 지각하고 대상과 부딪친 결과물을 짧은 시간에 맞추어 신들린 사람처럼 무의식적으로 표현했다.

처음 누드모델 일을 제의받았을 때, 그녀 자신도 여성의 벗은 몸에 대한 직업적 편견이 있었다. 그런 편견이 있어서 결정하기 힘들었다. 그러나 거부할 수 없는 절망적인 상황을 받아들일 수밖에 없었다. 사회적 편견의 시선 속에서 피해자로 자란 그녀였지만 직업적 편견을 가진 또 다른 가해자임을 인식하지 못했다.

어머니는 미혼모로 화정을 낳아 혼자서 키웠다. 어릴 적 아버지의 얼굴을 뜨문뜨문 보았으나 잠깐 왔다가 어린 화정의 머리를 쓰다듬어 줄 뿐, 곧 가버리는 나이 든 남자라는 인식뿐이었다. 심약한 어머니는 아버지의 경제적인 도움으로 어린 화정을 여섯 해 동안 키웠지만, 아버지의 불확실한 행동에 더는 신뢰감을 가지지 않았다. 그렇다고 혼자서 화정을 키울 자신도 없었다. 어머니는 항상 불안한 미래를 말했고, 아버지는 현실에 존재한 배다른 자식의 거처 문제를 고심했다. 이 일로 싸움이 잦았다.

초등학교 입학하기 전, 어머니 손에 이끌려 아버지 집으로 가는 길이었다. 어머니는 어린 화정의 작은 손을 꼭 붙잡았다. 작고 여린 손에 땀이 축축이 배어 나왔다.

"화정아, 아버지 집에 가면 오빠들이랑, 큰엄마가 계실 거야. 착하게 말 잘 듣고 잘 지내야 해…. 엄마가 없지만 다른 식구들이 많이 생겼으니 더는 외롭지 않을 거야. 너에게도 가족이 생긴 거야."

어머니는 눈물을 목으로 힘겹게 삼키며 고통스럽게 말을 건넸다.

어린 화정은 손에 매달려 걸음을 쫓아가느라 어머니의 눈물을 보지 못했으나 짐작으로 느낄 수 있었다. 작은 손안에서 어머니의 눈물이 땀으로 배어 나왔다. 낯선 아버지 집으로 가는 것이 두렵고 싫었다. 소리 지르며 격렬하게 가기 싫다고 울고 싶었다. 그러나 어머니에게 어떤 말도 할 수 없었다. 아무 말 없이 따라가는 것만이 어머니의 슬픔을 덜어드리는 일이라고 생각했다. 자신의 슬픔을 온전히 느끼기에 화정은 너무 어린 나이였다.

아버지 집에는 어머니보다 나이가 많아 보이는 큰엄마라는 여자와 중·고등학교에 다니고 있는 남자 형제가 있었다. 집에 들어선 순간 식구들의 날 선 시선과 무미건조한 아버지의 눈빛이 기다리고 있었다. 메마른 아버지의 눈빛은 다른 식구들의 차가운 시선을 녹여 주지 못했다. 그 집에서 여섯 달을 보내는 동안 식구들에게 보이지 않도록 애를 썼다. 술에 취해 늦게 귀가한 아버지는 큰엄마라는 여자와 잦은 싸움을 했다. 여자는 싸울 적마다 저 계집애가 어떻고 그 어미가 어쩌고 하면서 들으라는 듯 큰소리로 악을 썼다. 어른들의 험악한 싸움 소리에 어린 화정은 더욱 주눅이 들어 방에서만 박혀 있었다. 식구들 몰래 어머니에게 울면서 잦은 전화를 했고, 어머니는 매번 울지 말라며 울음으로 답을 했다.

결국, 화정은 다시 돌아왔다. 어머니 집으로 돌아온 후 아버지의 이야기는 암묵적으로 침묵했다. 아버지도 그날 이후로 더는 화정을 찾지 않았다. 아버지의 부재에서 오는 결핍감과 생계를 책임져야 하는 어머니의 고단한 삶을 지켜봐야 했다. 어린 시절 아버지 집에서 보냈던 시간이 사춘기 내내 그녀를 괴롭혔다. 늦은 밤에 들어오는 어머니를 원망하며 기다렸다. 매일 보는 어머니지만 그 기다림 끝에 항상 그리움이 동반됐다.

어머니의 고된 생활은 결국 유방암으로 발병됐다. 절제 수술과 항암치료로 가슴과 머리카락이 없는 노인이 되어버렸다. 불행은 거기서 끝나지 않고 다시 재발하여 병마에 시달렸다. 어머니와 보낼 수 있는 마지막 시간인 것 같았다. 어머니 곁에 있기 위해 다니던 출판사를 그만두었고 적지 않은 치료비 때문에 작은집으로 옮겼다. 어린 시절 그렇게도 같이 있고 싶었던 어머니를 병들고서야 온전히 차지할 수 있었다.

어머니의 잦은 입원과 퇴원을 반복하면서 그녀는 간간이 아르바이트라도 해야 했다. 화정이 다니던 출판사는 사진과 미술 관련 책자를 전문으로 발간하는 회사였다. 평소 알고 지내던 사진작가 강 선생은 그녀의 형편을 알고 누드사진 촬영대회가 있다며 모델 일을 권했다. 하루 일당이 출판사 월급의 한 달 치에 버금갈 정도였다. 그러나 벗은 몸으로 수백 명의 사람 앞에서 카메라 불빛을 받아야 한다고 생각하니 처음에는 할 수 없다고 단호히 거절했다. 그러나 다른 차선책이 없었다. 며칠 동안 잠 못 이루며 병든 어머니의 모습을 들여다봤다. 그녀가 내릴 수 있는 결정은 이미 정해져 있었다.

촬영하는 날, 그녀는 다른 모델 두 명과 함께 부안 채석강으로 향했다. 동행했던 모델 두 명도 차 안에서 눈을 몇 번 마주칠 뿐 아무 말이 없었다. 경험이 있었는지 묻고 싶었지만, 침묵의 시간을 건드릴 수 없었다. 대회 준비 관계자의 하루 일정 설명에 넋 놓고 있지만, 차 안에 맴도는 극도의 긴장감은 그녀를 짓누르며 위협했다.

촬영 장소는 오랜 세월 수많은 사연이 바다로 보내졌다가 되돌아와 겹겹이 서로 뒤엉켜 거대한 지층을 이루었다. 전국에서 사진 촬영대회 참가자를 태운 관광버스와 승합차 수십 대가 도착했다. 가림막 하나 없는 야외에서 벗은 몸으로 사람들의 시선을 받는다고 생각하니, 오히려 밀폐된 공간 속에 갇혀 질식사 될 것 같았다. 가쁜 숨을 몰아쉬며 강 선생을 찾아 도저히 못 하겠다고 하자 그에 따른 손해배상을 해야 한다고 했다. 쉽게 빠져나올 수 없는 늪에 발을 들여놓은 것이다.

그녀는 살기 위해 숨을 들이켰다. 고무풍선처럼 부풀어 오른 심장이 제멋대로 날뛰었다. 시커먼 카메라 렌즈는 마귀들의 눈동자였다. 마귀의 눈으로 내장까지 끄집어내어 훑어보며 철컥철컥 소리 내며 비웃었다. 어지러움과 구토를 느끼며 하늘과 바다가 교차 되는 것이 보였다. 만취가 된 사람처럼 눈앞이 어지럽게 돌았다. 그녀는 오직 병든 어머니의 모습만 떠올렸다. 혼미해진 정신을 겨우 붙잡고 하루 일정을 끝마쳤다. 돌아오는 차 안에서 깊은 바다에 허우적거리는 꿈을 꾸며 빠져나오기 힘든 잠에 취했다.

어머니의 잦은 입원으로 그녀는 어쩔 수 없이 또다시 누드모델 일을 하게 됐다. 그 뒤로도 돈벌이를 위해 옷을 벗었다. 아니 어머니를 위해 옷을 벗었다. 그렇게 마음을 다해 병든 어머니를 돌봤으나 완쾌하지 못하고 살아온 세월만큼 힘들게 세상과 작별했다.

화정은 며칠 동안 죽은 사람처럼 지냈다. 심신이 가라앉아 땅속으로 스며들었다. 어떤 일이든 매달리면서 슬픔을 잊고 싶었다. 그녀가 선택한 일은 얼마 전까지 했던 누드모델 일이었다. 재고의 여지도 없이 누드모델협회에 가입하여 정식 직업인으로서 활동하게 되었다.

*

H대에서 오전과 오후수업을 마쳤다. 빗줄기는 약해졌지만 온종일 내린 비에 여느 때와 달리 감성이 충만한 수업이었다. 수업시간에 전부 수진했다고 생각했지만, 그녀는 여전히 음의 기운으로 가득 찼다.

빨간 우산에 분홍원피스, 노란 카디건을 걸친 화정은 비 오는 날 유난히 눈에 띄었다. 그녀는 색으로 외로움을 말했다. 걸음 적마다 플랫슈즈 밑창에 빗물이 압착되어 자박자박 소리가 났다. 무거운 발소리를 들으며 학교 앞 한적한 골목길에 있는 '꽃고비'라는 소박한 카페로 들어갔다. 수업을 마치고 가끔 차 한잔을 마셨던 곳이다. 골목 안쪽 외진 곳이라 좋았고 카페 이름이 마음에 들었다. 처음에는 삶의 고비를 아름답게 넘겨서 주인이 이름을 지었나보다 생각했었다. 차분한 여주인이 꽃고비는 꽃의 이름이고 꽃말은 '나에게로 와 주세요'라는 뜻이라고 알려준 적이 있었다.

그녀는 갓 구워낸 스콘과 카푸치노를 시켰다. 비가 오는 날의 커피는 시나몬 향과 함께 유난히 진하게 올라왔다. 좁은 골목길만 내다보이는 창이지만, 행인이 없어서 오히려 더 편했다. 커피잔 가득 올라온 하얀 거품 위에 태민이 그려졌다. 선뜻 그에게 연락 못 하고 망설이면서 커피와 스콘으로 식사를 대신했다.

　　삼 년 전 어머니가 돌아가시고 얼마 되지 않아 태민을 알게 되었다. 본격적으로 누드모델 일을 시작할 때쯤이었다. 저녁 일곱 시 명동에서 직장인들의 그림동호회 수업이 있는 날이었다. 누드 드로잉이라 두 시간을 한 자세로 있어야 했다. 맨 뒷줄에 앉아 그림 그리는 태민을 처음 본 날이었다. 한 곳만 쳐다보며 자세를 유지해야 했기에 그녀의 시선은 수업 시간 동안 줄곧 태민을 바라보았다. 하얀 얼굴에 굳게 다물어진 입, 우뚝 선 콧대 위에 차가운 금속안경테. 그림을 그리는 것이 어울리지 않아 보였다.

　　태민도 그녀의 봉긋한 가슴과 잘록한 허리선, 균형 잡힌 다리를 뚫어지게 보았다. 온 신경을 집중해서 느껴지는 감성을 그림의 언어로 하얀 종이에 옮겼다.

　　수업이 끝난 그날도 화정은 저녁 식사를 하지 못해 일을 마친 뒤 종종 들리는 작은 술집으로 갔다. 명동 뒷골목에 있는 작은 술집은 혼자 술을 마시기에 좋았다. 소주 몇 잔을 기울이다 보니 어머니와 함께 살아온 삶을 생각하며 자기 연민에 빠져들고 있을 때였다. 태민이 문을 열고 들어왔고 차가운 인상과는 다르게 자기도 술 한잔하러 왔다며 스스럼없이 합석하자는 소리에 그녀는 앞자리를 내주었다. 태민을 가까이에서 보니 수업 시간에 보았던 것보다 더 빈틈없는 인상이었다. 어금니에 힘을 주고 있듯이 아래턱이 단단하게 얼굴을 지탱했고, 안경 속에 숨겨 놓은 눈매는 더욱 날카로워 보였다. 그런 그에게 호기심과 알 수 없는 묘한 감정이 꿈틀거렸으며 낯익은 친근감도 느꼈다. 그렇게 그녀의 헛헛한 가슴으로 태민이 성큼 들어왔다. 아니, 화정이 태민에게로 걸어 들어갔다.

그는 생김새처럼 행동거지도 깔끔했으며 말수도 많지 않았다. 냉정하게 느껴질 정도로 이성적이며 매사에 구분이 정확했다. 즉흥적이며 감성적인 그녀와는 상반된 성격이었다. 누드모델 직업을 가진 그녀에게 대하는 태도는 남달랐다. 마치 흰색 도화지 앞에서 섣불리 그리지 못하고 망설이는 모습처럼 보였다. 계산적인 사랑으로 망설이는 것이 아닌 사랑 후에 따르는 책임감으로 받아들여졌다. 그가 도화지에 그림을 그리기 시작하면 포기하지 않고 끝까지 완성할 사람처럼 느껴졌다.

태민은 가끔 화정의 집에서 그녀의 누드를 그리고 싶어 했다. 사실, 그의 품속에 안겨 있을 때보다 그림을 그리고 있을 때의 태민을 더 많이 느낄 수 있었다. 손이 닿지 않지만, 사정거리 안에서 오로지 그의 모든 시선과 감각이 그녀에게 집중된 것을 느끼는 순간 더 큰 오르가슴을 느꼈다. 과감한 자세를 취하면서 마음껏 그를 유혹했다.

그림을 그리고 난 후, 태민은 정신적으로 충만한 만족감을 육체적으로 표현했다. 외모에서 느껴지는 이성적 차가움과 달리 내면의 뜨거운 열정을 그렇게 쏟아부었다. 어머니와의 이별과 직업의식의 결여로 혼란스러운 상황에 있었던 화정은 태민에게 더욱 빠져들어 갔다. 막연한 그리움과 본능적인 외로움을 그에게서 위로받고 싶어 했다.

그녀는 결혼을 원했지만, 태민의 입에서 결혼 얘기는 나오지 않았다. 오히려 회피했다. 단지 비혼주의자인지 아니면 화정과의 결혼을 원하지 않는 것인지 분명치 않았다. 태민의 불확실한 태도에 그녀는 심리적 불안감에서 오는 짜증스러움이 이상한 대목에서 비집고 나와 잦은 다툼을 했었다. 이번 다툼도 그녀의 친구가 결혼하게 되었다는 얘기 끝에 태민에게 짜증을 내고 말았다. 일주일이 넘도록 연락이 없었으나 그녀는 태민이 먼저 연락하지 않으리라는 것을 알고 있었다. 언쟁이 있을 때마다 그녀는 그의 마음을 풀어주었고 미안하다는 말로 붙잡았다. 이번만큼은 그렇게 하고 싶지 않았으나 시간이 길어질수록 결별의 불씨가 될까 불안했다.

카푸치노의 거품이 사그라들었다. 절반 이상 남겨진 커피는 이미 식어버려 더는 마시고 싶지 않았다. 식은 커피잔을 내려놓았다. 손이 허전했다. 그 허전함은 걷잡을 수 없는 그리움과 불안감으로 밀려왔다. 음의 기운으로 가득 찬 그녀는 결국 태민에게 메시지를 보냈다. 별일 아닌 일에 짜증 내어 미안하다는 사과의 글과 퇴근 후에 집으로 오라고 청했다. 태민의 답문은 없었다. 예전에도 그랬듯이 그가 올 것으로 짐작했다. 사랑이 큰 쪽이 약자가 되어 이번에도 그를 붙잡을 수밖에 없었다.

태민은 열정과 냉정을 오가며 그녀와의 거리를 일정하게 유지했다. 화정은 좁혀지지 않은 거리로 항상 서운했으며 부족한 사랑으로 갈증이 해소되지 않았다.

해거름이 속삭일 시간쯤 현관문 번호키 누르는 소리가 들렸다. 그녀는 반가움과 안도감이 들었다 무표정하게 문을 열고 들어오는 태민의 안색을 조심히 살폈다. 그도 아무 일 없었다는 듯 굳은 표정으로 들어섰다.

그의 얼굴을 올려다보며 화정은 살포시 태민의 목을 감쌌다. 그의 심장 박동이 따뜻하게 느껴졌다. 지난 며칠간의 불안감이 일제히 사라졌다. 그녀는 차가운 남자의 다물어진 입술 속으로 뜨거운 애정을 갈구했다. 그는 순순히 받아들이며 서로를 깊숙이 흡입했다. 열락의 신음을 토해내며 격정의 밤을 보냈다.

*

   일요일은 유독 몸이 나른했다. 그녀는 태민한테 오후에 만날 약속 문자를 보냈다. 한껏 게으름을 피우며 음악을 듣고 뉴스 검색을 했다. 기사 중에 모 대학교 미술 실기 시간에 남자 누드모델을 몰래 찍어 남성 혐오사이트에 유포한 사건이 있었다. 학생들이 했을 것으로 생각했지만 조사 결과 범인은 같은 일을 하는 동료 여성 모델이라는 기사가 눈에 띄었다. 사소한 감정싸움으로 시비가 붙는 경우가 종종 있었으나 이런 일까지 생겼다니 그녀는 한숨이 나왔다.

   화정은 쉬는 날이면 항상 피트니스 센터에 나가 PT를 받았다. 몸매가 드러나는 헬스복으로 갈아입고 당당함이 깃든 걸음걸이로 남성들의 시선을 의식하며 트레이너에게 인사를 건넸다.

   "김 코치님, 안녕하세요."

   "네, 화정 씨! 주말뿐 아니라 평일에도 운동합시다. 일주일에 한 번은 부족해요. 그리고. 자주 못 보니 궁금합니다."

   건장한 체구에 하얀 치아를 드러내고 해맑게 웃으며 김 코치는 말했다.

   다른 사람들이 들을까 염려해 덩치에 어울리지 않는 작은 소리로 속내를 드러내는 모습이 귀엽기까지 했다.

   종종 애매한 표현으로 자기감정을 드러내는 김 코치의 마음이 읽혔지만, 그녀는 모르는 척 넘겼다. 신경 쓰지 않았다. 남성들의 시선과 그들의 호기심 어린 표정을 오랜 시간 받아 왔기에 별다른 동요가 일어나지 않았다. 운동하는 동안 트레이너의 손길이 약간 거북스러웠지만 불쾌할 정도는 아니었다. 닿는 손끝에 그녀의 환심을 사기 위해 최선을 다하는 모습이 느껴졌기 때문이었다. 김 코치의 얼굴을 보며 태민과 인상이 대조적이라고 생각했다.

태민과의 약속 시간에 맞춰 그녀는 집을 나섰다. 더위가 식어가는 오후. 이따금 불어오는 바람에 제법 가을 향기가 묻어났다. 태민이 미리 나와 있었다. 그녀는 환하게 웃으며 그에게로 달려갔다. 그가 무표정한 얼굴로 주머니에 손을 넣고 화정의 웃는 모습을 바라보았다. 그의 팔에 매달린 그녀는 팔짱을 꼈다. 시원한 바람을 쐬며 그와 함께 걷는 발걸음은 가벼웠고 기분 좋았다. 이런 행복감을 안정적으로 계속 느끼고 싶었다.

"오빠, 낮에는 뭐 했어?"

"형과 형수가 와서 부모님과 함께 점심 식사했어."

그녀는 얼굴도 보지 못한 태민의 형수가 부러웠다. 지난해에 결혼한 형과 그의 부모님 얘기가 나오니 결혼에 대해 또 묻고 싶었다. 그러나 최근 이 일로 자주 다투었기에 결혼 얘기를 꺼내는 것은 미련한 일이었다.

태민은 줄곧 말이 없었다. 무언가 작정하고 나온 사람처럼 보였다. 두 사람은 말없이 이 층의 조용한 카페로 들어갔다. 그는 차가운 커피를 화정은 따뜻한 커피를 주문한 것이 테이블에 놓였다. 서로의 얼굴을 말없이 쳐다보았다. 무거운 침묵을 깨고 태민이 먼저 말했다.

"화정아, 우리 이제 그만하자."

그녀는 순간 머리를 한 대 맞은 기분이었다. 언제일지 모르나 항상 불안했던 예감이 현실로 맞닥뜨렸다. 태민은 아랑곳하지 않고 계속 말을 이어갔다.

"아무래도 결혼은 힘들 것 같아. 그런데도 계속 만나는 것은 널 괴롭히는 일인 것 같아."

그녀는 멍하니 아무 말도 하지 못했다. 동공이 흔들려 초점을 맞출 수가 없었다. 책임 있는 사랑을 할 것 같은 믿음이 태민에게 있었다. 어디서 나온 믿음인지 모르나 사실은 그냥 그렇게 믿고 싶었던 마음이었는지 모른다. 부실한 행복감에 늘 불안했었다. 이미 가정이 있던 아버지와 어머니의 사랑이 그랬기에 더욱 견고하고 안전한 관계를 맺고 싶었다. 미혼모의 딸로 그녀가 살아온 삶의 상처보다 몇 배로 힘들게 살아온 어머니를 보면서 자라왔다. 일찍이 터득한 남자의 배신을 부모로부터 배운 그녀는 태민에게서 다시 한번 확인할 뿐이었다.

태민이 이성적이지만 계산적인 사람이 아닌 것은 알고 있었다. 그렇다고 그녀와의 결혼을 감정적인 부분으로만 생각할 만큼 순애보적인 사람 또한 아니었다. 그가 결혼 생각이 있더라도 부모를 설득하거나 언쟁할 사람은 아니었다. 무엇보다 화정과의 사랑보다 부모의 입장을 먼저 생각하는 아들이었다. 어쩌면 태민이 부모를 앞세워 결혼을 거부하는 구실로 삼았는지 모를 일이었다. 그녀가 먼저 다가갔듯이 헤어짐도 먼저 해 주길 바라고 있었을 것이다. 이별을 얘기하는 그의 차가운 눈은 그녀가 기억하는 아버지의 눈매와 닮았다. 그동안 아버지의 눈매를 닮은 태민에게서 받지 못한 부성애를 찾고 있었는지 모른다. 그녀는 태민이 헤어지자는 말에 아버지한테 두 번 버림받은 것 같아 혼란스러웠다. 수없이 사랑한다고 해도 헤어지자는 한마디면 끝나는 관계였다. 어떠한 절차도 필요하지 않은 그런 단순한 사이였다. 마침표를 찍는 행위에 말없이 동조하고 있었다. '우리 이제 그만하자'라는 얼음처럼 차가운 소리는 화정의 따뜻한 찻잔에서 올라오는 온기로 녹이지 못했다. 초점 잃은 동공이 뿌옇게 태민의 모습을 가렸다.

*

집안으로 쏟아지는 빛 때문에 화정은 눈이 아팠다. 거울을 보니 몰골이 말이 아니었다. 머리는 봉두난발이었고 얼굴은 흙빛이었다. 가슴 속에 멍이 눈으로 올라와 다크서클이 짙었다. 흉한 모습을 가리기 위해 화정은 암막 커튼으로 빛을 차단하고 그와 뒹굴었던 침대에 다시 널브러졌다. 지난 삼 년간 가슴 한가운데 사랑으로 지은 모래성이 그만하자는 말 한마디에 소리 없이 무너졌다. 모래성이 아닌 견고한 성을 짓고 싶었다. 그것은 결혼이라는 장치로만 가능하다고 늘 생각했다. 이혼이 흔한 세상이며 그 어떤 것도 보장해 주지 못하지만, 이혼은 결혼 후의 일이고 처음부터 정상적인 성을 짓고 싶은 마음이 간절했다. 그러나 간절함이 상처로 되돌아왔다. 마음속에서 아버지를 버렸듯이 태민과 나누었던 열정과 냉정의 기억을 하나씩 버리기로 작정했다. 화정의 육신은 흠뻑 젖은 솜뭉치처럼 축축 늘어졌고 머릿속은 거미줄을 쳐 놓은 것처럼 복잡했다. 땀을 흘리고 나면 기분 전환이 될 것 같아 피트니스 센터로 향했다.

　여윈 얼굴로 운동하는 화정에게 김 코치는 농담 섞인 말로 다이어트 중이냐고 물어왔다. 김 코치의 말에 피식 웃음이 나왔다. 실연과 다이어트는 살이 빠지는 결과를 가져다주는 공통점이 있다고 생각하니 웃음이 나왔다. 실연의 기운이 아니라 살을 일부러 빼는 여유로움으로 보였다니 한편 다행이다 싶었다. 아무 대꾸도 하지 않고 웃음으로 답을 대신했다. 운동이 끝날 무렵 김 코치는 저녁을 같이하자고 했다. 오랜만의 운동으로 육신의 피곤함이 겹쳐 거절하려다 혼자 있는 시간이 싫어 김 코치의 청을 승낙했다.

베고니아꽃으로 출입구를 예쁘게 단장한 태국 요리 식당은 외부에서 나선형 계단을 따라 내려가게 되어있었다. 묵직한 문을 열고 들어서니 안은 넓고 어두웠다. 갑자기 어두워진 시야는 사람들의 그림자만 보이는 것 같았다. 테이블마다 앙증맞게 켜진 작은 촛불이 유난히 밝았다. 예약된 자리로 안내받고 작은 촛불에 넋을 놓았다. 차츰 실내의 어둠이 익숙해지자, 한쪽 벽에 붙어있는 포스터가 보였다. 태국 끄라비, 저녁노을이 아름답게 펼쳐지는 해변이 한가롭게 유혹했다. 흔지 편하게 떠나고 오고 싶다는 충동이 일었다. 항상 누군가와 함께하기를 원했으나 처음으로 혼자 가고 싶었다. 어릴 적부터 정서적 불안감으로 채워지지 않는 것이 무엇인지 생각 못 하고 외로움을 사람으로 채우려 했었다. 작은 촛불의 조명을 받은 해변은 더욱 몽환적으로 그녀의 눈길을 사로잡았다.

어느새 김 코치가 다가와 자리에 앉았다.

"죄송합니다. 미리 와서 기다리고 있어야 하는데. 그런데 얼굴이 너무 안됐어요. 우리 맛있는 것 많이 먹어요."

김 코치는 무슨 일이 있었냐고 묻지 않고 염려스러운 눈빛만 건네왔다.

코스로 먹자는 것을 그녀는 간단하게 식사하자며 김 코치에 대한 부담을 덜었다. 어떤 기대를 하는 남자와 어두운 곳에 마주

보고 있으려니 마음이 불편해졌다. 태민과 헤어졌다지만 아직도 마음속에 그가 숨을 쉬고 있었다. 태민이 두고 간 체취의 기억이 남아있는 집에 혼자 있는 것보다 이런 시간이 훨씬 낫다고 화정은 불편한 마음을 합리화했다.

김 코치는 대화가 끊어지면 어색한 침묵 때문인지 운동 관련 이야기를 계속했다. 그녀는 그의 말이 귀에 들어오지 않았다. 구체적으로 무슨 말을 하는지 모르나 김 코치의 입은 열심히 움직였다. 그의 입을 보면서 눈으로 이야기를 들었을 뿐 집에 빨리 가고 싶다는 생각만 했다.

*

태국 끄라비 아오낭 비치로 가기 위해 화정은 짐을 챙겼다. 휴양지에서 혼자 있는 시간의 어색함을 덜기 위해 여행 유튜버가 출간한 에세이 한 권을 샀고, 화려한 꽃무늬 수영복도 준비했다. 처음으로 혼자 가는 여행이라 두려움도 있지만 오랜만에 해외로 나가는 설렘도 있다. 그녀가 온전히 혼자였던 시간은 없었다. 그동안 불완전하고 불안해하는 나약한 어린 화정으로 멈추어 있었다. 누군가가 곁에 없어도 편안할 수 있고 행복할 수 있다는 것을 확인하기 위해 아니 찾기 위해 그녀는 여행 가방 속에 불안감과 기대감도 챙겨 넣었다.

새벽녘 공항버스를 타기 위해 그녀는 집을 나섰다. 이른 시간이라 넓은 도로에 지나가는 차량은 드문드문 보였다. 도로 중앙 차선에 있는 버스정류장으로 가기 위해 횡단보도에서 신호등을 기다렸다. 새벽이라 빨간불이 켜진 신호등은 유난히 선명했다. 뻘간 불빛 안에 사람 형상은 위험을 경고하듯 그녀를 한 발짝도 내딛지 못하게 붙잡아 두었다.

적색 신호등 아래 한 사람이 그녀를 보고 있었다. 희뿌옇게 보였으나 태민인 것을 금방 알 수 있었다. 이내 가슴에서 피아노 소리가 들렸다. 그녀를 붙잡아 둔 것은 빨간불의 신호등이 아니라 태민이였다.

그녀의 시야에 태민이 들어오자 마치 그가 신호를 보낸 듯 녹색 신호등으로 바뀌었다. 그러나 발을 내디딜 수가 없었다. 태민이 보낸 신호에 조종당하는 느낌이었다. 그렇다고 그대로 서 있자니 그녀의 삶에 또다시 적색 불이 들어올 것 같았다. 그가 걸어올 때쯤 그녀는 걸음을 뗐다. 어쩌면 태민이 화정에게로 온 것이 아니라 그저 가던 길을 가기 위해 건널목을 건너고 있었는지 모른다. 그녀라는 존재가 태민의 삶에 잠시 스쳐 지나간 여자인 것처럼 말이다. 그들은 같은 방향이 아닌 다른 방향을 향해 걸어가며 서로에게 횡단했다.

태민의 시선이 그녀의 얼굴과 여행 가방을 번갈아 보고 있었다. 멈칫한 행동으로 화정을 붙잡고 얘기하려 했지만, 그녀는 그대로 스쳐 지나갔다. 다시 적색 신호등으로 바뀌었다. 건너편 인도에서 태민이 그녀를 물끄러미 쳐다봤다. 화정은 무사히 건너온 안도감에 요동치는 가슴을 진정시켰다.

그녀를 태울 공항버스가 왔다. 버스에 오르고 새벽이 걷히는 하늘을 올려다봤다. 스치듯 지나가 버린 그를 다시 생각했다. 결혼이라는 법적인 계약으로 남자를 소유하고 싶었던 자신을 봤다. 아버지의 연장선에서 태민을 생각했던 오류를 그가 떠나간 후 알게 됐다.

인천공항은 바쁜 일상의 아침으로 또렷하게 움직였다. 꿈속에서 본 것 같은 우연한 만남은 오히려 잘된 일이었다. 그것은 불안의 껍질을 벗기고 나오면서 몸에 붙은 마지막 조각을 떼어낸 것이다.

자동출입국심사대 위에 여권을 올리고 손으로 지그시 눌렀다. 투명 칸막이가 쉽게 열렸다.

"거봐 혼자 나갈 수 있어!"

그녀는 낮게 말하며 자신이 뱉은 말을 다시 새겨들었다. 이어서 지문 인식기 위에 손가락을 얹었다. 여권이라는 종이가 아닌 지문으로 다시 증명했다. 이 세상 유일무이하게 지닌 융선으로 그녀는 자신의 존재감을 확인시켰다.

기다란 투명 칸막이가 열렸다. 바깥세상으로 떠날 수 있다는 마지막 관문을 통과했다. 혼자서 무엇이든 할 수 있고 행복할 수 있다는 자신감을 불러주었다. 입가에 한껏 미소를 지으며 여권과 탑승권을 손에 꼭 쥐고 출국장을 빠져나갔다.

그녀의 목에 매달린 물방울 펜던트는 점점 빛을 잃어갔다.

수피(樹皮)

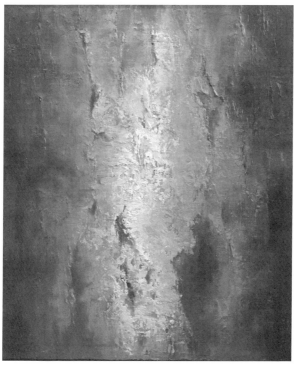

이민경 〈수피11〉 53x46cm, oil on canvas

그는 시청 앞 버스정류장에서 담배 한 대를 피우고 싶은 마음이 간절했다. 오 분 후 버스가 도착한다는 알림판을 계속 주시했다. 몇 분 지나지 않아 기다리던 버스가 왔으나 꽤 길게 느껴졌다. 복잡한 지하철을 타다가 남산으로 가는 버스로 갈아타게 되면 기분이 한결 좋아진다. 일주일에 한 번씩 남산에 있는 N문화센터 서양화 반에 출강하는 시간만큼은 그도 생기를 찾으려고 노력했다. 차 안에서 느끼는 봄볕은 따스했다. 지난겨울의 냉기를 머금고 있는 하얀 벚꽃이 몽글몽글 필 준비를 하고 있다.

이날도 아침밥을 거른 그는 전날 과음으로 속이 쓰렸다. 강의 시작 전 흡연실에서 담배를 꺼내 물며 폐 깊숙이 힘껏 빨아들였다. 순간 어지러움을 느꼈지만 이내 머리가 맑아졌다. 흡연으로 심리적 안정을 되찾았다. 화장실에 들러 가글을 하고 입가에 묻은 물기를 닦으며 거울을 들여다봤다. 거울 속에 비친 그의 눈은 하루를 다 써버린 저녁 해처럼 퇴색되어 흰자위가 누렇게 변했고, 안색은 그을린 것처럼 검은빛을 띠었다. 짧고 단정한 머리와 마른 체격이 그나마 쉰 살을 갓 넘긴 나이를 짐작게 했다.

서양화 수업은 성인을 대상으로 하는 수업이라 음악을 들으며 자유롭게 진행됐다. 회원들의 그림도 각양각색이며 자기만의 방식대로 그렸다. 그는 일대일 방식으로 각자의 개성이 침범하지 않는 범위 내에서 잘못된 부분을 설명하고 때로는 직접 붓을 들어 터치해 주기도 했다. 조언을 긍정적으로 받아들이고 열심히 노력하는 수강생에게는 그도 마음이 더 쓰여 시간 할애를 많이 하게 됐다. 반면 개성이 강하고 강사의 조언에 배타적으로 받아들이는 사람에게는 크게 잘못된 부분이 아니면 잘한 부분에 대해 칭찬만 했다.

그는 수업 시간마다 항상 강조하는 이야기가 있다.

"그림은 잘 그리고 못 그리고의 기준이 없습니다. 좋은 그림은 내 안에서 꿈틀거리는 것을 표현하는 것입니다. 사물을 그대로 옮기기보다 마음의 눈으로 바라보고 그리는 것이 중요합니다. 손의 기술이 아니라 마음으로 비추어지는 것들을 가만히 들여다보세요."

그림을 그리는 사람들은 개성이 강하고 나름대로 철학을 가지고 있다. 그것을 조율하기가 그림을 지도하는 것보다 어렵게 느껴질 때가 많았다. 그런 수업방식에서 오는 부작용이 몇 해 전 일어나기도 했다. 편파적으로 수업을 한다고 제반 불만 사항을 문화센터 측에 제기하였고, 두 개 있던 강좌가 하나로 줄어든 것이다. 그림을 대하는 사람의 마음이 제각기 다르니 어쩔 수 없는 일이었다. 그 일로 보이지 않는 파벌이 있는 것을 감지하게 됐다. 수강생의 상당수는 강좌가 처음 개설될 때부터 함께 해왔다. 그런 그들과 수강한 지 얼마 되지 않은 회원들과 융합되지 못한 것이 불씨가 되어 일어난 일이었다. 그는 상황이 그렇게까지 된 것에 자신의 무능력함으로 일어난 일이라 자책했다. 수강생들의 연령층은 다양했으며 살아왔던 삶의 행로도 제각각이었다. 그들의 삶이 다양하듯 그도 문화센터에서 그림을 지도하며 보낸 지난 칠년 동안의 삶도 많은 굴곡이 있었다.

　그는 지난해 봄까지 아내와 함께 미술학원을 운영해 왔다. 말주변이 없고 사교적이지 않은 성격에 학원 영업과 관리는 아내가 도맡아 했다. 빚을 내어 차린 학원은 매달 이자를 갚아나가기 힘들 뿐 아니라 임대료 내기도 버거웠다. 경제적으로 궁핍해지자 아내와 다투는 일이 자주 있었다. 그 싸움의 결말은 이혼에 이르렀다.

아내가 이혼을 원하게 된 것은 경제적으로 힘든 것보다 아무런 희망과 기대도 할 수 없는 그의 미래를 예견한 것이다. 그의 답답한 성격을 더는 받아 주기 힘들 지경에 이르자 결단을 내린 것이다. 그는 아내의 이혼 요구에 순순히 받아들일 수밖에 없었다. 아내가 느끼는 답답함과 경제적 궁핍을 해결해 줄 수 있는 능력이 그에게는 없었다. 앞으로의 시간도 지금의 상황과 별반 다를 게 없음을 알아서 어쭙잖은 말로 위로 하며 붙잡는 것은 위선이고 거짓이라는 생각이 들었다. 그는 섣불리 말하지 못했다. 이미 단단히 굳어버린 아내의 마음을 더는 붙잡을 수 없었다. 아무런 거부 반응 없이 이혼을 받아들이는 것에 아내는 더 화를 내고 괘씸해했다. 학원을 처분한 몇 푼의 돈과 집, 고등학생 딸의 양육권. 아내가 원하는 대로 해주었다. 이혼과 함께 상실감은 말할 수 없이 컸다. 그에게 남아있는 것은 문화센터 강사직과 어둡고 칙칙한 그림뿐이었다.

서울 외곽 변두리에 낡은 다세대주택으로 이사를 했다. 그가 작업실을 겸해서 얻은 월셋집이었다. 이사라고 할 것도 없었다. 허름한 옷가지와 간단한 가재도구 그리고 그림 도구가 대부분이었다. 볕이 들지 않아 더욱 비좁게 느껴지는 방은 곰팡내까지 나서 역겨웠다. 집주인이 새로 해준 정체불명의 큰 꽃무늬 벽지는 어두운 방에서도 활짝 피웠고, 번들거리는 싸구려 장판의 광택은 벽지와 어울렸다. 하얀 캔버스로 꽃무늬 벽지를 가리고 방문에 기대어 앉아 담배를 찾아 물었다. 길게 내뱉은 하얀 연기가 허공에서 흩어져 사라졌다. 그의 가족이 흩어지는 모습이었다. 그는 자기가 처해 있는 상황을 잊고 싶었다. 아내와 딸에게 미안한 마음이 들었지만, 아내가 원했던 것이어서 어쩔 수 없다고 투사했다. 그는 죄책감에서 벗어나고 싶어 뜻하지 않게 들었던 아내와 딸의 대화를 상기시켰다.

"아빠하고 헤어지기로 했다. 이혼에 대한 네 생각을 묻는 것은 아니고 너의 거취를 묻는 거야."

"엄마, 아빠를 이해해 줄 수 없어요. 힘들어도 조금 더 참아줄 수 없어?"

"…넌 나중에 엄마처럼 살고 싶니? 엄마도 이젠 어두운 방에서 나오고 싶고 숨을 쉬고 싶다. 너에게 미안하지만, 이해해 주길 바란다."

그는 머리를 세차게 흔들며 더는 생각하지 않았다. 숨을 크게 들이마시고 내뱉었다. 퀴퀴한 냄새가 코로 들어왔다. 그가 내뱉은 날숨이 보태져 방 안의 공기를 더 오염시켰다. 그러나 마음 한편은 가벼웠다. 가장의 책임에서 벗어나 편안하게 그림만 그릴 수 있다는 생각에 해방감까지 느꼈다.

이사하고 얼마 지나지 않아 딸한테서 연락이 왔다. 잘 지내고 있는지, 식사는 어떻게 하고 있는지 그가 물어야 할 안부를 딸이 대신해서 물었다. 아마도 아내의 한숨 섞인 염려를 대신해서 물어보는 것을 알 수 있었다. 미안하다는 말로 딸에게 하고 싶은 말을 대신했다. 며칠 후 딸은 아내가 싸서 보내준 반찬을 들고 그의 집으로 왔다. 가족을 책임지지 못한 가장은 결국 아내에게 남편의 자리를 내주었고 무능력함은 아버지 자격을 잃게 했다. 어떤 말도 딸에게 해주지 못했다. 그는 초라한 방에서 아내가 보내준 음식으로 딸과 식사했다.

*

오전 강의가 끝나고 수강생 중 그의 형편을 잘 알고 있는 천 선생과 점심을 같이했다. 천 선생은 그의 건강을 염려하면서 작업이 잘되는지 물었다. 이혼하고 나면 홀가분한 마음으로 그림을 그리겠다고 생각했지만, 그는 여전히 궁핍했으며 물감 살 돈도 여의찮았다. 머릿속이 복잡하다 보니 작업에 집중하기 힘들었다. 아무런 대꾸도 하지 못하고 국수 가닥을 입에 넣으며 후루룩 소리로 대답을 대신했다.

천 선생은 대기업 건설회사에서 임원으로 지내다 퇴직하고 젊은 시절 일하느라 이루지 못한 그림에 대한 꿈을 뒤늦게 실현하고 있었다. 그가 미술학원을 차릴 때 인테리어 공사 등 여러 가지 많은 도움을 주었고, 이혼하게 되었을 때도 그의 아내에게 찾아가 간곡히 만류했었다. 천 선생은 안쓰러운 마음이 들었는지 매주 점심을 같이하였고 전시장도 동행해 주었으며 간혹 저녁 술자리에도 불러주었다. 지난 몇 년간 그림 세 점을 구매해 주기도 했었다. 그림을 사준 고마움은 그 어떤 것보다 감사했다. 혹여 그에 대한 연민으로 작품을 구매했을지 모르나 그 부분은 애써 외면했다.

식사가 끝날 갈 무렵 천 선생은 조심스럽게 그의 건강을 재차 물었다.

"혹시 간이 안 좋은 것 아닙니까? 황달기가 있는 것 같고 안색도 좋지 않습니다. 친구가 여기서 멀지 않는 병원에 소화기내과 의사로 있는데 저하고 같이 가서 검사 한 번 받아 보시죠? 오전에 미리 얘기해 두었습니다."

고마움이 너무 크다 보니 그는 선뜻 감사하다고 말할 수 없었다. 그동안 거울을 볼 때마다 얼굴에서 어두운 그림자가 계속 내비치고 있어 내심 걱정하고 있던 차였다. 기어들어 가는 작은 소리로 신경 써 주셔서 감사하고 또 신세를 지게 되어 미안하다는 말을 건네며 천 선생을 따라 병원으로 갔다. 혈액검사와 간 기능 검사를 한 결과, 만성 B형 간염이 오래되어 이미 간경변증 초기로 넘어간 상태였다. 금주령이 내려졌고 정기적인 진찰을 받기로 약속했다.

병원 회전 유리문 방향을 따라 밖으로 나왔다. 햇빛이 쏟아져 눈이 부셨다. 순간 몽롱해지더니 어지러워 눈을 감아 버렸다. 돌아가는 회전문 때문인지 강한 봄빛 때문인지 이유를 찾느라 잠시 우두커니 서 있었다.

천 선생은 서 있는 그에게 다가가 약 먹으면 괜찮아진다며 위로했다. 그리고 오만 원 지폐 두 장을 그의 주머니에 찔러 넣어주며 작업 열심히 하라는 말을 남기고 봄빛 속으로 걸어 들어갔다. 그는 호주머니에 손을 넣었다. 빳빳한 지폐가 손에 잡혔다. 천 선생은 가끔 차비를 그의 손에 쥐어 주었다. 밥을 사주고 병원비를 내주고 레슨비와 그림값을 받을 때와 달리 차비를 받을 때는 적선 받는 것 같아 자신의 비굴함에 몸서리쳤다. 그러나 거부할 수 없었다. 설사 그것이 적선이라 하여도 그는 감사히 받아들여야 했다. 거부한다는 것은 천 선생이 물심양면으로 베푼 것을 모두 받지 말아야 했다. 그가 할 수 있는 것은 돈을 쥐어 줄 때 멋쩍은 표정으로 가만히 서 있는 것뿐이었다. 혼자 지낸 시간이 벌써 일 년이 지났지만, 변화된 것은 아무것도 없었다. 단지 간경변증이라는 병명만 새로 알게 된 것뿐이다.

그는 휘청거리며 집으로 돌아와 차가운 방바닥에 마른 낙엽처럼 드러누웠다. 병원에서 병명을 들었을 때는 무덤덤하게 받아들였으나 빈방에 혼자 누워있으니 가슴 저 밑바닥에 무언가 나직이 허물어지는 소리가 들렸다. 언제일지 모르나 지금처럼 누워있다가 혼자서 먼 길을 갈 수도 있겠다는 생각이 들었다. 콧속이 뻐근하니 서러움이 북받쳐 올랐다. 한참을 꼼짝하지 않고 누워있었다. 방안의 숨구멍을 뚫어 놓은 작은 창문으로 어둠이 찾아왔다. 그는 그대로 잠들었다.

　새벽녘 한기 때문에 잠이 깼다. 추위 때문인지 꿈 때문인지 모를 일이었다. 담배를 찾아 물면서 꾸었던 꿈을 다시 떠올렸다.

　'오래된 고목이 보였다. 쩍쩍 갈라진 고목의 밑동에 새겨진 상처는 세월의 풍파를 그대로 차곡차곡 얹어져 있었다. 희망을 갈구하듯 태양을 향해 하늘 높이 뻗은 나뭇가지에는 잎이 없었다. 앙상하고 가녀린 가지가 애처롭게 보였다. 겨울 나목 아래에 한 남자가 어떤 여인을 탐욕스럽게 부둥켜안고 누워있었다. 여인은 거부하지 않았고 남자는 흥분을 감추지 못했다. 더는 어찌해야 할지 모르는 남자는 안타까움에 발버둥을 쳤다. 여인은 아무 말 없이 남자의 손을 잡았고 이내 마음의 안정을 찾은 남자는 돌아누워 하늘을 올려다봤다. 겨울 하늘에 눈이 내리는 듯했다. 자세히 보니 눈이 아니었다. 어디서 날아왔는지 때아닌 벚꽃잎이 바람에 날렸다. 여인의 얼굴은 흐릿하게 보여 누군지 알 수 없었지만, 잡아준 손길의 따뜻함은 남자에게 고스란히 전해졌다. 그 남자의 머리 모양은 짧았고 마른 몸이었으며 안색은 거무스름하였고 눈동자는 피로감으로 탁해 보였다.'

그는 꿈속에서처럼 몸 일부가 움직였다. 피식 웃음이 나왔다. 어제 저녁밥도 먹지 않아 배도 고팠다. 얼마 만인지 모를 식욕과 성욕을 느꼈다. 삶의 애착이 없었던 그가 확진된 병명을 듣고 나니 살고 싶은 본능이 스멀거리며 올라왔다. 꿈속의 여인을 생각하며 수음했다.

*

전업 작가로 평생을 살아간다는 것은 마지막 순간까지 전쟁 같은 삶을 사는 것과 같다. 경매에 누구 그림이 얼마에 낙찰되었다는 것은 그와는 아무 상관 없는 이야기였고, 어느 화랑 초대 개인전으로 완판이 되었다는 소리는 그에게 영원히 이루지 못할 꿈만 같은 이야기였다. 그는 한때 유명인의 그림 대작(代作)을 해 줄 수 있냐는 은밀한 유혹도 받았었다. 그러나 예술가가 지녀야 할 양심이 허락하지 않았다. 그림이라는 것이 억지로 한다고 해서 그려지는 것이 아니었다. 결국, 마음이 움직이는 대로 그리다 보니 그의 그림은 현실처럼 어둡고, 칙칙했다.

경제적 부담이 많은 개인전은 엄두도 내지 못하고 사교적이지 못한 성격은 초대 개인전을 받기가 쉽지 않았다. 가끔 국내외 아트페어에 한두 작품 출품하는 것이 고작이었다. 작업을 열심히 하여도 발표할 기회가 많지 않으니 그리는 일에 소홀했다. 작업에 몰입하지 못할수록 힘든 생활고의 체감은 그를 더욱 피폐하게 만들었다.

그가 이십여 년간 그려왔던 그림의 주제는 수피(樹皮)였다. 세월의 주름과 시간의 흔적, 삶의 고단함을 나무껍질 모양으로 비유해 화면 가득 확대해서 표현하였다. 그것과 더불어 가끔 등장하는 나목은 그를 대변한 것이다.

지난밤 꿈을 꾸었던 것과 확진된 병명은 그가 살고자 하는 본능뿐 아니라 작업에 대한 열정을 다시 갖게 된 계기가 되었다. 팔레트에 형형색색의 유화물감을 수북이 짜 놓았다. 그도 모르게 손에 힘이 들어갔다. 굶주렸던 열정을 캔버스에 마구 토해냈다. 고통의 부피만큼 수십 차례 덧칠했다. 굳어지면 또다시 물감을 바르면서 진한 삶의 무게를 나무껍질로 형상화하여 화폭에다 조금씩 덜어내었다. 희열이 느껴졌다.

꿈속에서 보았던 고목의 몸통에 거칠게 갈라진 틈으로 매끈하고 뽀얀 속살이 머릿속에서 맴돌았다. 나무는 외부에서 세월의 풍파를 수동적으로 받기만 하는 것이 아니었다. 성장하기 위해 자의적으로 상처를 내가면서 부피를 늘려가고 또 스스로 치유되면서 해마다 한 줄의 주름을 그리며 덩치를 키워나가는 것이었다. 수피는 비루한 삶의 고통스러운 부산물이 아니라 성장을 위한 삶의 동력으로 작용할 수 있을 거라는 깨달음을 갖게 되었다.

*

우편함에 '허영인 개인전'이라고 선명하게 써진 두툼한 우편물
이 배달됐다. 누구인지 쉽게 떠오르지 않았다. 봉투를 뜯어보니
개인전 오프닝에 참석해달라는 상투적인 인사말이 적힌 초대장과
질 좋은 종이로 제작된 도록이 들어있다. 도록에 실린 사진을 보
니 모르는 중년 여자였다. 그림은 개성 없이 그린 흔한 꽃 그림이
었다. 도록을 덮어 책상 위에 던져놓으며 그는 중얼거렸다. 인사
동 일류급에 속하는 G갤러리에서 전시하고 도록의 인쇄된 재질
을 보면 이번 전시를 위해 돈을 쏟아부었겠다고 짐작했다. 봄가
을이면 여기저기서 전시를 알리는 안내장과 도록들이 책상 위에
쌓여갔다. 코팅된 겉표지에 금박으로 화려하게 인쇄된 이름을 보
면 축하하는 마음과 함께 개운하지 못한 뭔가 걸리는 기분이 들
었다. 전시 도록이 쌓일수록 상대적 박탈감을 느끼는 것은 어찌
할 수 없었다.
천 선생으로부터 전화가 왔다. 혹시 허영인 개인전 초대장을
받았는지 물었다. 몇 달 전 천 선생과 함께 대학 후배라며 술자리
를 했던 적이 있었다. 서로 인사를 나누었고 명함이 오고 갔다.

사업을 한다던 후배의 명함에는 무엇을 그렇게 내보이고 싶었던지 앞뒤로 빼꼭히 감투가 적혀있었다. 후배는 큰소리를 내며 가식적으로 웃는 남자였다. 그날도 천 선생에게 선배님이라는 호칭을 유달리 많이 썼고 그에게도 화백님이라며 필요 이상으로 추켜세웠다. 아내가 그림을 열심히 그리고 있다면서 조만간 개인전을 하게 되니 꼭 와 달라고 자랑스럽게 말했던 것이 생각났다. 그는 내키지 않았지만 천 선생이 청하기에 동행하기로 했다.

수요일 오후 인사동은 항상 사람들로 차고 넘쳤다. 화랑들이 밀집된 그곳에서는 수요일 저녁에 오프닝 행사를 하고 주변 식당에서 뒤풀이하는 게 관행이었다. 전시 기간에는 많은 사람이 올수록 좋은 곳이지만 오프닝 행사 때는 대부분 초대받은 사람들이 참석한다. 예전에는 일명 인사동 걸인이 따로 있었다. 수요일이 되면 가슴에 전시 도록을 품고 전시장마다 돌면서 오프닝 때 차려놓은 음식을 먹고 몰래 싸 가기도 하며, 배포 큰 걸인은 뒤풀이 식당에 따라가 후하게 식사까지 했다. 주최자는 좋은 날이기에 모른척했다. 차츰 그런 걸인들이 보이지 않게 된 것을 보면 살기가 점점 나아진 것인지 모르겠다.

천 선생과 함께 들어선 전시장은 수많은 하객으로 붐볐다. 전시장 입구에는 화려한 화환과 화분들이 줄을 서서 손님들을 맞이했다. 꽃가게에 온 듯한 착각이 들 정도였다. 꽃들에 매달린 리본 이름을 보고 남편의 사회적 위치를 가늠할 수 있었다. 지난번 받았던 명함에 빼곡히 쓰여 있던 감투를 실감하게 했다. 이 전시의 주인공은 작가가 아니라 허영인의 남편이었다.

천 선생의 대학 후배는 큰소리로 반겼다. 한참을 요란스럽게 인사를 나누기에 슬그머니 천 선생을 뒤로하고 그는 작품 감상을 했다. 깊이를 느끼지 못하는 꽃 그림은 고급스러운 액자에 끼워져 우아한 조명을 받았다. 그림들은 마치 붉은 조명이 켜진 쇼윈도 안에 진한 화장을 하고 앉아있는 앳된 창부를 보는 듯했다. 전시장 입구의 화려한 꽃들 때문에 작품의 꽃 그림은 오히려 초라하게 보였다. 그림 밑에 판매된 것을 표시하는 빨간 스티커가 오픈 첫날부터 무수히 붙어있었다.

그는 비뚤어진 심사를 들킨 것처럼 얼른 생각을 지웠다. 물질적 결핍이 정신적 결함을 낳는 것 같아 자신을 책망했다. 그러나 부익부 빈익빈을 실감하고 있는 현장에서 이상하게 돌아가는 풍요에 대한 상대적 빈곤을 가감 없이 느꼈다.

전시장을 나오는 출구에서 누군가 눈인사를 했다. 그는 기억나지 않았다. 사내는 말쑥한 외모에 생기가 있었다. 명함을 내밀며 정중하게 인사를 건네 왔다.

"작년 가을 한국국제아트페어 전시 때 '수피'라는 변우석 작가님 작품, 인상 깊었습니다. 그때 잠깐 인사 나누었는데요. 여기서 또 뵙게 되니 반갑습니다. 지난번에 말씀드렸는데 저희는 대관하는 갤러리는 아니고 경매 작품이나 작가의 작품을 위탁받아 컬렉터들에게 판매하는 곳입니다. 시간 되실 때 한번 연락해 주십시오."

분명한 목소리로 말하는 것에 신뢰감까지 느껴졌다.

건네준 명함에는 '비인 갤러리' 대표 공범준이라고 적혀있다. 모르는 화랑이었다. 크고 작은 화랑들이 생기고 없어지는 일이 빈번해 얼마 되지 않는 것으로 보였다. 아트페어 때는 워낙 많은 사람이 오가는 곳이라 인사를 나누어도 기억하기 힘들었다. 그는 알았다는 짧은 대답을 하며 명함을 지갑 속에 조심스럽게 넣었다. 갤러리 대표에게 정중한 제의를 받으니 알 수 없는 작은 울림이 일었다. 그 울림은 그에게 어떤 징후의 전초전 같은 설렘과 경계심을 불러일으켰다.

며칠 뒤, 그는 공범준 대표에게 전화 연락한 후, 자신의 작품집을 들고 비인 갤러리로 향했다. 인사동 뒷골목 안쪽에 있는 그곳은 변변한 간판도 없었다. 후미진 골목이라 이런 곳에도 갤러리가 있을까 싶었다. 공범준 대표는 찾기 힘들 거라며 건물 앞에 나와 있었다.

이십여 평의 갤러리 내부는 깔끔하니 고급스러웠다. 바깥에서 보이는 것과는 사뭇 달랐다. 전시장이라기보다 개인 사무실처럼 보였다. 단색화로 인기를 끌고 있는 작가들의 그림도 몇 점 걸려있고 해외 유명 작가의 조각품도 배치되어 있었다. 갤러리 중앙에 놓여있는 의자와 테이블도 독특한 디자인이라 공범준 대표의 심미안이 느껴지는 공간이었다. 에스프레소 머신에서 갓 추출한 커피는 향이 좋았다. 그 향은 어색한 분위기를 풀어주는 데 한몫했다.

공범준 대표는 최대한 예의를 지키며 공손하게 말했다.

"많은 사람이 출입하는 곳이 아니고 몇몇 컬렉터들하고만 거래하기에 여러 가지 형편상 이곳에다 열었습니다. S갤러리에서 아트딜러로 활동하다가 독립한 지 얼마 안 됐습니다. 주로 기존 고객이 구매한 작품을 다시 되팔아 드리기도 하고 경매에 함께 참관해 미술품 구매를 도와드리는 일을 합니다. 물론 변우석 작가님처럼 좋은 작품을 찾아서 컬렉터들에게 소개하고 매매하는 일도하고 있습니다."

공범준의 매끄러운 말은 처음 봤을 때와는 다르게 품위 없는 뺀질거림이 보였다. 은근히 인맥 자랑을 하며 자기를 통해서 얼마든지 높은 가격으로 작품을 팔 수 있다고 암시했다. 미술시장의 큰손으로 알려지고, 재벌 안주인들의 자금세탁과 비자금 창구 기능을 했던 S갤러리의 경력을 자랑스럽게 생각하고 있었다. 여기에 전시된 고가의 미술품들은 컬렉터들이 구매한 작품들인데 다시 재판매를 위해 전시해 놓은 것이라며 자기 능력을 과시했다.

공범준 대표는 그가 가져온 작품집을 자세히 들여다봤다. 몇

개의 그림을 짚더니 직접 보고 싶다며 작업실을 방문하고 싶어
했다. 그러나 누추하고 비좁은 집으로 데려갈 수 없는 일이었다.
또한 작품을 위탁해야 할지 결정을 내리지 못해 추후 다시 연락
을 주기로 했다. 작업실을 보여주지 못하는 궁색함을 알아차릴
것 같아 조급하게 비인 갤러리를 나왔다.

예술품은 돈과 권력 그리고 문화적 소양까지 겸비한 것처럼
보이기 때문에 최상의 투자 방법일 것이다. 돈에 묻어있는 더러운
흔적을 세탁하여 재산 증식의 도구로 사용하는 가장 고상한 방
법이다. 말이 좋아 갤러리 대표이지 브로커나 다름없었다. 공범준
대표와 결탁하여 음모를 꾸미는 것 같은 느낌은 떨쳐 버리기 쉽
지 않았다. 그러나 그렇게 해서라도 그림을 팔고 싶은 유혹에 넘
어가고 싶었다. 이발소 그림을 그리지 않고 자기 그림을 지켜가
기 위해서는 물감과 먹을 빵이 필요했다. 브로커가 중간에서 금
액 장난을 치더라도 그것은 그들의 상술이고 능력이기에 그가 관
여할 일은 아니라는 생각이 들었다. 책정한 가치만 받으면 되는
거라고 자신을 설득했다. 어쩌면 그에게 찾아온 좋은 기회일지도
모른다는 생각까지 했다.

공범준 대표가 짚었던 삼십 호 크기의 '수피' 석 점을 발포지로
꼼꼼히 포장해서 비인 갤러리로 보냈다. 판매가 확정되어 구매자
에게 보낼 때의 마음과는 달랐다. 정해진 기한 없이 작품을 내돌

리는 것 같은 생각에 마치 자식을 집 밖으로 내쫓는 기분이었다.

공범준 대표는 잘 받았다는 말과 함께 작품을 보니 훨씬 느낌이 살아있다고 너스레를 떨었다. 좋은 소식 있을 거라며 자기 능력을 믿으라고 호언장담했다.

얼마 지나지 않아 공범준 대표의 말대로 보냈던 그림 석 점이 모두 팔렸다는 연락이 왔다. 한 컬렉터가 모두 구매했다고 한다. 판매가격을 물어보지 않았지만, 그가 책정한 금액에 수수료를 제하고 통장에 천만 원이 훨씬 넘는 돈이 입금되었다. 이 거래가 단발성으로 끝나지 않고 계속 이어질 것 같은 생각에 기분이 한승 들떴다.

공범준 대표는 그의 그림을 구매해 준 컬렉터들에 관해서 말하지 않았다. 어떤 사람이 어느 곳에 걸기 위해 구매하는지 전혀 알지 못했다. 아트딜러 세계에서는 불문율이었다. 공범준 대표 덕분에 물감과 캔버스 살 걱정은 하지 않게 되었다. 천 선생에게도 가끔 점심을 사고, 아내에게 딸의 교육비도 보내줄 수 있게 되었다. 공범준 대표는 홍콩아트페어에 그의 작품을 십여 점 출품할 거라며 열심히 작업하라는 당부도 했다. 짙은 어둠의 장막이 점점 걷히는 기분이었다.

공범준 대표는 지난번 팔린 작품 느낌이 좋았다며 똑같은 것을 재차 주문했다. 공범준 대표의 주문은 노동자에게 생산 발주를 내는듯한 행동으로 보여 기분이 언짢았다. 그는 아무런 대답을 하지 않았다.

*

그는 좁은 방안에서 그림과 사투했다. 젊은 시절 며칠 밤을 꼬박 새워도 여전히 붓을 잡고 싶었던 시절로 돌아갔다. 얼마 만에 느껴 보는 치열한 열정인가 생각하니 성취욕이 극에 달했다. 지병으로 피로감을 쉽게 느꼈지만, 작업하는 마음만큼은 그 여느 때보다 가벼웠다. 그는 돈을 좇는 사람은 아니지만, 통장에 찍힌 숫자는 많은 걱정을 덜게 해 주었고 살아 움직이게 했다. 홍콩으로 보내는 그림들이 마무리되어 갔다.

그동안 공범준 대표에게서 연락이 뜸했다. 얼굴 본 지도 오래되었고 작품이 마무리돼 가기도 해서 비인 갤러리로 향했다. 갤러리는 여전히 깔끔하고 고급스러운 분위기였으나 공범준 대표는 기분이 가라앉아 보였다. 마치 그의 어두운 기운이 공범준 대표에게 옮겨간 듯했다. 무슨 일이 있었냐고 묻고 싶었으나 개인적인 것을 묻는 것이 실례일 거라는 생각에 모른척했다.

"완성된 멋진 작품 빨리 보고 싶군요. 고생 많습니다. 제가 요즘 이래저래 정신이 없어서 연락도 못 했습니다. 몇 달 전 다른 곳에 투자를 좀 했는데 그것이 제 발목을 계속 붙잡고 힘들게 하네요. 제대로 운영이 되지 않아 돈이 계속 들어가니 힘들어 죽을 지경입니다. 송충이는 솔잎을 먹어야지 미술 관련 일이 아닌 곳에 투자했다가 낭패를 보고 있습니다. 홍콩아트페어 부스 대관료도 아직 보내지 못하고 있습니다."

공범준 대표는 연민이 느껴질 정도로 풀이 죽어서 묻지 않은 이야기를 시작했다. 작가에게 부스 대관료를 내주길 바라는 마음에서 이런 이야기를 하는가 싶은 생각이 들었다. 일부 화랑들은 자기네 이름으로 참가하는 아트페어에 작가들에게 전적으로 경비를 부담하게 하고 판매되면 또다시 수수료를 상당 금액 가져가는 경우가 흔히들 있는 일이었다.

공범준 대표와 마음으로 오가는 정은 없어도 딱한 사정을 들으니, 여력이 있다면 도와주고 싶은 마음이 들었다. 그의 그런 마음을 알아차리듯 공범준 대표는 홍콩에 출품할 작품을 먼저 비인 갤러리 컬렉터에게 선을 보이면 어떠냐며 제의해 왔다. 그는 작품이 어디서든 팔리면 좋은 일이지만 그래도 해외 무대를 겨냥해 무척 공을 들인 작품이라 거절하고 싶었다. 그러나 다급한 사정 얘기를 들은 그로서는 거절하기 힘들었다. 공범준 대표의 애처로운 눈빛에서 힘들어 본 사람만이 알 수 있는 절실함이 보였다.

다음날 백호 크기의 그림 세 점을 홍콩이 아닌 비인 갤러리로 보냈다. 홍콩으로 그림을 보낼 날짜는 아직 한 달 이상 남아있어 몇 점 더 그릴 작정이었다.

그는 그림을 보내고 난 후 알 수 없는 불안감이 계속되었다. 공범준 대표에게 연락이 없었다. 그림이 팔렸다는 연락도 없었고 홍콩으로 그림을 배송해야 할 정확한 날짜도 언급이 없었다. 불안감이 엄습했다. 먼저 연락을 취하고 싶었으나 며칠 더 기다리자고 생각했다.

　그는 며칠을 더 보내고서야 공범준 대표에게 전화를 걸었다. 벨 울음은 끊임없이 울렸다. 한참 후 기계음에서 나오는 여자 목소리까지 듣기를 반복했다. 가슴이 쿵쾅거리는 소리가 귓전까지 들렸다. 무엇 때문에 불안한 마음이 드는지 막연하지만 계속해서 받지 않는 전화를 걸었다. 그는 옷을 갈아입을 생각도 하지 않고 물감으로 범벅된 작업복을 입은 채 휘적휘적 대로변으로 뛰쳐나가 택시를 잡아탔다. 비인 갤러리로 가는 동안 그는 아무 일 없기를 빌었다. 택시 안에서 마음을 진정시키고 싶었으나 그의 얼굴은 이미 흙빛으로 변했다.

　그의 바람은 빗나갔고 불안은 적중했다. 비인 갤러리는 텅 비어있었다. 아무것도 있지 않았다. 그의 그림은 이미 팔려서 공범준 대표가 돈을 챙겨 가져갔는지 모를 일이었다. 그의 작품을 샀던 컬렉터들이 누구인지 모르기에 물어볼 수도 없는 노릇이었다. 건물주에게 연락을 취했으나 보름 전에 계약만료가 되어 나갔으며 공범준 대표를 찾는 사람이 여럿 왔었다는 얘기만 할 뿐이었다. 눈앞이 노랬다. 봄볕이 노랬는지 어지러웠다. 비틀거리며 경찰서에 사건 접수를 하고 집으로 돌아올 수밖에 없었다. 그는 다시 어둠의 길로 들어섰다. 암담했다. 그동안 작업에 열중하느라 에너지는 바닥이 난 상태라 꼼짝하기도 힘들었다. 다음날 수업이 있는 날이었다. 어지러움을 겨우 부여잡고 결강한다는 연락을 남기고 그대로 허물어졌다.

천 선생은 문화센터 측에서 보낸 결강 문자를 받았다. 강사의 개인적 이유로 결강한다는 내용이었다. 걱정스러운 마음으로 그에게 연락해 보았지만, 전화를 받지 않았다. 그동안 작업에 집중하느라 건강에 큰 무리가 있었는지 염려스러웠다. 그냥 지나치기에는 그의 어두운 낯빛이 자꾸 마음에 걸렸다. 집을 몰라 그의 아내에게 전화해 물었다. 주소를 받아 들고 그의 집으로 향했다.

여러 세대가 사는 다세대주택의 계단은 한낮인데도 어두침침했다. 이런 곳에서 생활하며 작업을 했다고 생각하니 새삼 마음이 무거웠다. 현관 벨을 눌렀으나 인기척이 없었다. 다시 전화를 걸었다. 집안에서 전화벨 소리가 들렸다. 천 선생은 순간 머릿속이 아득하고 숨이 막혔다. 또다시 현관 벨을 눌렀다. 주먹으로 문을 세차게 두드렸다. 전화기 든 손이 심하게 떨렸다. 여전히 인기척은 없었고 집안에서 들리는 것은 벨소리뿐이었다. 급히 열쇠 수리공을 불러 문을 따고 들어갔다. 의식을 잃고 널브러져 있는 그가 보였다. 황급히 구급차를 부르고 그의 아내에게 전화했다.

　그는 큰 유리창으로 들어오는 햇살에 눈이 부셨다. 며칠 동안 깊은 잠을 잤는지 모르겠다. 누군가 그의 손을 꼭 붙잡고 엎드려 있었다. 누구의 손인지 친근하게 느껴졌다. 지난날 꿈속에서 느꼈던 여인의 따뜻함과 흡사했다. 그는 또다시 같은 꿈을 꾸고 있는지 몽롱했다. 그의 곁에서 말없이 고개 든 얼굴은 어렴풋이 보였던 꿈속의 여인이었다. 그 여인은 아내와 닮았다. 그는 순간 눈물이 뺨을 타고 흘러내렸다.
　창밖에는 봄바람이 불고 있는지 하얀 꽃잎이 흩날렸다.

불 꺼진 창

이민경 〈소망19〉 73x53cm, acrylic on canvas

비가 추적추적 내린다. 숲속은 어둡고 나무는 빼곡하다. 가느다란 나무는 부피를 늘리지 못하고 키만 키웠다. 나무들이 빛을 찾아 하늘로만 솟았다. 가느다란 나무에 잎이 무성하다. 얼기설기 줄기와 잎들이 제멋대로 엉켜있다. 흡사 죽은 자들이 모여서 웅성거리는 모습이다.

숲이 무서워 잔뜩 겁을 먹은 여자는 질척거리는 산길을 헤맨다. 계속 미끄러져 나무를 붙잡았으나 손에 잡히지 않는다. 헛손질만 하다가 미끄러지기를 반복한다.

'눈에 보이는 이 나무는 대체 뭐지?'

여자는 넘어지면서 생각했다.

뒤를 돌아보니 가느다란 나무 사이로 두 남자가 걸어오고 있다. 죽은 자들 사이에서 살아남은 악귀 같았다. 조소를 퍼붓는 소리가 점점 크게 들린다. 여자는 뛰기 시작한다. 어두운 숲을 벗어나기 위해 질척이는 산길을 힘껏 달린다. 미끄러져 넘어지면 다시 일어난다. 뒤쫓는 남자들도 뛰었다. 여자의 얼굴에 붉은 선혈이 흐른다.

물소리가 크게 들린다. 소리가 나는 곳으로 여자는 정신없이 다시 뛰었다. 벼랑 끝에서 발길을 멈춘다. 더는 갈 수 없었다. 천길 낭떠러지에 폭포가 하얀 거품을 거칠게 뿜어낸다. 두 남자로부터 도망치는 것인지 다른 실체를 찾아 헤매는 것인지 혼란스럽다. 절벽 끝에서 한 발짝도 내딛지 못한다. 두 남자의 비웃는 소리가 점점 가까워진다. 여자는 손으로 얼굴을 가리고 절벽 아래로 몸을 던진다.

*

서희는 비명을 지르며 눈을 떴다. 어두운 숲속도, 죽은 혼령 같은 나무도 보이지 않았다. 뒤쫓는 남자도 없었다. 대신 식은땀이 등을 흠뻑 적셨다. 깊은 한숨을 내쉬었다.

새벽빛을 보고 겨우 잠들었는데 이내 악몽으로 지쳤다. 비슷한 꿈을 여러 번 꾸지만, 결말은 항상 막다른 벼랑 끝에서 떨어졌다.

악몽을 꾸는 날이면 온종일 꼼짝하지 않고 누워만 있었다. 이날도 몸의 기운이 발끝으로 빠져나가 일어설 수가 없었다. 시트가 식은땀으로 눅눅해 일어나고 싶지만, 몸이 말을 듣지 않았다. 잠을 잘 때도 힘들지만 깰 때가 더 힘들었다.

악몽을 잊기 위해 그녀가 한 것은 그대로 누워서 뷰티 영상과 강아지 영상을 보는 것으로 하루를 늦게 시작했다.

벌써 오후 세 시경이다. 저녁에 새로 가입한 성악 모임이 있는 날이라 외출 준비를 해야 했다. 무거운 몸을 일으켜 주방으로 걸어갔다. 입맛은 없었으나 배가 고팠다. 빵 한 조각과 커피로 늦은 점심을 해결했다.

그녀는 기지개를 켜며 잠든 몸을 깨웠다. 따뜻한 물이 받아진 욕조에 몸을 담그니 저절로 옅은 신음이 나왔다. 세포 속으로 물이 스며들어 온몸을 헤집어 놓았다. 다시 몽롱하니 졸음이 쏟아졌다.

빵 한 조각의 열량은 샤워로 다 소진되었다. 다리에 힘이 풀려 화장대 의자 위에 주저앉았다. 거울 속에 낯익은 여자가 퀭한 눈으로 그녀를 쳐다보고 있다. 엄마의 얼굴이 순간 스쳐 지나갔다. 엄마를 닮은 얼굴이 싫어 그녀도 모르게 인상을 찌푸렸다. 얼굴에 스며있는 엄마의 모습과 예전 김명선으로 살았을 때의 흔적을 지우기 위해 화장을 시작했다.

새로 가입한 인터스타일(人터style)다이닝 성악 모임이 있는 첫 날이다. 가입할 때 까다로운 입회 조건이 있었으나 방 관장의 가입 권유와 남편 직함이 그녀의 신용을 보증했다. 서희는 연령대가 맞지 않아 내키지 않았지만, 남편이 참여해 보라는 말도 있었고 한시적으로 삼 개월만 하는 모임이라 가입했다.

서희는 예쁘게 보이기보다 귀티 나는 모습이 나도록 피부화장에 시간 할애를 많이 했다. 기초화장을 꼼꼼하게 한 후에도 서너 가지는 더 발라 매끈하게 윤이 나도록 했다. 아이라이너로 눈꼬리만 살짝 올리고 자칫 천박하게 보일 수 있는 마스카라는 하지 않았다. 코랄핑크색의 립스틱과 같은 계열의 블러셔도 기법게 했다. 고전적이면서 현대적 감각이 묻어나는 고급 소재의 원피스를 입고 샤넬 신상 핸드백을 들었다. 그녀가 오래전부터 꿈꾸었던 모습이었다. 화장하기 전과 후의 모습은 판이했다. 그녀의 나이에서 볼 수 없는 기품이 은은하게 맴돌았다. 잔향이 오래가는 딥디크로 마무리하고 이태원동으로 향했다.

성악 모임 장소는 언덕 위 고급 주택가에 있었다. 가정집을 문화공간으로 개방한 곳이었다. 위압감을 주는 담장과 달리 대문은 정갈하니 수수하기까지 했다. 방 관장과 함께 대문 안으로 들어서니 돌계단이 시야를 가렸다. 자연석으로 만든 돌계단 모퉁이에 야생화가 수줍게 피어있었다. 서희는 하이힐 때문에 조심스럽게 돌계단을 올랐다. 마지막 계단에 이르자 펼쳐진 정원은 장관이었다. 소나무는 담을 따라 관중처럼 서 있었다. 뒤쪽으로 남산이 감싸주었고 앞으로는 한강이 보였다. 서희는 외마디 작은 탄식을 냈다. 집안에 들어서니 곳곳에 미술품들이 제 위치를 찾아 위엄있게 자리 잡았다. 고가의 미술품일지 모르나 정원이 주는 아름다움에는 미치지 못했다.

동행한 방 관장한테 '하우스테이너'라는 새로운 직종에 대해 들었다. 모임의 행사를 진행할 하우스테이너는 집과 집주인의 특성과 개성을 고려해 문화행사를 기획, 진행하는 사람이었다. 집주인이 공간을 개방하고 동참하여 자연스럽게 인적 네트워크를 만들어 나간다고 했다. 거실에는 이미 두 사람이 먼저 와 있었다.

하우스테이너가 다가와 요란하게 환대했다. 방 관장에게는 환호성을 내며 두 팔 벌려 포옹했고, 서희에게는 환영한다며 호들갑스럽게 악수를 청했다. 서희는 눈웃음으로 인사하며 악수를 받았다. 하우스테이너의 가식적인 웃음 뒤에 탐욕의 눈빛도 엿보였다.

서희는 소파 끝에 엉덩이만 걸치고 허리를 곧게 세우고 앉았다. 사람들의 시선이 그녀에게 계속 머물렀다. 거북한 긴장감을 보이기 싫어 다시 소파 깊숙이 고쳐 앉았다.

잠시 후, 참석인원 열 명이 모였다. 참석자들은 각자의 직업 특성을 보여주듯 개성 있는 차림과 태도를 보였다. 서희는 섣부른 판단이지만 무슨 일을 하는지 대충 짐작이 갔다. 모자를 쓴 사람은 예술 계통에 있을 것이고 날카롭게 보이는 사람은 법조계, 세련되고 편한 복장을 한 사람은 시간이 자유로운 기업인, 아니면 한량, 안경을 쓰고 약간 굳은 표정의 사람은 교직이나 공기업 출신, 화려한 의상을 입은 사람은 패션 쪽. 서희는 눈으로 사람들을 읽었다.

거실에서 티타임을 가지며 하우스테이너가 참석자들을 소개했다. 패션디자이너, 갤러리 관장, 시인 등 예술 분야에 종사하는 사람들을 먼저 소개했다. 한 사람씩 호명할 때마다 가볍게 박수로 환영을 표시했다. 다음은 문화예술을 다양하게 경험하고 싶어서 온 기업인, 법무법인의 대표, 교수, 전직 국회의원, 모 단체의 이사장이라며 소개가 이어졌다. 그들의 직함을 일일이 열거하는 게 주목적이듯 지루할 정도로 온갖 부연 설명을 덧붙여 소개했다. 서희가 듣기에 하나 같이 정체 모를 부르주아라는 인식만 있을 뿐 귀에 들어오지 않았다. 한 명씩 소개가 끝날 때마다 그녀는 짐작이 맞았다며 살포시 웃었다. 그 웃음을 가리기 위해 환영의 박수를 보냈다.

이윽고 마지막으로 서희를 소개할 차례였다. 하우스테이너는 서희 남편의 온갖 직함을 모조리 말하더니 부인이라는 한 단어로 매듭지었다. 남편을 등에 업고 그 자리에 참석한다는 게 새삼 초라했다. 정작 서희의 타이틀은 남편 있는 아내일 뿐 그 외에는 아무엇도 없었다.

성악을 전공한 하우스테이너는 이번 프로젝트의 기획 의도를 설명했다.

"참석해 주셔서 감사합니다. 앞으로 삼 개월간 여러분의 성악 지도와 행사 진행을 맡았습니다. 인터스타일(人터style)다이닝이라는 모임이 개인 가정집 공간에서 이루어지는 것에 생소하실 겁니다. 사람이 사는 집터에서 하는 모임 유형이라 그렇게 불리고 있습니다. 이런 모임을 주관하게 된 이유는 개인이 각자 자기 공간에 가두어진 채 혼자만의 문화를 향유 한다면 그 사회는 어떻게 될까요? 개인의 공간을 개방해 서로 다른 관심의 예술영역을 공유하여 균형 잡힌 예술을 접하는 데 목적이 있습니다. 이번 프로젝트는 마티스의 화풍처럼 과감하게 원색을 병렬해서 아름다움을 일상생활에서 추구하는 것입니다. 음악, 미술, 의상, 음식, 실내 장식 등 문화예술의 조화와 균형을 위한 것입니다. 참여하신 패션디자이너 선생님의 작품에서 계절을 연상했고 그 작품에서 야수파 마티스를 떠올렸습니다. 마티스 색채의 의상을 별도로 준비했고 그의 화풍처럼 공간 분위기도 미술품과 꽃으로 바꿨습니다."

하우스테이너의 장황한 설명은 야수파처럼 강렬하게 자신의 문화적 수준과 예술적 안목을 피력했다. 삼 개월간 하는 성악 모임은 노래를 배우기 위함이 아니라, 균형 잡힌 예술을 경험하자는 미명으로 사람을 알아가는 또 다른 그들의 방식이었다.

하우스테이너의 설명이 끝나자 다른 곳으로 안내되었다. 그곳에는 그랜드피아노가 한쪽에 놓여있고 천장과 벽은 스피커 시설과 방음 처리가 완벽하게 되어있었다. 작은 공연장으로 써도 손색이 없었다. 그랜드피아노의 반대쪽에는 화려한 색깔의 옷과 용품이 걸려있었다. 마티스 풍의 의상을 준비해 두었다더니 드레스 코드를 직접 준비해 놓은 것이었다. 서희는 색감이 강렬한 마티스 풍의 옷과 액세서리를 보고 아름답다는 생각보다 알록달록한 옷을 어떻게 입을지 엄두가 나지 않았다. 그녀는 옷 대신 기다란 스카프를 골라 목에 둘렀다.

하우스테이너는 성악을 전공한 사람답게 성악 개요와 수업에 대해 간략하게 오리엔테이션을 했다. 곧바로 발성 Vocalize 불렀다. 제대로 하는 발성은 아니지만, 모음으로만 허밍처럼 부르기에 눈치껏 따라 하면서 목을 가다듬었다. 그런 후 지정곡인 동심초를 불렀다.

꽃잎은 하염없이 바람에 지고 만날 날은 아득타 기약이 없네.
무어라 맘과 맘은 맺지 못하고 한갓되이 풀잎만 맺으려는고~

방 관장이 노래를 부르면서 서희에게 자주 눈길을 주었다. 그 눈길은 생경한 경험에서 오는 어색함을 달래 주기에 충분했다. 한 시간이 채 못 되는 연습이 끝나고 이 층의 식당으로 자리를 옮겼다. 프랑스 부르고뉴 지방의 와인이라고 하는데 이름이 열 글자가 넘었다. 더는 투명할 수 없을 것 같은 잔에 붉은색이 매혹적으로 채워지면서 찰랑거렸다. 하우스테이너는 와인에 대해 열심히 설명했다. 오래 숙성되어 혀를 감싼다고 하지만 그녀는 별다른 맛을 못 느꼈다. 어니언 수프와 필렛미뇽 스테이크는 맛이 좋았다. 지급한 회비가 아깝지 않았다. 옆자리에 앉은 방 관장은 미소를 지으며 하우스테이너의 설명에 고개까지 끄덕이며 경청했다.

방 관장을 알게 된 것은 남편 지인의 개인전 오프닝 파티 때 소개받았다. 그녀는 상냥하며 따뜻했고 상대를 무장 해제시키는 특별한 재주가 있었다. 바쁘게 다니면서 많은 일을 하지만 피곤한 기색은 전혀 보이지 않았다. 항상 생기가 있고 상대를 기분 좋게 만들었다. 서희는 그녀의 따뜻함과 배려가 좋았다.

저녁 시간이 길어지자, 하우스테이너의 가늘고 날카로운 목소리가 귀에 거슬리기 시작했다. 다른 사람도 서희와 별반 다르지 않을 것 같은데, 그들은 시종일관 미소를 잃지 않았다. 참석자들의 대화는 조용했으며 차분했다. 정각 아홉 시가 되자 약속이나 한 듯 모두 일어나 정중한 인사를 나누고 헤어졌다.

처음 보는 사람들의 만남은 항상 피곤했다. 집으로 돌아온 서희는 현관 센서 등이 먼저 맞이했다. 철커덕 문이 닫히고 적막이 그녀의 동작을 일순간 멈추게 했다. 저녁 약속이 있는 날은 불을 켜놓고 나갔어야 했는데 잊어버렸다. 자신이 내뱉는 숨소리가 고스란히 들렸다. 어둠이 잠식된 집안에서 누군가 튀어나올 것 같아 선뜻 신발을 벗지 못했다.

그녀는 어두운 빈집에 들어가 불을 켜고 혼자 밤을 보내는 게 힘들었다. 서울로 온 이후, 악몽이 잦아지면서 부쩍 불안과 외로움에 시달렸다. 그 불안은 악몽 속의 남자들이 찾아와 그녀의 삶을 뒤흔들 것 같은 두려움이었다.

서희는 급하게 스위치를 눌렀다. 거실의 백색 불빛만으로는 불안을 잠재우기 힘들었다. 불안이 원인을 찾기라도 하듯 방마다 전등을 켰다. 주방과 욕실, 모든 조명을 켰다. 보지도 않는 텔레비전도 켰다. 안방 욕실이 캄캄했다. 어두운 기운에 소스라치게 놀라 벌떡 일어났다. 누군가 걸어 나올 것만 같아 뛰어 들어가 스위치를 눌렀다. 집안에 모든 전열기 스위치에 빨간불이 들어왔다. 뇌신경을 자극할 만큼 높은음의 아리아 곡을 틀었다. 귀가 찌릿찌릿했다. 아리아를 부르는 소프라노의 목소리가 하우스테이너 여자와 겹쳤다. 무슨 내용인지 어떤 성악가가 부르는지 모르지만, 적막을 깨는 소리로서는 충분했다. 밤이 되면 고통에 가까운 외로움이 서희를 헤집어 놓았다. 어둠의 집에 모든 불이 켜지고 음악 소리가 들리면 자신의 과거와 싸우고 있는 신호였다.

옷을 벗어 내동댕이친 서희는 냉장고 문을 열었다. 유리그릇에 담긴 나박김치가 눈에 들어왔다. 갑자기 허기와 갈증을 느낀 그녀는 나박김치를 벌컥벌컥 들이켰다. 저녁 시간 내내 고상함과 우아함을 쫓아가기 위해 그들과 함께했던 자신이 가식덩어리처럼 느껴졌다. 스테이크를 먹은 후 남아있던 느끼함이 사라졌다. 막힌 속이 뚫려 개운하기까지 했다. 외로움과 두려움도 가신 듯했다.

남편은 출장에서 돌아온다는 날이지만 아무 연락이 없었다. 오늘도 그는 들어오지 않을 것이다. 서희는 가면을 벗듯 화장을 지웠다.

다음날은 시 창작 수업이 있는 날이다. 특별한 재미가 있는 것은 아니지만 옅은 관심이 있었고 교양을 얻는데, 필요하다고 생각했다. 요일별로 미술사 수업도 정해져 있고 오전 오후로 나누어 골프와 필라테스 개인 지도도 받고 있다. 수시로 전시와 공연도 관람하고 플로리스트 수강도 했다. 남편이 그녀에게 부여한 것을 누리기 위해 많은 것을 했다. 김명선을 지우기 위해 버둥거렸다. 어린 시절 그렇게 간절히 바랐던 삶을 살고 있었다. 빗나간 부분은 있었으나 우아한 소비를 하면서 온전히 누리고 싶었다. 경제적 여유로움을 놓치고 싶지 않았다. 그것에 상응하는 대가로 서희는 살아있는 인형으로 얌전히 있어야 했다.

서희는 아버지를 일찍 여의었다. 아버지가 엄마에게 남기고 간

것은 방 두 칸짜리 판잣집과 빈곤한 살림살이 그리고 어린 자식 둘 뿐이었다. 젊디젊은 엄마는 몇 해 동안 외로움을 온몸으로 표현했다. 밤이 되면 술잔을 기울이며 매번 똑같은 말을 내뱉었다. 이런 촌구석에서 나 혼자 애 둘을 어떻게 키우냐며 한숨을 들이마시고 내쉬면서 신세타령을 했다. 수주가 두 병을 비울 때쯤이면 엄마는 눈물 콧물이 뒤범벅되어 짐승의 울음소리를 냈다. 바다에 빠져 죽든지 해야지 어떻게 사냐며 고래고래 소리를 지르고서야 술자리를 끝냈다. 서희는 그런 엄마의 울부짖음을 들을 때마다 가슴 졸였다. 엄마마저 아버지처럼 없어질지 겁이 났다. 엄마가 쓰러져 잠들 때까지 매번 짐승의 처절한 노래를 숨죽여 들어야 했다.

어느 날 엄마는 남자를 집안으로 들였다. 어린 서희의 눈에도 불량기가 있어 보이는 남자였다. 엄마는 남자가 좋았는지 계속 호호 헤헤거리며 값싼 웃음을 보였다. 남자는 엄마에게 대하는 것과 달리 서희에게는 냉랭했으며 차가웠고 위압적이었다. 남자는 자기 자식을 거두지 못하면서 남의 자식과 같이 사는 것이 화가 났는지 시시때때로 분을 서희에게 풀었다. 엄마가 지나가는 말로 서희에 관해서 얘기하면 여지없이 회초리를 들었다. 그 남자한테 회초리는 사랑의 매였고, 훈육이었다. 그런 명분 없는 훈육의 매를 들 때 엄마는 슬그머니 자리를 피했다. 연년생 오빠도 엄마의 행동과 별반 다르지 않았다. 위협적인 남자의 행동을 보면서 오빠는 비위에 맞게 행동해야만 매 맞지 않는다는 것을 일찍 터득했다.

　엄마는 날이 갈수록 점점 화장이 짙어져 분 냄새를 사방으로 흘리고 다녔다. 더는 애 둘 딸린 엄마가 아니었다. 늦은 오후가 되면 엄마와 남자는 일을 나갔고 새벽녘이 되어서 함께 들어왔다. 어떤 날은 새벽에 들어와 밖에서 이어진 싸움이 계속됐다. 남자는 엄마에게 필요 이상으로 헤픈 웃음과 끼를 피운다며 소리를 지르고 주먹이 올라갔다. 큰소리에 자다 깬 서희는 뛰쳐나가 남자를 가로막고 하지 말라고 소리치며 엉겼다. 남자는 감히 누구한테 대드냐며 상소리와 함께 어린 서희의 머리끄덩이를 휘어잡고 내동댕이쳤다. 그리고 초라하기 그지없는 세간살이를 걷어차고 집어 던지면서 요란한 소리로 자신의 화를 표현했다. 깨지고 찌그러져도 아까울 것 하나 없는 물건들은 남자의 화를 표현하는데 제 몫을 다했다. 남자는 자신의 신세 한탄을 그런 식으로 풀었다. 남자가 난장을 피우는 동안 엄마는 물소리를 유난히 크게 내며 씻었고 오빠는 동생의 울음소리가 들리지 않았는지 방에서 나오지 않았다. 외면하는 엄마가 미웠지만, 분 냄새 풍기는 엄마가 항상 그리웠다. 그러나 엄마는 남자의 여자였다. 더는 서희의 엄마가 아니었다. 그렇게 초등학교와 중학교 시절을 보냈다.

　서희는 고등학교에 다니는 내내 시간만 되면 바닷가로 갔다. 검푸른 수평선을 보면서 답답한 마음을 바다에 던졌다. 그러나 바람과 함께 되돌아오는 것은 슬픔뿐이었다. 반짝이는 모래바람을 핑계 삼아 실눈으로 눈물을 가렸다. 파도 소리와 바닷새들의 울음소리는 지난날 엄마가 쏟아버린 악다구니의 끔찍한 울부짖음처럼 들렸다. 엄마의 한숨 속에 배어있던 썩은 냄새와 분 냄새가 바람과 함께 콧속으로 들어오는 것 같아 코를 부여잡았다. 남자의 폭언과 폭력보다 피붙이들의 방관이 그녀를 더 힘들게 했다. 엄마의 화장이 점점 짙어졌지만, 집안 살림은 여전히 어려웠다. 구질구질하고 땟국물이 흐르는 이곳. 서희는 바다를 보면서 강원도를 떠나 서울로 가는 꿈을 매일 꾸었다. 돈을 많이 벌어 사람답게 살고 싶었다. 어떤 것이 사람답게 사는 것인 줄은 몰랐다. 단지 돈이 꿈이고 목표였다. 하얀 거품 같은 꿈을 꾸고 난 후 현실에서 맞닥뜨리는 것은 여기를 빨리 벗어나야 한다는 조급함과 아르바이트하러 가는 시간이 기다리고 있을 뿐이었다.

그날도 서희는 아르바이트를 마치고 집으로 돌아왔다. 엄마와 남자는 집에 없었다. 부엌에 쌓여있는 설거지를 보니 한숨이 나왔다. 그녀를 보고 있던 오빠는 이따가 설거지하라며 잠깐 방으로 들어오라고 했다. 다른 날과 달리 표정과 말투가 부드러웠다. 잠시 머뭇거리더니 조심스럽게 말을 건넸다.

"너, 성관계해 봤니?"

"그건, 왜 물어?"

"그것 끼고 할 테니깐 나하고 한 번 하자?"

"미친 새끼 아니야? 네가 오빠 맞아?"

서희는 품고 있었던 침전된 감정의 오물 바가지를 쏟아부었다. 눈이 돌아갔다. 육두문자를 외치며 손에 잡히는 대로 집어 던졌다. 남자에게 맞았던 아픔을, 대들지 못했던 울분을, 방관하고 있었던 식구에 대한 미움을, 그동안 누적된 증오를 오빠에게 모두 퍼부었다. 짐승의 소리로 토해냈다. 어릴 적 서희가 들었던 엄마의 짐승 소리와 비슷했다. 오빠는 잘못했다며 손을 싹싹 빌었다. 뱀처럼 눈치만 살피며 살아온 탓에 그의 비겁함과 간사함이 여실히 드러났다. 평소에 서희는 엄마의 남자를 항상 조심했다. 그러나 오빠가 내뱉은 말에 너무 큰 충격을 받았다. 그 이후로도 오빠는 서희가 자는 방을 기웃거렸다. 그럴 적마다 가슴 졸이며 하루빨리 집을 벗어날 생각만 했다.

서희는 고등학교 졸업을 손꼽아 기다리며 집 떠날 계획을 세웠다. 서울로 가고 싶었으나 태어나서 한 번도 가보지 않은 그곳은 너무 큰 곳이었으며 두려움의 도시였다. 남자와 오빠에게서 벗어나고 싶었으나 엄마의 존재는 마음에서 내려놓기가 쉽지 않았다.

그녀는 안정적으로 집에서 벗어날 수 있는 탈출구를 찾았다. 정선 카지노가 있는 호텔이었다. 채용형 인턴직으로 딜러 부문에 응시했다. 폐광지역 출신이라는 이점이 있었다. 가산점을 부여받고 다행히 합격했다. 그렇게 혐오스러웠던 누더기 같은 곳의 흔적이 처음으로 도움이 되었다. 기숙사가 있기에 그녀에게는 더없이 좋은 직장이었다. 산속에서 생활해야 하는 것이 싫었으나 열아홉 해 동안 어둠의 때가 덕지덕지 붙어있는 음산한 집이 아니라서 좋았다. 서희는 합격의 기쁨을 그 누구에게도 알리지 않았다. 몰래 가방을 싸서 새벽녘 삼척을 떠나 정선으로 향했다.

*

바람이 어디로부터 불어와
어디로 불려가는 것일싸,
바람이 부는데
내 괴로움에는 이유가 없다.
내 괴로움에는 이유가 없을까,
단 한 여자를 사랑한 일도 없다.
시대를 슬퍼한 일도 없다.
바람이 자꾸 부는데
내 발이 반석 위에 섰다.
강물이 자꾸 흐르는데
내 발이 언덕 위에 섰다.

흰머리마저도 고상하게 보이는 주부 수강생이 차분하고 고운 목소리로 윤동주의 「바람이 불어」 시를 낭독했다. 부드럽게 들렸으나 내용은 한 글자씩 서희 가슴에 박혔다. 수업을 맡은 강사는 윤동주 시인의 정체된 삶, 현실에 안주하는 소극적인 삶을 괴로워한 이유를 설명했다. 무릇 서희는 자기 삶의 방식을 책망하는 것처럼 들렸다. 더는 강사의 설명이 귀에 들어오지 않았다. 그녀는 자신이 느끼는 책망에 대한 변명을 계속해서 되뇌었다.

'지금 내가 서 있는 반석은 충분히 안주하며 살아도 돼. 죄책감을 느낄 필요 없어. 물론 지금도 바람은 불지만, 그 바람에 괴로워할 필요 없어. 난 그동안 너무 힘들게 살아왔어. 남들이 평생 겪어야 할 괴로운 시간을 이미 다 겪었고 충분히 고통받았어. 다른 데서 찾는 만족감과 행복을 나는 여기서 찾는 거야. 옳고 그른 판단은 누구도 하지 마. 내 삶의 가치 부여는 내가 하는 것이니깐.'

서희는 잘못하면 큰소리를 낼 뻔했다. 강사는 시의 주제인 현실에 안주하는 자기 삶을 성찰하면서 각자 한 편의 시를 쓰게 했다.

그녀는 조용히 일어나 강의실을 빠져나갔다.

별 모양 엠블럼이 달린 승용차는 강변을 달렸다. 그녀는 음악을 틀지도 않고 멍하니 앞차의 번호판을 보며 핸들을 잡았다. 한참을 달리고 나니 갈증이 났다.

북한강 강변에 있는 작은 카페에 들어가 차가운 커피를 주문했다. 휴대전화를 확인하니 문자가 쏟아졌다. 오후에 골프 교습 시간을 알리는 문자, 백화점 MVG에게 보내는 행사 안내, 방 관장의 부재중 전화, 그 외에 광고 문자가 서너 개, 반갑지 않은 문자들만 있었다. 마지막에 남편에게서 온 문자가 있었다.

─일이 끝나지 않아 며칠 더 있어야 할 것 같다.

그의 문자는 짧고 무미건조했다. 글자들이 먼지가 되어 날아다녔다. 콧속으로 들어갔는지 싸하니 매캐했다. 그녀는 갑자기 눈이 붉어졌다.

*

그녀는 딜러로 일할 때 카지노를 드나드는 사람을 보면서 돈의 유무가 아닌 다른 것으로 고객을 구분했다. 정도의 차이가 있겠지만 크든 작든 중독에 빠져 영혼이 서서히 잠식되어 가는 사람과 단순히 여흥을 즐기는 사람으로 나누었다. 초라한 행색의 주부도 현금 뭉치를 들고 다니며 게임판에 달려드는 낯빛은 온전한 사람의 얼굴이 아니었다. 빛을 잃어가는 사람은 주말보다 주중에 더 많았다. 돈다발을 흔들며 도박에 중독된 사람을 상대했고, 게임 칩을 쌓아놓고 거들먹거리는 행태를 지켜봐야 했다. 추잡한 추파도 견뎠다. 무엇 때문에 일하고 있는지 회의감이 들었다. 집에서 안전하게 떠나는 것만이 여고생 서희가 꾸었던 꿈이었다. 너무나 급급했기에 그다음 것을 생각하지 못한 어리석음이 있었다. 안정된 직업이 주는 적은 월급은 그녀를 고여있는 물안에 가두었다. 소극적인 삶에 만족하면서도 조금씩 시들어갔다. 바람을 쐬고 따뜻한 햇볕을 받아 치유하며 성장해야 하나 그녀는 멈추어 버렸다. 정신적, 정서적으로 받은 상처는 아물지 않았고 시시때때로 아팠다. 검푸른 동해를 보면서 품었던 하얀 꿈은 고작 집을 나오는 것이 전부였다.

서희는 그동안 모은 돈을 갖고 집으로 돌아가면 화목한 가정이 되지 않을까 생각했다. 그러나 아니라는 것을 알고 있다. 혼자서 술병을 비우던 엄마의 모습이 아른거렸다. 짐승의 울음소리를 내면서 통곡했던 소리가 다시 들렸다. 엄마가 도망갈까 잠 못 자고 마음 졸였던 그때가 생각났다. 엄마가 그립다. 그래도 도망가지 않고 곁에 있어 주었던 엄마가 새삼 고마웠다.

집을 떠난 지 오래되었으나 그 누구도 서희를 찾는 일은 없었다. 그녀는 가끔 먼발치에서 엄마를 보고 왔지만, 식구들 앞에 나서지는 않았다. 예전과 다름없는 그들의 삶이었다. 돌아오는 길에 항상 몸서리를 치며 약해지는 마음을 다잡았다.

강원도 정선에서 고여있는 시간으로 일곱 해를 보냈다. 일 년 주기로 반복적인 생활에 지쳐있었다. 시간이 멈추어 버린 삶에 예년과 같은 해를 보내기 힘들 무렵 지금의 남편을 만났다. 카지노에서 야간 근무로 룰렛게임 테이블을 맡았을 때였다.

그는 멍하니 돌아가는 원판 테이블을 보고 있었다. 눈 속에 공허함이 가득했다. 서희는 그에게 자꾸 눈길이 갔다. 텅 빈 동공으로 룰렛을 보고 있는 그에게 칩을 걸으라고 요청하지 않았다. 다음날에도 그는 카지노에 왔다. 여전히 초점 없는 눈빛이었다. 중독에 빠져 영혼이 잠식되어 가는 눈빛과는 달랐다. 마음의 상처가 깊은 사람인 것을 알 수 있었다. 그런 그에게 눈길뿐 아니라 마음이 쓰였다.

아침 퇴근길에 우연인지 우연을 가장한 섯인지 분간할 수 없지만, 그가 서희에게 다가왔다. 서희가 보낸 눈빛이 어떤 것인지 그는 알고 있었다. 서희는 그런 그를 받아들이는 데 오랜 시간이 걸리지 않았다.

그는 전처의 뜬금없는 이혼 요구에 몇 년간 소송 끝에 혼자되었다고 했다. 무엇이 그토록 아내를 힘들게 했는지조차 그는 이해하지 못했고 받아들이기 어려워했다. 전처는 아이 둘을 데리고 외국으로 가버리고 혼란을 겪고 있을 때였다. 서희는 그의 아픔이 보였다. 그도 서희의 상처를 보았다. 사랑받지 못했던 그녀는 그의 따뜻한 말이 크게 다가왔다. 어릴 적 어쩌다 엄마가 보낸 미소에도 좋아했던 그녀는 그에게 사랑을 느꼈다. 카지노 딜러로 일하면서 받았던 유혹과는 달랐다. 그녀가 무엇을 해야 하는지 계획도 세워 주었고 방법도 알려주었다. 누군가가 나서서 어떤 일을 해준다는 것이 더없는 사랑으로 그녀에게 다가왔다.

　그는 서희에게 말했다. 경제적 여유로움을 주겠지만, 자식은 낳지 말자고 했다. 결혼식도 하지 말고 시댁의 일에 참여하지 않아도 된다고 했다. 지금까지 했던 것처럼 그녀의 식구들과 연락을 단절하고 이름도 개명하길 원했다. 자기가 하는 일에 관여하지 말며, 단속하거나 구속하지 말아 달라고 했다. 말수가 적고 순종적으로 보였던 그녀를 차선의 아내로 선택했다. 그는 결혼을 앞두고 조목조목 이야기했으며 확고한 대답을 듣기 원했다. 비즈니스로 거래계약을 하듯 빠르게 일을 진행시켰다. 서희는 그런 그가 믿음직스러웠다. 그가 원하는 대로 하면 되었다. 누군가에게 보호받고 있다는 얕은 즐거움을 깊이 만끽했다. 자신이 약속한 것이 나중에 어떤 것으로 다가올지 그녀는 알지 못했다. 그의 아내가 되면서 김명선에서 김서희로 다른 사람의 삶을 살기 시작했다. 그때까지 서희는 그의 차가움을 알지 못했다.

*

　새로운 장소로 이전한 방 관장의 갤러리에서 특별기획전시 프리뷰가 있는 날이다. 며칠 전 이미 약속이 되어있었다. 방 관장은 서희에게 귀한 분들만 초대했다고 거듭 강조했다. 그 이면에 서희도 귀한 사람 중의 한 사람으로 대접한다는 속내를 알 수 있었다. 방 관장은 평소와 달리 목소리가 상기 되어있었다. 그만큼 이번 전시에 기대하는 바가 큰 것을 짐작할 수 있었다.

방 관장이 서희를 가까이하는 데는 비즈니스에 도움이 된다고 판단했다. 구매 능력도 있지만, 무엇보다 어느 자리에서든 서희를 부르면 그 모임 참가자들의 호응이 좋았다. 젊은 나이에 미모가 큰 몫을 했고, 자기주장을 내세우지 않으며 분위기에 순응하는 그녀의 태도를 모두 좋아했다.

서희는 방 관장이 의도를 읽고 있었지만, 항상 살갑게 대하며 마음 써 주는 고마움이 훨씬 컸다. 저녁 외출이 내키지 않았으나 방 관장의 초대를 거절하지 못했다. 긴 시간의 화장을 하고 옷을 차려입고 갤러리로 향했다.

방 관장의 갤러리는 영동대교 남단 옆에 있는 고층빌딩 맨 위층에 있었다. 건물 일 층에 수입 자동차 전시장이 있기도 하여 누구나 찾기 쉬운 건물이었다. 엘리베이터 문이 열리자 바로 갤러리 내부였다. 바닥은 블랙 티크 원목이었고 벽은 일반 갤러리와 다르게 옅은 회색빛이 감돌았다. 높은 천장의 조명은 적당한 간격을 유지하며 낮은 조도로 은은히 내뿜었다. 그림을 비춘 스포트라이트는 작품의 확고한 입지를 밝혔다. 갤러리 한쪽 코너에 「樹皮」라는 푸른색의 그림이 가벽에 나무처럼 걸려있었다. 물감이 겹겹이 얹어진 푸른색 그림은 고목의 껍질에서 바다를 만나는 착각을 일으켰다. 가벽 뒤쪽에는 와인을 즐길 수 있도록 차려진 테이블이 보였고 서빙 직원이 대기하고 있었다. 테이블 쪽에는 통창이 있어 어둠이 주는 답답함은 없었다. 영동대교의 불빛이 한강에 반사되어 반짝였고, 강 건너의 불빛들은 아름다운 저녁을 만들기 위한 무대조명 역할을 했다.

단순함과 화려함의 조화를 이룬 작품들이 자기 색깔을 발하며 묵직하게 전시되어 있었다. 원화로 보기 쉽지 않은 박수근의 「母子」 작품도 보였다. 네 명의 여자 얼굴이 그려진 천경자의 소품과 요즘 그림값이 치솟는다는 중국 작가 천리엔칭의 작품도 있었다. 쿠사마 야요이의 호박 작품은 부피와 상관없이 자기 값어치를 뿜어내며 존재감을 드러냈다. 내빈들은 경매장에서나 볼 수 있는 미술품을 어떻게 전시하게 되었냐며 방 관장의 능력을 높이 평가하고 감탄을 자아냈다. 방 관장의 오프닝 인사말이 유난히 길었다. 세레머니 축배를 들면서 방 관장의 웃음은 계속되었다. 화수분의 웃음이었다.

윤형근 「Umber-Blue」 연작 작품 옆에 스티커가 붙었다. 수묵화 같은 그림은 먹빛의 절벽, 그 절벽에 검은 실루엣의 그림이었다. 서희가 꿈에서 맞닥뜨린 절벽이 그림에서 보였다. 맞은편 쪽에는 이병석 「환희, 바람이 머무는 곳」 강렬한 색채 변화를 대자연의 품에서 바람이라는 주제로 또 다른 세계를 암시하는 그림이었다. 그녀가 추구하는 이상의 세계였다. 바람의 움직임 속에 고요함을 조용히 담으며 환희를 꿈꾸었다. 이날 그 환희는 판매로 이어져 결국 방 관장의 몫으로 돌아갔다.

서희는 구매 의사를 가질 만큼 심미안을 키우지 못했다. 아직은 부족했다. 그렇다고 체면 때문에 덜컥 살 만큼 만만한 가격은 아니었고 사고 싶지도 않았다. 방 관장 역시 서희에게 그림을 팔기 위해서 오라고 한 것은 아니었다.

방 관장은 어색하게 겉도는 그녀에게 다가와 말을 걸었다.

"저하고 전시오프닝을 여러 번 갔는데, 아직 이런 분위기가 어색한가 봐요?"

"제가 소양이 부족해서 그렇죠."

"내가 무리하게 오라고 한 건 아닌지 모르겠네요. 편안한 마음으로 감상해요. 눈이 아닌 마음으로 들여다보고 귀 기울여 보세요. 작품이 보내는 시그널을 알아차릴 수 있을 거예요. 서희 씨는 감성이 풍부하잖아요."

서희는 마음 써줘 고맙다고 인사했다. 방 관장 말대로 그림을 감상하기 시작했다. 여성을 소재로 그린 그림이 많다는 박수근의 「母子」 작품이 그녀의 발걸음을 오래도록 멈추게 했다. 쉽게 그 자리를 벗어날 수 없었다. 흰색 저고리 사이로 가슴을 드러내 놓고 아기에게 젖을 물리고 있는 어머니의 모습. 그 어머니는 젖을 물고 있는 아이를 지그시 내려다보고 있는 그림이었다. 작품은 화강암을 연상시키는 기법으로 투박한 질감에서 내뿜어 나오는 힘이 강했다.

서희에게 해준 것이 없는 엄마지만, 그림처럼 젖을 물렸을 거로 생각하니 그리움이 밀려왔다. 마음속에서 밀어내고 또다시 끌어당기며 그리워하기를 수없이 반복했던 엄마였다. 그리움과 외로움이 남편을 만나 옅어진 줄 알았지만, 그의 차가운 성격은 물질적 후견인 역할만 할 뿐 그녀의 감정 상태를 더 짙어가게 했다.

갤러리를 나온 그녀는 바로 자동차 시동을 걸었다. 내비게이션 목적지에 삼척을 찍었다. 조금의 망설임 없이 고속도로로 진입했다. 강원도 카지노를 떠난 지 두 해 만에 가는 길이었다.

엄마가 하던 호프집 건너편에 차를 세웠다. 가게가 비좁아서 길가까지 파란색 플라스틱 테이블을 놓았다. 하루의 때를 흠뻑 묻힌 초라한 손님들은 자리를 차지하고 생맥주를 마셨다. 주인이 바뀐 것은 아닌지 지켜보았다. 엉덩이를 흔들며 맥주잔을 들고 다니는 낯익은 모습이 보였다. 엄마의 남자도 분주히 움직이는 것이 보였다. 십수 년 동안 술장사를 하지만 나아지는 것 없이 예전과 다름없었다. 서희는 다시 어린 시절로 돌아가 버린 착각이 일었다.

'엄마, 그렇게 외로웠어? 여자로서의 삶이 그렇게 중요했어? 자식을 챙기지 못할 정도로 남자가 좋았어? 그 남자가 떠날까 두려웠던 거야?'

목이 조여들도록 슬픈 질문을 삼키며 따지면서 물었다.

'그래도 너를 버리지는 않았잖아, 오히려 네가 엄마를 저버렸잖아.'

한쪽 가슴에 묻어둔 그리운 엄마가 맥없이 대답했다.

서희는 엄마와 마주할 자신이 없었다. 어떤 일이 벌어질지 모르나 어떤 것도 감당할 자신이 없었다. 성장 과정에서의 상처가 아직도 아물지 않았다. 아니 상처가 너무 깊어 성장이 멈추어 버렸다. 영원히 불구가 되어버렸다. 그녀는 엄마의 뒷모습을 보았다. 붉게 염색한 긴 파마머리와 엉덩이. 주름치마를 걸친 엉덩이는 유난히 도드라져 심하게 흔들렸다. 엄마를 한참 동안 보고 돌아왔다.

서희는 밖에서 어두운 집을 올려다봤다. 창문이 캄캄했다. 불을 켜놓고 나왔어야 했는데 또 그냥 나온 것이다. 불 꺼진 집으로 들어가기 싫어 벤치에 앉았다. 왕복 운전으로 힘들었지만 아무도 없는 빈집에 들어가기 싫었다.

며칠 전까지 시끄럽게 울어대던 매미는 어느새 땅속으로 울음소리를 갖고 들어갔다. 대신 풀벌레와 귀뚜라미 소리가 났다. 소리에서 가을 냄새를 맡았다. 성근 밤바람이 선선했다. 숭숭 구멍이 뚫린 가슴에 서늘한 바람이 휑하니 훑고 지나갔다. 뚫린 구멍에 엄마 잔상이 드나들었다. 얼굴도 생각나지 않는 아버지의 뿌연 모습과 찢어진 눈으로 눈치만 살피던 오빠도 있었다. 목울대

124

를 요동치며 고함을 지르는 남자도 뚫린 구멍에서 살아 나왔다. 그들은 만신창이가 된 뚫린 가슴에 악귀같이 달라붙어 그녀의 딱지 않은 상처를 또다시 뜯어내고 있었다.

이제 집으로 들어가면 그녀는 방마다 불을 켤 것이다. 성장을 멈추게 했던 가해자들이 튀어나올 것 같은 무서움에 모든 스위치를 켤 것이다. 알아듣지도 못할 아리아 곡을 틀고, 외로움으로 허기진 배를 채우기 위해 냉장고를 뒤질 것이다. 숭숭 뚫린 어두운 가슴을 밝혀 줄 스위치를 찾아 헤맬 것이다.

오늘 밤도 그에게서 연락이 없다.

선택의 변명

이민경 〈나목의 집3〉 73x61cm, oil on canvas

눈이 부시다. 잠이 설깬 눈에 빛이 쏟아진다.

선태는 미간을 찌푸리며 이불을 끌어다 뒤집어썼다. 아침이 싫은지 어제와 다를 바 없는 하루의 시작이 싫은지 불분명했다. 뱃속이 계속 부대껴 별수 없이 일어나 창문을 열었다. 빛바랜 드림 캐처가 가볍게 흔들렸다. 창밖은 여느 때처럼 고요하고 청명했다. 골목에는 초보운전 티가 나는 경차 한 대가 천천히 지나갈 뿐 행인은 보이지 않았다.

말보로 담배 한 개비를 꺼내 물고 변기에 앉았다. 휴지 위에 있는 일회용 라이터로 불을 붙이며 눈을 감았다. 깊이 들이마신 만큼 길게 내뱉었다. 원룸 1층 출입구에 붙여놓은 '화장실 흡연 금지' 권고문이 떠올랐다. 니코틴이 불편한 뱃속을 더욱 자극했다.

전날 먹은 음식과 막걸리가 뒤섞여 시큼한 배설물을 변기 가득 쏟아내고 말았다. 좁은 화장실에서 악취로 몽롱함을 깨웠다.

화장실의 악취를 보상받기 위해 에스프레소 머신으로 익숙하게 커피를 추출했다. 커피 향을 맡을 적마다 머신을 구매하길 잘했다며 만족해했다. 이 순간만큼은 사치를 누리는 기분이다. 오전 커피는 정신적 윤활유 역할을 했다. 혼자인 게 좋고 시간에 쫓기지 않아 해방감을 만끽할 수 있어 좋았다.

그는 커피의 진한 향을 맡으며 입안을 검게 적셨다. 음미의 만족스러운 표현으로 두 눈을 가늘게 떴다. 커피 맛이 흡족하기노 했지만, 눈이 부셨다. 드림캐처 깃털 중간에 매달린 유리구슬이 봄볕을 받아 무지갯빛을 만들었다. 먼지를 뒤집어쓴 드림캐처에서 빛을 내는 게 새삼스러웠다. 여정이 이사했을 때 선물로 준 것인데 여전히 선태와 함께했다.

휴대전화 진동이 울렸다. 테이블 위에서 요동을 치며 아침의 고요를 뒤흔들었다. 발신자는 예상을 비껴가지 않았다. 매번 현실을 직시하게 하는 어머니의 잔소리가 싫어 받지 않았다. 한참 동안 울리더니 멈췄다. 텀블러에 다시 커피를 채우고 노트북과 읽던 책 몇 권, 그리고 수학 참고서를 챙겼다. 구겨진 바람막이 점퍼를 걸쳐 입고 가방을 둘러멨다. 색이 바랜 모자로 민머리를 가리며 거울을 슬쩍 보고 집을 나섰다. 작은 신장에 허리까지 불편해 천천히 지하철역으로 향했다. 봄볕은 그의 등에 빛을 쏟아부었다.

오전 시간 지하철은 한산했다. 러시아워를 비껴가는 느슨한 시간이 선태는 새삼 여유롭게 느껴졌다. 지하철 출구를 빠져나와 십여 분을 걸었다. 도서관으로 가는 길은 벚꽃이 만개하여 계절을 착각할 정도였다. 하늘을 가린 꽃길은 시공간을 뛰어넘어 매번 낯선 곳으로 들어서는 색다른 느낌을 주었다. 꽃터널이 끝나면 푸른 한강이 시원하게 보였다. 교통이 불편해도 강이 주는 위안 때문에 이곳으로 매일 다녔다.

강이 내려다보이는 열람실에 자리를 정한 후 지하 식당에서 라면 한 그릇으로 아침과 점심을 대신했다. 도서관 밖 펜스를 넘어 잡초가 있는 강가에 앉아 담배를 물었다. 강 건너 한강 둔치에 유난히 큰 나무는 새 생명을 잉태했다. 여린 잎이 물결처럼 흔들리며 반짝였다. 담배 연기를 천천히 내뱉자, 어깨의 힘도 같이 빠져나갔다. 휴대전화를 꺼내 여정의 인스타그램으로 찾아 들어갔다. 웨딩드레스를 입은 그녀의 모습이 행복해 보였다. 그는 씁쓸한 표정으로 사진을 한참 동안 보았다. 여정과 함께 보냈던 십년의 시간을 정리하는 것이 생각보다 어렵지 않았다. 아니 쉽다고 생각하기로 작정했었다. 그 후 여정이 일 년 만에 결혼했다.

선태가 여정의 결혼식 사진을 처음 봤을 때 의외로 담담했다. 자신의 냉정함에 놀라기도 했다. 그러나 처음과 달리 그녀의 사진을 볼 적마다 자기연민으로 생긴 상처 때문에 때늦은 슬픔이 오기도 했다. 직장을 다니면서 소설 쓰기에 몰두했을 때 그녀는 응원했었다. 취미가 아닌 본격적으로 소설을 쓰기 위해 직장을 그만둔다고 했을 때는 어이없어했다.

퇴직 후 몇 해 동안 선태는 글 쓰는 것에 열중했다. 소설창작 스터디와 웹 카페에서 적극적으로 활동했다. 수없이 퇴고를 거듭해 만족도가 높은 소설은 신춘문예와 저명한 출판사에 응모했지만, 실망만 가져다줬다. 그렇게 몇 해를 보내고 나니 탈진되어 사람들과 어울리는 게 피곤했다. 그런 선태를 바라보고 있었던 그니 또한 힘들었은 게 분명했다

결혼 적령기를 훌쩍 넘긴 여정은 안정된 직업을 가진 남자와 결혼하길 원했다. 선태는 그녀가 원하는 테두리에서 점점 멀어졌다. 급기야 그가 되고자 하는 것이 한갓 헛된 꿈이며 삶의 허세로 치부했다. 천성이 게을러서 일하기 싫으니 소설 쓰는 것이 아니냐며 현실도피자라는 독한 말을 내뱉었다. 당선되어도 현실적으로 무엇을 가져다주며 어떤 것을 보장해 줄 수 있냐고 되물었다. 빈껍데기 타이틀인 소설가를 핑계 삼아 백수를 포장하는 쇼윈도 취준생이라며 모질게 말했다. 그리고 선태에게 마지막으로 단호히 물었다. 사랑인지, 너의 꿈인지 선택하라고 했다. 그녀가 원하는 대답을 알고 있었지만 할 수 없었다. 더는 기다려달라고 붙잡을 수 없었다. 그동안 몰랐던 여정의 모습에 흠씬 놀라기만 했다. 결국 선태는 자발적 N포 대열에 합류했지만 꿈만은 놓고 싶지

않았다.

　창작의 샘이 통장 잔액과 함께 바닥이 보이자, 선태는 초조와 불안이 커졌다. 불안감을 누르기 위해 도서관 서가를 돌며 책을 골라 읽고 그동안 썼던 원고를 다듬었다. 응모해서 한 번 떨어진 글은 다시 응모하지 않았지만, 열정을 쏟은 글이어서 접을 수 없었다. 고쳐도 별반 다르지 않지만 자기 몫을 다하지 못한 글에 대한 애증을 퇴고하면서 달랬다. 오후에는 읽던 책을 덮고 아침에 챙겨왔던 수학 참고서를 뒤적거렸다.

　직장생활을 해서 모아두었던 얼마간의 돈은 원룸을 구하는 데 일부 썼고, 삼 년을 제대로 벌지 않고 생활하니 힘들었다. 대학 시절 적성에 맞지 않은 공대를 다녔고, 직장에서 컴퓨터 프로그래머로 일했기에 숫자를 대하는 일은 싫었다. 수학 과외를 하고 싶지 않았으나, 그나마 글 쓰는 시간을 최대한 방해받지 않은 일로서는 괜찮았다. 고등학교 여학생을 가르치는 일은 그의 생계를 책임져 주었다.

　저녁 여덟 시. 그는 도서관을 나섰다. 과외수업 시각보다 늦게 간 적은 없었다. 혹여 이른 시간에 도착하면 놀이터에 앉아있다가 시간에 맞춰 들어갔다. 선배 소개로 하게 된 과외는 좋은 대학 출신인 것이 큰 장점으로 작용했다. 과외를 시작한 지 육 개월이 됐지만, 학생 성적이 부모의 기대에 못 미쳐 실망하는 눈치가 역력했다.

여느 날과 같이 선태는 낮은 소리로 문제 풀이를 설명했다. 수업하는 동안 거실은 조용했다. 수업하는 것을 엿듣는 기분이었다. 과외 선생으로서 열정은 부족했다. 사실 학생의 실력으로 봐서 성적이 더는 올라가기 힘들었다. 그런 마음 때문인지 학생도 점점 수업의 집중도가 떨어졌다. 처음 수입하러 갔을 때도 선태의 모습을 보자 여학생의 반응이 달가워하지 않았다. 외모가 마음에 들지 않은 눈치였다. 여학생들이 좋아할 만한 꽃미남도 아니고 그렇다고 재미있게 수업을 이끌어가는 것이 아니니 당연한 일이었다.

수업을 마치고 나오니 학생의 어머니가 차 한잔 마시자고 한다. 무슨 말을 할지 짐작이 갔다.

"차는 됐습니다. 그냥 말씀하시죠."

"선생님, 이번 달까지만 수업해 주세요."

뾰족하고 차갑게 생긴 학생의 어머니는 빨갛게 칠한 입을 오물거리며 말했다.

"알겠습니다. 한 주 남았지만, 그것을 채울 필요는 없을 것 같습니다. 채우지 못한 수업료를 되돌려드리겠습니다. 계좌번호는 문자로 남겨 주세요. 그럼 일어나겠습니다."

그는 인사하지 않았다. 학생의 어머니도 하지 않았다. 육 개월을 가르쳤던 학생도 방에서 나오지 않았다.

편의점에서 막걸리 한 통과 소시지를 샀다. 선태는 늦은 시간에 저녁을 차려 먹는 것이 귀찮고 입맛도 없었다. 끼니 대신으로 또 막걸리를 마셨다. 술잔을 비울 때마다 불안한 한숨이 뚫고 나왔다. 현실과 타협을 해야 하는지, 운 좋게 취업이 된다 해도 꿈이 없는 삶을 살아야 하는지 머릿속이 뒤죽박죽 엉켰다. 막걸리 한 통이 비워질 때쯤 졸음으로 모든 고민을 해결했다.

　항상 같은 루틴으로 선태는 아침을 시작했다. 비몽사몽 담배를 물고 변기에 앉았다. 무릎 위에 팔꿈치를 세우고 니코틴을 깊이 빨아들이니 순간 어지러웠다. 또 설사 기미가 있다. 어머니가 노래처럼 읊어대던 말이 생각났다. 어머니는 그에게 양담배 피우고 쓴 커피 마시며, 겉멋인지 속멋인지 허파에 바람이 잔뜩 들어간 놈이 막걸리를 왜 마시냐는 핀잔을 주었다. 그리고 소설가가 되겠다는 것도 겉멋의 일종이라며 비수의 말을 아무렇지 않게 했다. 그는 날숨을 뱉으며 어머니가 했던 말을 날려 보냈다.
　혼자만의 아침을 위해 커피를 추출할 때 현관 벨이 울렸다. 문 여는 시간을 기다리지 못하고 벨이 연속해서 울렸다. 성격 급한 어머니인 것을 알 수 있었다. 비밀번호를 알려주지 않은 섭섭함이 벨소리에 그대로 묻어났다.
　어머니 손에는 20L 쓰레기 종량제 봉투가 들려있다. 분홍색 종량제 봉투 안에 사과 다섯 개와 반찬 통 서너 개가 보였다. 어머니는 봉투를 내려놓으며 바닥에 뒹구는 막걸리 통과 둘둘 말려있는 이불, 아무렇게 벗어 놓은 옷가지를 보고 잔소리가 시작됐다.

"방 꼬락서니 하고는…. 밥을 먹지. 막노동하는 사람처럼 힘든 일을 하는 것도 아니면서 막걸리는 왜 마셔? 그리고 전화는 툭하면 왜 안 받아."

벨을 누르는 순간부터 어머니는 한시도 쉬지 않고 몸과 입을 움직였다.

선태는 아무 대꾸하지 않고 커피를 들어 보이며 눈빛으로 권했다.

"빈속에 맨날 커피는 왜 마셔, 허리디스크가 있어 아프다는 놈이 속병까지 들고 싶냐. 담배도 좀 끊고. 그리고 머리는 왜 맨날 빡빡 밀고 그래. 누가 보면 동자승인 줄 알겠다. 아이고, 속 터져라. 멀쩡히 잘 다니는 회사 그만두고 무슨 소설 나부랭이를 쓰겠다고, 어떤 여자가 이러고 있는데 시집오겠어."

어머니는 매번 같은 잔소리를 길게 읊으며 한숨으로 마무리했다.

동자승이라는 말에 선태는 웃음이 나왔다. 스님이 아니고 동자승이라고 칭하는 것을 보면 어머니에게는 아직도 어린 막내아들이었다. 실상 작은 신장에 얼굴은 둥근형이고 볼살이 두툼했다. 요즘 밤마다 막걸리를 마셔서 부은 것인지 살이 찐 것인지 더 통통해져 승복만 입는다면 그렇게 보는 것도 무리는 아니었다.

선태는 어머니를 외면하고 바람에 흔들리는 드림캐처를 쳐다보며 커피를 마셨다. 연신 허리를 구부리며 쓰레기를 주워 담던 어머니가 어느새 선태 앞에 앉았다.

"혹시 여정이랑 가끔 연락하냐? 어떻게 다시 잘해 볼 수 없니? 너도 결혼해야지. 새로 만나기는 어렵고 여정이면 괜찮을 것 같은데 다시 잘 해봐."

"어머니, 제발 그만 하세요. 그리고 여정이 결혼했어요."

"이런 멍청한 놈. 모자란 놈 같으니라고. 에고, 아까워라."

어머니는 여정을 놓친 것이 안타까운지 혀를 계속 찼다. 헤어진 지 벌써 일 년이 넘었지만, 시시때때로 물어왔다. 결혼했다고 얘기하고 나니 어머니의 레퍼토리 욕이 줄지어 나왔다. 묵묵히 욕을 들었다. 앞으로 어머니는 여정의 이야기를 꺼내지 않을 것이다.

요란한 아침은 어머니를 내쫓듯 보내고 나서야 끝났다. 그는 커피를 새로 뽑아 텀블러에 담고 남은 커피를 마셨다. 어머니가 깎아놓은 사과를 하나 집어 먹었다. 아삭아삭 맛보다 소리가 맛있었다. 전날 입은 겉옷을 걸치고 거울을 보니 민머리는 어느새 삐죽이 올라왔다. 그는 모자를 돌려서 푹 눌러썼다.

여정을 잊기 위해 선태는 제일 먼저 머리를 밀었다. 머리 미는 것으로 마음 정리했다. 한 번 밀고 나니 신경 쓰지 않아도 되어 편했다. 그의 꿈이 여정의 말처럼 한갓 삶의 허세로 전락하지 않으려면 흐트러진 마음을 끌어모아야 했다. 그가 했던 십 년의 사랑을 보냈고, 경제적 안정을 주는 직장도 그만두었다. 어머니에게 실망을 주면서 선택한 것이 옳았다는 것을 보여주고 싶었다. 이런 이유가 행복한 글쟁이로 살겠다는 목적에 흠집 내는 것을 알지만 떨쳐버리기 쉽지 않다.

선태는 열람실 의자를 바짝 당겨 앉았다. 한참 동안 넋을 놓고 노트북 화면만 보았다. 좀처럼 떠올려지지 않는 생각을 쥐어짜 보기만 한 글자도 쓸 수 없었다. 집중하기 위해 앞부분을 반복해서 읽었나. 곧이어 쓰고 지우긴 반복했다. 반나절이 훌쩍 지났지만, 시작한 페이지에 그대로 멈춰있다. 깜빡이는 커서가 점점 확대되어 눈을 찌르는 것 같아 순간적으로 벌떡 일어났다. 의자 밀리는 소리에 사람들 시선이 몰렸다. 사람들의 눈총을 피해 아니 호흡하기 위해 황급히 나왔다.

강가로 나온 선태는 답답함이 쉽게 가시지 않았다. 직장을 그만두면 양질의 글을 쓸 줄 알았다. 자기 글에 대한 자신감은 충만했으나 시간이 지날수록 의문을 품었다. 연초에 발표한 신춘문예는 모두 떨어졌다. 벌써 몇 해 동안 연이어 겪는 일이지만, 해가 갈수록 열패감은 증폭됐다. 글을 쓰는 분량보다 중압감과 조급함이 훨씬 컸다. 억눌린 감정에서 잠시 벗어나고픈 마음에 여행하고 싶지만, 실행에 옮기기는 쉽지 않았다. 조급함으로 가지 못하는 것도 있지만, 고정 수입이 없게 되자 돈이 떨어지기로 전에 마음에 궁핍이 들었다. 그는 강바람을 크게 들이마셨다. 그래도 답답했다. 헛꿈이 되지는 않을까 조바심이 들어 제대로 된 호흡을 할 수 없었다. 헛숨만 자꾸 내쉬었다.

어릴 적부터 선태는 꿈을 많이 꾸었다. 아침에 일어나면 뜨문뜨문 잘린 필름처럼 조각난 기억이지만, 뭔지 모를 긴 여행을 하고 돌아온 느낌이었다. 공부하다가도 머리를 식힐 때면 소설책을 집었다. 소설을 읽다 보면 또 다른 세상을 만났다. 타인의 삶 속 깊숙이 들어갈 수 있고 경험을 대신할 수 있으며, 현실과 다른 꿈을 실현하게 해주었다.

졸업과 동시에 취업하게 된 선태는 어머니가 기뻐하는 것의 역비례했다. 취준생 기간이 짧았던 그는 직장과 일에 대한 애정이 없었으며 소중함도 몰랐다.

선태는 직장을 다니면서 웹소설을 썼다. 반응은 괜찮았다. 주변 친구들도 칭찬을 아끼지 않았다. '좋아요' 하트수와 조회수는 그를 들뜨게 했다. 재미 삼아 올린 글의 반응은 그에게 많은 변화를 가져왔다. 들뜬 날이 계속되었다.

어느 날부터 그가 올린 웹소설의 조회수가 더는 늘지 않자 시시해지기 시작했다. 본격적인 순수문학을 하고 싶었고 예전 명성 같지는 않으나 주요 일간지의 신춘문예로 등단하고 싶은 욕심이 생겼다. 그런 욕심은 목표가 되었다. 당연히 회사업무의 효율은 점점 떨어졌다. 직장 상사와의 관계는 퇴직을 강행하는 데 기폭제 역할을 했다. 팀장은 월급루팡이었다. 조직 생활에서 약육강식의 법칙을 충실히 이행하는 사람이었고 수직적 상하관계에 있어서 차별이 확연했다. 높은 직위의 사람에게는 이유 불문하고 허리를 굽신거리고 아래 직원에게는 군림했다. 실력이 부족했던 팀장은 자격지심을 부하직원에게 표출했다. 성과는 팀장의 몫이었다. 특히 선태에게 집중적으로 태클을 걸어 야근하게 했고 무능하다는 언사로 모멸감을 주기도 했다. 글쓰기에 몰두해 있어서 당연한 일이었지만, 인격적인 모독은 현실에서 더욱 벗어나고 싶었다. 선태는 미래의 자신이 상사처럼 될지도 모른다고 생각했다. 거대 조직에 빌붙어 밥그릇을 사수하기 위해 안간힘 쓰며 인생을 소비하고 싶지 않았다. 그는 팀장에 대한 불만을 회식 자리에서 터트렸다. 퇴사를 염두에 두어 겁날 게 없었다.

회식이 한창 무르익어 팀장이 기분 좋게 취해있었다. 선태는 일부러 술을 마시지 않았다. 팀장에게 반기를 들 때 맨정신으로 대들고 싶었다. 쌓였던 감정을 해소하는 상황을 낱낱이 기억하고 쾌재를 확실하게 느끼고 싶었다.

선태는 팀장에게 술을 따르며 말했다.

"팀장님, 프로젝트가 마무리되어 기분 좋으신가 봐요?"

"그럼, 내가 그동안 얼마나 힘들었는데."

"우리 잡느라 힘은 들었을 거예요."

"뭐야? 이 자식 말하는 것 좀 봐라. 술이 확 깨네."

팀장의 얼굴이 붉으락푸르락 금방 변했다. 마시고 있던 술잔을 테이블에 던지듯 놓았다.

선태는 말없이 웃었다. 비웃는 것을 알아차린 팀장은 언성이 높아졌다.

"너 요즘 뺀질거려 싫은 소리 했더니 이게 기어오르네."

"팀장님, 그런 식으로 회사 생활하면 오래 다니고 싶어도 못 다닙니다."

흐트러짐 없이 또박또박 대드는 선태를 말리는 사람은 아무도 없었다. 물끄러미 쳐다보며 그 상황을 즐기는 듯했다.

팀장은 말리는 사람이 없는 게 더 화가 났는지 지켜만 보고 있던 직원들에게 소리 질렀다.

"야, 너희들은 왜 가만히 보고만 있어. 이 새끼들이 그냥 확!"

선태는 무언의 응원을 받는 것 같아 용기가 났다.

"여기는 회사 밖입니다. 무식한 티 밖에서까지 내야겠어요."

선태는 팀장의 다음 말을 듣지 않고 먼저 일어났다. 등 뒤에서 요란한 소리가 났다.

다음날 선태는 아무렇지 않게 출근했다. 팀장은 전날 있었던 일에 말하지 않고 우회적으로 비꼬았다. 그러나 마음이 떠난 회사였기에 팀장의 행동이 그에게 어떠한 영향도 미치지 않았다.

선태가 사직서를 내고 정중하게 인사하며 미소 지었다. 팀장은 그의 웃는 얼굴을 보지 않기 위해 고개를 돌렸다.

*

정기적으로 연락하는 윤호의 전화였다. 저녁에 소주 한잔하자는 말에 선태는 선뜻 대답하지 못했다. 매번 윤호가 술값 내는 것이 부담스러웠다.

윤호는 유쾌한 목소리로 유명한 소설가가 될 사람 잘 모셔야 한다며 너스레를 떨었다. 선태의 대답을 듣지도 않고 시간과 장소를 정했다.

대학 문학동아리에서 알게 된 윤호는 선태와 단짝이었다. 처음부터 그랬던 건 아니었다. 발표하는 습작에 대해 날 선 비평이 오갔고 의도와 달리 감정이 상해서 논쟁을 벌였다. 발표작이 늘어날 때마다 그들은 점점 가까워졌고 서로에게 응원했다. 복학하고 난 뒤 취업 준비로 동아리 활동을 등한시하게 되었지만, 함께 보내는 시간은 전과 다름없었다. 졸업 후 같은 회사에 입사하게 되어 더욱 끈끈한 관계가 유지되었다. 퇴근 후 선태의 소설에 대해 윤호의 비평과 작품 의도에 대해 열띤 토론이 오가기도 했었다. 윤호를 만나면 대학 시절로 되돌아가는 시간이었다. 스트레스를 주는 팀장에 대해 함께 흉을 보기도 했었다. 윤호는 꿈을 대신 꾸어준 대가를 선태에게 치르듯 당근과 채찍질을 했다. 윤호가 결혼하기 전 그의 아내와 함께 여정까지 커플 데이트를 자주 했었다. 결혼식과 아이 돌잔치에도 여정과 참석했고, 헤어지게 될 때는 윤호가 더 안타까워했다.

왁자지껄한 곱창집에 들어서니 윤호가 먼저 와 있었다. 그는 선태를 보자 손을 번쩍 들어 반갑게 맞이했다.

"선태야, 모자 돌려 쓰고 백팩 메고 다니니 꼭 대학생 같다."

"고맙다. 대학생 같다고 해줘서. 모친은 동자승 같다고 하더라."

윤호는 동자승이란 말이 우스웠는지 크게 웃었다.

"그래, 글은 잘 써지고?"

"그렇지 뭐…. 맨날 제자리야. 답답하다."

"그런데 너는 머리를 왜 그러고 다니냐? 좀 길러봐. 사회에 불만 있는 놈 같다."

윤호의 왕왕거리는 굵은 목소리 안에 따뜻함이 배어있다. 시끄러운 곳에서 소주 몇 잔을 걸치니 목소리는 더 커졌다. 직장에서 승진하니 업무가 더 늘어나 좋을 게 없다며 실소인지 미소인지 알지 못하는 웃음을 지었고, 딸이 재롱떠는 행동에 딸바보가 되었다며 행복한 표정을 지으며 이야기가 계속되었다.

선태는 이야기를 들으며 그의 말쑥한 옷차림을 살폈다. 아내의 감각이 엿보였다. 사회적, 가정적으로 안정돼 보였다.

윤호는 혼자 떠드는 게 미안했던지 목소리가 더욱 커지면서 한잔하자며 계속 잔을 부딪쳤다.

소주 세 병을 비우고 자리에서 일어났다. 윤호가 자리를 옮겨 더 마시자고 했지만, 선태는 그만하자고 거절했다. 그도 고집을 피우지 않았다.

그는 선태의 어깨에 손을 얹고 취기 어린 눈으로 긴 인사말을 했다.

"예전 그 자신감은 다 어디 간 거야. 글이 안될 때는 여행을 가봐. 조급하게 생각하지 말고. 소설 쓰겠다고 회사 박차고 나간 것처럼 마음의 여유를 가지고 훌쩍 떠나봐. 그러다 보면 놓치고 있는 것을 찾을 수 있을 거야."

윤호가 주먹 쥔 손을 들더니 이내 흔들며 뒤돌아서 갔다.

선태는 제자리에서 윤호의 뒷모습을 한참 동안 보았다. 번잡한 먹자골목의 음식 냄새 사이로 꽃향기가 났다. 그를 생각하니 가슴팍으로 봄기운이 들어왔다.

밤공기 속에 윤호가 남긴 향기를 맡으며 선태는 한참 걸었다. 술을 먹어서인지 평소보다 목이 말랐다. 스타벅스가 보여 안으로 들어가 주문한 찬 커피를 받아 들고 창가에 앉았다. 유리컵 안에 얼음은 진한 커피를 희석했다. 희석되는 커피에 꿈이 투영됐다. 멍

하니 엉뚱한 생각에 사로잡혔을 때, 메시지 알림 진동이 연달아
울렸다.

-입금 1,000,000원 박윤호

-어디든 건강하게 잘 다녀와!

선태는 코끝이 시큰해 고개를 젖혔다. 창밖에 하얀 꽃가루가
가로등 불빛에 반짝였다.

*

용산역에서 가장 빨리 출발하는 열차는 목포행이었다. 서울을
한시라도 빨리 벗어나고 싶은 생각에 목포행 새마을호를 탔다.
가까운 해외로 나가고 싶었으나 코로나로 힘들게 된 것이 오히려
잘된 일이었다. 친구가 주는 돈으로 해외 나가는 것은 도리가 아
니었다.

목포는 처음 가는 곳이라 여행 기분이 났다. 창밖의 세상은 조
급한 마음을 가졌던 지난 시간처럼 빠르게 지나갔다. 오랜만에
떠나는 기차여행이라 약간의 설렘이 감돌았다.

일정하게 울리는 열차 진동 소리에 선태는 까무룩 잠들었다.
깨어보니 목포에 도착했다. 역을 빠져나오자, 서울 근교 소도시
에 온 것 같았다. 이동 거리와 소요 시간을 생각하니 허탈했지만,

발길 닿는 대로 갈 생각이었다. 점심을 걸러 이른 저녁을 먹으러 번화가로 갔다.

상호가 '목포탕탕이' 식당 이름이 지역과 메뉴를 노골적으로 사용한 곳에 들어갔다. 주문한 낙지탕탕이는 토막을 냈지만 살아보겠다고 꿈틀거리며 몸부림쳤다. 젓가락으로 듬뿍 집어 입에 넣었다. 질겅질겅 치아에 힘을 주면서 씹으니 스트레스 해소까지 되었다. 낙지의 싱싱함을 식감으로 증명했다. 참기름은 더없이 고소했다. 혼자 앉아서 꿈틀거리는 낙지를 씹으며 맛있다고 생각하니 우유이 나왔다. 글을 쓰겠다는 사람이 잔혹하게 씹어대는 원시적 본능을 드러낸 이중성에 새삼 씁쓸하다. 입안에 소주를 닐어 넣었다. 안주 덕에 씁쓸한 생각도 잠깐, 술잔이 거듭됐다. 취기가 오르자 숨어 있던 열패감이 스멀스멀 올라왔다. 소주 한 잔으로 시작한 것이 어느새 두 병을 비웠다. 저녁을 먹고 다른 곳으로 가려 했으나 혼술로 마신 취기는 그의 발목을 잡았다.

취한 선태는 숙박할 곳을 찾기 위해 바닷가로 갔다. 횟집들이 줄지어 있는 뒤쪽에 모텔이 있고, 외관이 멋진 게스트하우스의 간판도 눈에 띄었다. 오션뷰를 바라는 것은 무리일 것 같아 새로 오픈한 게스트하우스로 정했다. 도로명의 숫자인지 독특한 이름이었다. 그의 나이와 같은 '37번가 게스트하우스'로 들어갔다.

정돈된 침대에 두 개의 베개와 하얀 시트가 눈에 들어왔다. 모텔을 게스트하우스라고 이름만 바꾼 것 같았다. 숙박업소의 침구

류는 어느 곳에서나 비슷했다. 하얀 이불 속에 누워있던 여정이 그려졌다. 더블 침대가 유난히 크게 보였다.

선태는 샤워를 마치고 바스락 소리가 나는 하얀 시트 위에 누웠다. 이불에서 세탁소 세제 향이 올라왔다. 그 향은 여정과 여행했던 기억을 소환했다. 혼자 잠들려니 외로웠으나 이내 술기운 속으로 스며들었다.

창밖은 어스레한 빛을 띠었다. 잠이 덜 깬 것 같아 눈을 비볐다. 여전히 뿌옇게 보였다. 새벽과 저녁이 혼동됐다. 담배를 찾았으나 빈 갑이었다. 허전한 손으로 화장실에 앉았지만, 배변이 원활하지 않았다. 낯선 곳이 어색했다.

편의점에 들러 말보로 레드 한 갑을 사 들고 후미진 골목 끝에서 담배를 피웠다. 새벽이 아니고 밤인 것을 비로소 알았다. 편의점에서 일부러 커피를 사지 않았다. 편하게 앉아서 질 좋은 커피를 마시기 위해 바다가 보이는 카페로 찾아갔다.

건물 오 층에 있는 카페는 삼면이 통창이었다. 밤바다는 하늘과 같은 색이었다. 곳곳에 반짝이는 불빛은 오히려 바다의 고요함을 극대화했다. 선태는 갈증으로 차가운 커피를 단숨에 마셔버렸다. 니코틴과 카페인을 섭취하니 머리가 맑아졌다.

늦은 시간 카페에 손님은 많지 않았다. 들어올 때부터 눈길이 가던 여자의 뒷모습을 다시 보았다. 창밖에 시선을 두고 미동도 하지 않은 여자가 계속 눈에 들어왔다. 긴 머리와 각진 어깨가 낯설지 않았다. 뭔지 모를 기류에 휩쓸리듯 불안과 함께 긴장의 끈을 놓지 못했다. 고요했던 검은 바다가 소리 없이 요동쳤다.

확실치 않은 기류를 확인하기 위해 선태는 그녀에게 다가가 나직이 불렀다. 어찌 된 일인지 입 밖으로 목소리가 나오지 않았다. 거듭 불렀지만, 소리가 나지 않았다. 인기척을 느꼈는지 그녀가 고개를 돌렸다. 여정이었다. 가슴 속에서 허물어지는 소리가 들렸다. 그녀의 얼굴에 짙은 그림자가 드리웠다.

더블 침대를 옆에 두고 여정과 선태는 마주 앉았다. 캔맥주와 육포, 예전 그녀가 좋아했던 허니버터칩이 테이블 위에 덩그러니 놓여있는 게 생뚱맞아 보였다. 과자봉지를 뜯자 달콤한 냄새가 올라왔다. 목소리가 나오지 않았지만, 냄새는 느낄 수 있었다.

한동안 말이 없는 여정을 선태는 보기만 했다. 마른침을 삼키고 맥주를 들이켰다. 여정의 핼쑥해진 얼굴, 이목구비가 더욱 뚜렷해 보였고 턱선은 날렵했다. 잊고 있었던 아니 잊으려고 한 그녀가 지금 앞에 있는 게 믿어지지 않았다.

그녀는 맥주를 넘긴 후 한숨을 쉬었다. 말을 꺼내기에 어려웠는지 손가락으로 입술을 만지작거리더니 결국 눈이 먼저 말했다. 입술처럼 빨갛게 충혈된 눈이 모든 말을 대신했다.

여정의 눈물을 본 선태는 모든 감각이 들고 일어났다. 사랑을 잃었던 아픔이 기억되었고, 사랑했던 감정이 되살아났다. 그녀가 말하고 있지만 들리지 않았다. 선태는 답답했지만 울고 있는 그녀를 품에 안았다. 어깨가 들썩였다. 마지막 이별 여행 때 품에 안겼던 그때의 여정과 같았다.

포옹이 길게 이어졌다. 그녀의 입술에 길고 긴 입맞춤을 했고 깊은 곳으로 빨려 들어갔다. 그녀의 뜨거운 입김과 신음이 귓전에 울렸다.

선태는 끙끙거리며 힘을 주었다. 신음이 규칙적으로 끊임없이 들렸다. 잠시 멈추더니 다시 들렸다. 신음이 아니라 기계음 소리인 것을 알았다. 휴대전화가 테이블에서 요동치고 있었다. 의식은 깨어났지만, 아직도 사지에 힘이 들어가 뻣뻣했다. 얼마나 몸부림을 쳤는지 베개와 이불이 바닥에 내동댕이쳐져 있었다. 온몸이 흠씬 두들겨 맞은 것처럼 쑤셨다. 너무도 생생한 꿈은 단편영화 한 편이었다.

휴대전화는 다시 요동쳤다. 어머니의 전화였다. 현관 벨을 눌러도 인기척이 없자 전화를 한 게 분명했다. 어머니의 전화가 현실로 돌아왔음을 확인해 주었으나 회피하고 싶어 받지 않았다.

담배 한 개비를 빼 들고 휴대전화를 챙겨 화장실 변기에 앉았다. 어제 초저녁부터 먹었던 소주 두 병이 뱃속을 훑었다. 지난밤 엉뚱한 격정에 사로잡혀 밤새 용을 쓰고 다시 새벽녘 신호가 온 것에 어이없었다. 육신은 아직 젊었다.

그는 조심스럽게 여정의 인스타그램을 봤다. 새로운 포스팅이 올라와 있었다. 그녀의 아이디 아래 강남의 고급 호텔 이름으로 장소를 알렸다. 금색 테두리가 둘러친 커다란 접시에 얄미울 정도로 예쁘게 놓여있는 스테이크와 가니쉬. 그녀의 얼굴은 보이지 않았으나 눈에 익은 손이 보였다. 그 손은 삶에 만족해 보였고 손가락에 낀 결혼반지는 반짝거렸다.

"다행이다."

한숨을 쉬며 불쑥 말이 튀어나왔다.

어머니에게 여행 갔다고 문자를 보내자 바로 전화가 다시 왔다. 선태는 아침부터 어머니가 내뱉는 현실이라는 칼날에 베이고 싶지 않았다. 계속되는 진동음을 손으로 감싸고 끝내 받지 않았다.

선태는 변기에 앉아 어제 하루를 떠올렸다. 집을 나설 때의 각오와 기차 안에서 했던 생각. 그러나 온종일 한 거라곤 낙지에 소주 두 병, 잠을 잔 것뿐이라고 생각하니 한심했다. 여정이 했던 독한 말처럼 그리고 어머니가 읊어대던 잔소리처럼 일하기 싫으니 꿈을 볼모로 핑계 대고 있다는 말이 맞는 건 아닌지 짧은 의심을 해본다.

게스트하우스를 나온 선태는 어디로 갈지 망설였다. 꿈에서 봤던 카페와 비슷한 곳을 찾아 나섰다. 바닷가에 카페들이 줄지어 있었다. 삼면이 통창으로 된 곳을 골라 올라갔다. 빵과 커피를 주문하고 바다가 보이는 창가에 자리 잡았다. 꿈에서 봤던 밤바다와 달리 아침 바다는 고요히 하늘을 담았다.

산미 가득한 커피 한 모금을 마셨다. 그는 노트북을 꺼내 전원을 켰다. 자판 위에 양손을 얹고 현실과 꿈의 괴리를 받아들였다. 지난밤 꿈속에서 들끓었던 감정의 찌꺼기를 메모장에 적었다. 어느 소설의 격정적인 대목으로 활용될지 모르나 그는 꿈에서 느꼈던 감정을 막힘없이 적어 내려갔다. 자판의 속도가 빨라졌다. 뜨거웠던 육체를 한숨으로 식히며 벅찬 감정을 잔잔한 바다에 던졌다.

그는 우악스럽게 빵을 뜯어 입안에 넣으며 속도를 조절했다. 격렬했던 장면을 복기하며 글로 승화시켜 남아있던 그녀의 잔상을 소멸시켰다. 그리고 다짐의 글을 적었다.

-현실과 타협하지 않고 불확실한 미래에 청춘을 거는 일. 아무나 하지 못하는 일을 나는 하고 있다. 핑계일지 모르나 그것은 꿈을 위한 변명이다.

선태는 커피를 한 잔 더 주문했다. 어디로 갈 것인지 더 머물 것인지 결정하지 않았으나 의식의 흐름대로 할 작정이다.

그는 새로운 소설을 쓰기 위해 새 문서를 펼쳤다.

드림캐처

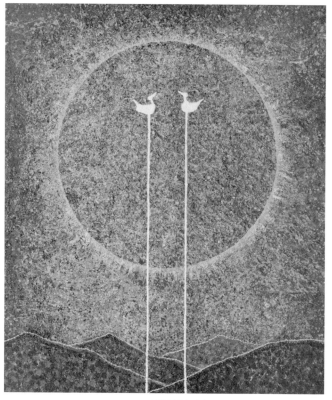

이민경 〈소망2〉 53x46cm, acrylic on canvas

아침이 투명한 빛을 흩뿌린다. 요정의 지팡이에서 쏟아지는 별 빛처럼 찬란하다. 나무는 그 빛을 온몸으로 받고 있다. 축복받은 자의 모습이다.

창밖을 보던 그녀는 주눅이 들어 어둠의 장막을 쳤다. 눈부신 아침 빛을 뒤로하고 마주하는 어둠 속에서 다른 빛을 찾는 어리 석음을 범했다. 시시때때로 과거의 기억이 불쑥 튀어나와 지금의 배신과 나란히 걸어왔다. 오래전 잊힌 기억이 살아나 묵직한 어둠 으로 짓누른다. 과거의 회색빛에서 그녀는 또다시 무력해진다.

*

　해원은 습관적으로 고개를 숙였다. 집을 나선 지 얼마 되지 않았으나 먼 길을 걸어온 느낌이다. 운동화 매듭 끈이 풀려 밟힐 것 같았지만 그냥 걸었다. 몇 걸음 가지 못하고 결국 허리를 굽혔다.

　피아노 개인 지도를 하는 시간은 물속에 머리를 처박히는 고문과도 같았다. 해원은 체내에 산소를 양껏 채우려고 숨을 크게 들이마셨다.

　개인 지도를 받는 초등학생은 연습과제를 해놓지 않았다. 지난 시간에 틀린 부분을 어김없이 다시 틀렸다. 학생의 반복되는 불성실함에 짜증이 올라와 숨을 몰아쉬었다. 해원은 손등에 힘줄을 곤두세우고 시범을 보이며 짜증을 누그러뜨렸다. 조만간 학생이 그만두게 될 것으로 짐작됐다.

　힘들게 수업을 마치고 나온 해원은 두 시간 후에 다음 수업이 있었다. 공백 시간에는 카페에서 혼자만의 여유를 가졌다. 푹신한 의자에 몸을 맡겼으나 피아노 소리가 계속 귓전에서 맴돌았다. 찬 커피를 들이켜며 현우의 SNS를 들여다봤다. 수영복만 입은 사진이 쏟아졌다. 새로 올린 사진 또한 수영복 차림이었다. 골반에 손을 얹고 자신감 넘치는 포즈를 하고 있다. 직업적으로 필요해 올렸다지만 핑계일 뿐 그는 관종이었다. 물에 들어가는 것이 싫어 수영 강사 일을 그만두겠다는 소리를 매일 하지만 자기 몸에 대한 만족도를 벗은 몸으로 어필했다. 그녀는 사진을 보며 쓴웃음을 지었다.

*

드보르자크 현악 4중주 'American' 음악이 작은 집을 가득 메웠다. 아름다운 선율은 가늘면서 위태롭게 슬픈 소리를 냈다. 한낮의 격정은 슬픈 소리와 함께 소용돌이치며 그들 깊은 곳으로 파고 들어갔다. 레이스 커튼을 흔들며 들어온 바람은 두 사람이 내뿜는 열기를 이따금 식혀주었다. 서로의 땀이 뒤섞여 누구 것인지 모르는 점액질은 그들의 복부와 허벅지에서 미끄덩거리며 흥분을 고조시켰다. 시들어가는 영혼을 붙들기 위해 격렬하게 몸을 비벼댔고 불안에서 벗어나려고 무언의 대화로 위로했다. 고통과 쾌락의 절정은 같았다. 분간할 수 없는 신음을 내며 차오르는 마지막 숨을 크게 토해냈다. 비로소 서로를 놓아주었다.

해원은 고조된 감정을 가다듬으며 다시 짧고 여린 신음을 내며 몸을 비틀었다. 가슴골에 맺힌 땀방울이 유두 쪽으로 흘렀다. 흠뻑 젖어 번들거리는 복부는 오랜 시간 격렬함과 만족감을 표시했다. 현우는 미동도 하지 않았다. 여전히 가늘고 위태로우며 슬프도록 아름다운 선율이 그들의 나신 위를 맴돌았다.

잠시 후, 욕실로 걸어가는 그의 뒷모습에 해원의 시선이 꽂혔다. 벌어진 등줄기에 손톱자국이 난무했다. 아폴로 보조개 밑으로 우뚝 솟은 엉덩이는 한껏 부풀어 올랐다. 그의 모든 행위가 그녀에게 지문으로 새겨졌다.

그들은 꿈을 꾸지 않았다. 어떤 꿈을 꾸어야 하는지 알지 못했다. 육체를 탐닉하는 것으로 방황을 표현했다. 치열하게 노력하지 않은 대가를 불확실한 미래로 대신했다.

그들이 찾은 현실 도피는 동거였다. 해원이 먼저 제의했었다. 최소한 혼자가 아니 둘이 함께한다면 새로운 의미를 주리라 믿었다. 동거라는 주사위를 던졌을 때 정육면체에 그려진 동그라미 합이 열두 개가 되지 않더라도 하나보다 크다는 것에 작은 기대를 걸었다.

불안한 삶에 변화가 오기를 바라는 마음으로 시작한 동거는 기대와 달랐다. 여전히 그녀는 무력감에 시달렸다. 반면 현우는 새로운 직장에 다니기 시작했다.

*

대학 동기 희진에게서 연락이 왔다. 갑작스러운 전화에 해원은 의아했다. 오랜만이라며 안부를 묻더니 할 말이 있다며 약속까지

하게 됐다. 살갑게 다가오는 그녀가 반갑지는 않았지만, 마땅히 거절할 이유를 찾지 못했다.

약속 장소로 가기 위해 해원은 대중교통을 세 번 갈아탔다. 언덕 위에 있는 프렌치 식당은 이 층 단독주택을 개조한 곳이었다. 희진의 외모만큼 그녀가 정한 식당은 감각적이며 이색적이었다. 산 중턱에 있는 식당이지만 내부는 프랑스 남부지방에 있는 가정집 분위기이었다. 실내음악은 모차르트 피아노소나타 10번. 작게 들리는 음악 소리가 경쾌했다. 직원들의 움직임은 정중했으며 민첩했다.

해원은 이 층 창가 예약된 자리로 안내받았다. 활짝 열린 창문 밖으로 산속에 있음을 실감케 하는 풍경이 펼쳐졌다. 주차 직원의 깍듯한 인사가 시선을 끌더니 희진이 차에서 내리는 것이 보였다. 이 층 창가에서 보아도 확연히 눈에 띄었다. 인사를 받는 희진의 태도는 수족을 부리는 공주였다.

희진이 포옹하며 반가움을 표현했다. 그런 인사가 해원은 어색했다.

"독일에서 몇 년 공부하고 왔어. 학위는 못 받고 그냥 들어왔어. 넌 어떻게 지내?

"졸업 전과 똑같아, 애들 가르쳐."

희진의 화려한 모습과 자신감 넘친 목소리는 유학에서 실패한 사람이 아니었다. 그런 희진의 당당한 모습에 해원은 의기소침했다. 친구들의 근황도 들으며 희진이 하는 이야기에 웃기만 했다. 할 말이 있다고 했지만, 쉽게 말을 꺼내지 않았다. 커피와 디저트가 나올 때 비로소 말했다.

"해원아! 나하고 사업 한번 해보지 않을래?"

"어떤 건지 모르나, 내가 그럴만한 능력이 되는지 모르겠다."

"충분하지, 네가 안 되면 누가 되겠니. 피아노학원 해보자. 애들 상대가 아니고 취미로 배우는 성인 피아노학원인데 수강생이 원하는 곡을 가르치면 돼. 난 영업하고 네가 회원 관리해 줘. 수업은 우리 후배들 많잖아. 강사는 걱정 없을 거고."

"요즘 W 피아노 같은 것 말하는 거니?"

"맞아. 너 언제까지 코흘리개 가르치고 엄마들 눈치 살피며 비위 맞출래? 솔직히 그런 것 더는 하고 싶지 않지?"

해원은 일자리를 알아보면서 W 피아노학원을 눈여겨봤었다. 본사에서 간단한 교육을 받고 강사로 등록되면 앱으로 수강생의 신청 시간과 장소를 확인해 수업하는 시스템이었다. 아이들 교습이 아니라 성인 대상이라는 점이 마음에 들었고 시간도 자유롭게 활용할 수 있어 알아보려고 했었다. 그런 심정을 간파해서 희진이 말하는 것 같았다.

희진은 본격적인 사업 설명회를 하듯 우리라는 말을 써가며 직접 해보자고 다짐하듯 말했다. 뛰어난 화술의 마지막 말은 일억 원 투자를 제시했다.

해원은 일억 원의 투자금보다 회원 관리만 하면 된다는 소리가 디저트처럼 달콤하게 들렸다.

　늦게까지 현우를 기다리다 해원은 잠이 들었다. 다음 날 아침 눈을 뜨니 그는 출근하고 없었다. 희진의 제안 건에 상의하고 싶었으나 그의 얼굴을 보기 힘들었다.

　그녀는 현우에게 전화했다.

　"어젯밤에는 왜 그렇게 연락이 안 돼. 상의할 일이 있으니 일찍 들어와."

　"미안, 오늘도 늦을 것 같다. 무슨 일인데?"

　"전화로 이야기하기는 그렇고."

　"간단히 말해봐."

　"친구가 피아노학원을 개원하는데 전망도 있고 괜찮은 것 같아서 함께 해보고 싶어. 그런데 일억 원 정도 투자금이 들어가. 네 생각은 어떤지 얘기 듣고 싶어서."

　"우리한테 그런 돈이 어디 있어. 피아노학원이니 네가 잘 알잖아, 그냥 일하게 해달라고 해. 그만 끊어, 거래처 나가봐야 해."

　해원의 대답은 듣지도 않고 전화를 끊어버렸다. 그에게 금전적 지원을 바라고 말한 것은 아니었다. 함께 고민해 주길 바라는 마음이었으나 그의 말에 해원은 기분까지 언짢았다. 일하게 해 달라고 얘기해 보라는 말에 반감까지 들었다.

그녀는 삼천만 원이 있었다. 졸업한 지 오 년이 넘었지만 그나마 절약해서 모은 돈이었다. 부족한 돈을 어떻게 구할지 궁리했다. 정규직이 아니라 신용대출은 힘들었고 생각난 것은 엄마뿐이었다.

해원의 엄마는 성정이 근엄하며 강경했다. 어릴 적부터 거역할 수 없는 존재이며 살아갈 세상을 대신 그려주었다. 해원보다 항상 앞서가 지름길을 알려주듯 이리저리 방향을 지시했다. 넉넉지 않은 살림이지만, 억척스럽게 먼 거리까지 피아노 교습을 보내었다. 외동딸 하나만큼은 다르게 살기를 바랐다. 아름다운 클래식 곡을 지녀 동화 속의 공주처럼 살아가길 바랐다. 서울 소재 음악대학에 입학하게 되자 엄마는 세상을 얻은 표정이었다. 졸업 연주회 때는 그랜드피아노 앞에서 연주복을 입은 딸의 모습에 꿈이 실현된 것처럼 감격의 눈물까지 흘렸다. 해원에게 백마 탄 왕자가 금방 나타나기만을 기다렸을 것이다.

그런 엄마에게 현우의 이야기를 할 수 없었다. 그와 함께 살기 시작하면서 엄마에게 연락도 하지 않았다. 가끔 전화가 오면 잘 있다며 끊기 바빴다.

오랜만에 해원이 먼저 엄마에게 연락했다.

"엄마, 자주 연락도 못 하고 미안해. 무릎 아픈 건 괜찮아?"

"나야 맨날 똑같지. 무릎도 무릎이지만 이젠 눈이 어두워 바느질도 못 하겠다."

한복집을 오랫동안 해온 엄마가 부쩍 힘들어하는 것을 알 수 있었다. 빈말이라도 그만두라는 소리가 나오지 않았다.

"통 연락도 없고 뭔 일 있어?"

"미안한 소리 하려고 하지…. 집주인이 월세를 많이 올려달라고 하네. 너무 무리한 금액이라 이사를 해야 할 것 같아. 보증금이 조금 비싸도 월세가 낮은 곳을 찾으니 오천만 원은 더 있어야 할 것 같아."

"알았다. 끼니 잘 찾아 먹고. 안 가봐도 되겠지?"

"어, 내가 몇 살인데…. 미안해, 엄마."

눈가가 축축했다. 엄마의 갈라진 목소리에서 쇠약해진 모습이 보였다. 더는 억척스러운 강한 엄마가 아니었다.

해원은 현우에게 어떠한 말도 하지 않았다. 엄마에게 모자라는 금액을 전부 말하기는 힘들었으나, 더는 현우와 상의하고 싶지 않았다. 다른 친구에게 빌려볼까도 했지만, 마련한 돈만 투자하기로 했다.

피아노학원 개원하는 날은 희진의 인맥을 그대로 보여주었다. 축하객과 화환이 줄을 이었다. 세련된 인테리어, 화려하게 준비된 케이터링, 축하객들조차 학원 분위기와 어울렸다. 희진은 해원을 원장이라고 소개하며, 손 원장이라 불렀다. 희진의 명함에는 대표라고 적혀있었다.

개원 준비로 바빴던 해원은 늦은 퇴근이 계속됐다. 현우는 해원보다 더 늦었고 일찍 출근했다. 셰어하우스에 기거하는 사람처럼 느껴졌다. 그는 주말도 바빴다. 거래처 경조사에 가야 한다며 오히려 이렇게 바빠서 어디 살겠냐고 짜증을 냈다. 그는 해원이 학원에 나가는 것만 알 뿐, 지역이 어디에 있으며 근무 시간이 어떻게 되는지, 무슨 일을 하는지 묻지 않았다. 해원도 묻지 않은 이야기를 그에게 하지 않았다. 심경을 말하자니 자존심이 상했다. 함께 살고 있으나 외로움만 쌓였다.

현우는 벗어 놓은 옷으로 집에 들어왔다는 흔적만 남겼다. 늦은 귀가가 반복되더니 어느 날은 셔츠에 파운데이션을 묻혀왔다. 그것을 보게 된 날부터 외로움에서 또 다른 감정으로 번져나갔다. 그 감정은 모든 촉각을 일으켜 세웠다. 점점 날카로워졌다. 그에게 짜증 피우는 날이 많아졌다. 그럴수록 현우는 더 냉담하게 해원을 대했으며 늦게 들어오고 일찍 나갔다. 다양한 이유를 대며 외박하는 날도 잦았다. 그녀는 매일 그가 벗어 놓은 옷을 살폈다. 셔츠를 보고 팬티를 들여다보고. 그의 더러운 옷을 만질 때마다 자괴감이 들었다. 이렇게 살아야 하는지 의문을 품은 날이 점점 많아졌다. 그러나 그에게 따지고 묻지 않았다. 감정대로 치받으면 어떤 결과가 초래될지 그녀는 두려웠다.

주말 아침부터 현우는 샤워하느라 욕실에서 요란한 물소리를 냈다. 쏟아지는 물소리와 함께 알 수 없는 콧노래가 들렸다. 잠시 후 샤워를 다 했는지 일순간 모든 소리가 끊겼다. 해원은 의자에 앉아서 욕실 문을 쳐다봤다.

그는 수건으로 머리를 털며 벗은 몸으로 스스럼없이 나왔다. 물기 가득한 몸은 비늘이 반짝이듯 윤이 났다. 잔근육들이 골격에 탱글탱글 달라붙어 굴곡진 몸을 한층 돋보이게 했다. 역삼각형의 상체를 받쳐주고 있는 허벅지는 기둥처럼 견고했다. 그 사이로 테스티스와 페니스는 우월한 남성성을 짐작하게 했다. 종아리 근육은 가는 발목으로 인해 더욱 치켜 올라갔다.

"오늘도 어디 나가니?"

"어, 거래처 병원 야유회가 있어서. 병원장이 함께 가자고 초대해서 가봐야 해."

"병원도 그런 것 해?"

"나도 피곤해 죽겠는데 초대했으니 가서 딸랑거리고 와야지."

"현우야, 우리 한 지 오래됐지? 밥을 같이 먹은 적도 언제인지 모르겠다."

"그러게. 너도 바쁘고. 왜 이러고 사는지 모르겠다."

해원이 해야 할 말을 그가 먼저 했다. 왜 사는지 모르겠다고 말하지만, 그는 사는 게 재미있어 보였다.

"오늘은 일찍 들어와 저녁 식사 같이하자."

"그래, 나도 피곤해. 일찍 올게."

그는 거울을 들여다보며 머리 손질을 하느라 분주했다. 옷을 꺼내 대보고 서너 개씩 모자를 바꿔 쓰면서 치장했다. 그런 모습을 본 해원은 그동안 참고 있었던 감정이 들고일어났지만, 저녁에 차분히 말하자며 자신을 달랬다.

오랜만에 장을 본 해원은 저녁 메뉴로 싱싱한 꽃게를 샀다. 부식 재료와 과일, 달콤한 조각 케이크도 샀다. 와인을 사려다 꽃게탕과 어울리지 않아 소주를 골랐다. 해보지 않은 꽃게탕은 손질부터 힘들었다. 괜히 샀다 싶은 생각이 들었으나 처음 끓인 것치곤 먹을만했다.

해 질 무렵이면 그가 들어올 줄 알았다. 저녁 여덟 시가 지나도록 오지 않았다. 전화도 받지 않았다. 해원은 저녁을 먹으며 차분하게 심경을 말하고 싶었다. 그녀가 품고 있는 불신이 오해이며 쓸데없는 생각이라고 그가 말해주길 바랐다. 변함없이 사랑한다는 것을 증명하길 바랐다. 그에게 위로받고 싶었다.

아침부터 감정을 눌러왔던 해원은 다시 일렁이기 시작했다. 그의 옷에서 풍겼던 낯선 냄새가 다시 콧속으로 치고 들어왔다. 이성으로 억눌렀던 미움이 다시 휘몰아쳤다.

자정이 다 되어 현우가 들어왔다. 술에 취해있었다. 아니 취한 척했다. 아침에 약속한 것을 지키지 못한 것도, 전화를 받지 않은 이유도 말하지 않았다. 해원이 화가 나 있는 것을 알자, 피하기에 바빴다.

그는 방문을 걸어 잠그며 낮은 소리로 말했다.

"내일 일찍 나가야 해. 다음에 얘기하자."

그런 행동이 해원을 더욱 도발하게 했다. 억눌렀던 감정의 기압이 터지고 말았다. 그녀는 방문 손잡이를 잡아 흔들었다. 빨리 나오라고 소리 질렀다. 주먹으로 굳게 닫힌 방문을 두드렸다. 그의 마음조차 닫아버린 것 같은 불안감에 힘껏 두드리고 걷어찼다. 여전히 방안은 조용했다. 급기야 해원은 신음과 같은 고함을 지르며 손에 잡히는 대로 집어 던졌다. 그녀가 할 수 있는 욕을 다 해댔다. 미움을 행동으로 표현했다. 왜 그렇게 분노하고 화를 내는지 현우는 알고 있다는 듯 해원의 거친 행동에 어떠한 제재도 하지 않았다. 굳게 닫힌 방문 뒤에 숨어 있을 뿐이었다. 그녀의 행동을 멈추게 한 것은 아래층의 항의 때문이었다.

지난밤의 메아리 없는 몸부림으로 해원은 온몸이 쑤시고 아팠다. 눈은 퉁퉁 부어 뻑뻑했고 모래를 한가득 삼킨 것처럼 목이 따가웠다. 거친 혓바닥이 입천장에 달라붙었다. 거실 바닥에는 분노의 잔해들이 유품처럼 널려있다. 해원이 그에게 악을 쓰며 사용된 도구들이었다. 책이 사방으로 흩어졌고 쿠션은 베란다에 나가 있으며 리모컨에서 건전지가 튕겨 나와 나뒹굴었다. 현우가 벗어 놓은 속옷과 양말이 흉물스럽게 널브러져 있었다. 정액이 묻었을 속옷을 생각하니 구역질이 올라왔다.

"개새끼."

해원은 욕으로 토사물을 뱉어냈다. 목이 찢어질 듯 아팠다.

전기 포트에 물을 붓고 끓어오를 때까지 기다렸다. 가스레인지 위에 있는 꽃게탕 냄비가 보였다.

"더러운 새끼."

또 다른 욕으로 분노를 내뱉으며 꽃게탕을 개수대에 쏟아부었다. 그의 악취와 음식 냄새가 뒤섞여 또다시 구역질이 올라왔다. 더러운 냄새를 없애기 위해 창문을 활짝 열었다. 그녀는 햇살에 눈이 부셔 고개를 돌렸다.

투명한 유리 머그잔에 카밀러 티백을 넣고 뜨거운 물을 부었나. 노랗게 우러난 진을 들고 그녀는 의자에 앉았다. 머그잔에서 김이 올라와 얼굴에 온기를 주었다. 허브향이 코로 먼저 들어왔다. 조금씩 갈라진 입안을 적시며 초점 잃은 시선은 거실 바닥으로 향했다.

창에서 들어온 투명한 햇빛은 지저분한 거실 안으로 깊이 파고들었다. 그 양지 속에서 어릴 적 보았던 아버지가 찾아왔다.

기억 속의 아버지는 항상 싱글 양복을 입고 다녔다. 하얀 와이셔츠에 화려한 색의 넥타이를 매었고 구두는 항상 반짝거렸다. 너무 반짝거려 오히려 이질감이 있었다. 바지 주름을 곧게 잡아주고 구두를 열심히 닦아주며 매일 아침 손수건을 건넨 엄마는 아버지의 춤바람에 일조한 것이 돼버렸다. 아버지는 그 옷을 입고, 다른 여자를 품에 안으며 빙글빙글 돌면서 바람기를 날렸다.

아버지는 항상 향수를 뿌렸다. 저녁에 돌아오면 자신의 향수 냄새인지, 끌어안고 춤을 췄던 뭇 여성의 화장품 냄새인지, 분간할 수 없는 향을 안고 들어왔다. 그런 아버지의 구린 향이 배어있는 셔츠를 엄마는 매일 빨았다.

엄마는 밤늦게 귀가하는 아버지를 기다리며 밤잠을 설쳤다. 이따금 엄마가 받으면 끊기는 전화가 있었다. 통화가 되던 날, 엄마는 상대방에게 언성을 높여가며 감정을 표현했다. 그런 와중에 아버지가 들어와 싸움의 대상이 옮겨졌다. 결국 자식이 보는 앞에서 엄마는 험한 말을 하며 곪아 터진 것을 들어냈다. 그날 밤 해원을 품에 안고 날이 밝을 때까지 한숨으로 지샌 것을 알고 있다. 그 일이 있고 난 뒤 얼마 지나지 않아 엄마는 아버지의 옷을 빨지 않았고 구두도 닦지 않았다. 늦은 밤 전화도 오지 않았다. 아버지가 집에서 보이지 않았기 때문이었다.

*

피아노학원에서 보내는 시간은 이전과 달리 해원에게 살아가는 힘이 되었다. 피아노 교습이 싫지만, 현우에 대한 미움이 일에 대한 열정을 갖게 했다. 희진은 대표로서 임무를 충실히 수행했고, 해원은 차분하게 본래의 업무를 잘 해냈다. 학원은 안정적으로 자리가 잡혀갔다.

해원과 희진이 함께 점심을 먹고 피아노학원으로 돌아왔다. 차를 마시며 모처럼 한가롭게 이야기를 나누었다. 희진은 요즘 만나는 남자에 대해 해원에게 말했다. 말하는 내내 입꼬리가 올라갔다. 남자가 비주얼이 관능적이라며 음흉한 미소까지 지었다. 주말에 함께 저녁을 먹자며 약속까지 했다. 자랑하고 싶은 마음이 엿보였다.

해원은 지난번 갔었던 프렌치 식당으로 향했다. 낮에 봤던 전경과는 달랐다. 밤의 한가운데 버티고 서 있는 산은 위압적이었다. 망토를 뒤집어쓴 몬스터의 형상이었다. 세상이 검은 봉시 인에 들어있었다.

차가 없는 해원이 이번에도 먼저 도착했다. 기다리는 동안 다음 주 수강신청자를 확인했다. 시계를 보니 십 분이 지났다. 화장실에 다녀오니 희진과 남자가 등을 돌리고 앉아있었다.

"희진아, 왔어?"

"어, 좀 늦었어. 미안."

돌아보는 남자의 얼굴은 현우였다. 그도 얼굴이 굳어졌다.

두 사람의 안색을 살피며 희진이 의미심장하게 물었다.

"왜 그래? 못 볼 사람 본 것처럼."

해원은 그냥 나가버릴지 아니면 동석해서 그의 난색을 지켜볼지 순간 망설였다. 의심이 현실로 증명되는 현장에서 그의 안색이 처절하게 변하는 것을 보고 싶은 충동이 일었다.

현우와 마주 보고 앉았다. 해원은 위태로운 이성을 유지하며 식사했다. 그러나 예상은 빗나갔다. 흔들림 없이 뻔뻔하게 식사하고 있는 그의 눈은 네가 이기는지 내가 이기는지 기 싸움을 하듯이 해원과 눈까지 맞추었다.

결국, 해원은 포크를 던져버리고 뛰쳐나갔다. 위압적인 검은 산을 피해 달음박질했다. 큰길까지 내려오니 숨이 턱까지 차올라 먹은 음식이 뱃속에서 뒤틀렸다. 머릿속도 뒤틀려 어지러웠다. 배수로 맨홀 틈으로 먹은 것을 쏟아냈다. 쪼그리고 앉아 멀건 신물이 올라올 때까지 토해냈다.

집에 돌아온 해원은 메스꺼움과 어지러움으로 쓰러졌다. 얼마 동안 누워있었는지 가늠이 안 됐다. 현우는 돌아오지 않았다. 정신을 차리고 여행 가방을 꺼내 그의 옷을 마구 집어넣었다. 현관 앞에 가방을 밀어놓을 때 현우가 들어왔다. 이미 마음을 정한 뒤였기에 그에게 어떤 말도 하고 싶지 않고 듣고 싶지 않았다. 그의 변명을 듣고자 했던 시간은 이미 지났다.

해원은 감정을 빼고 마지막 말을 건넸다.

"헤어질 때가 한참 지났는데 미련 맞았다. 보증금 일부는 정리되는 대로 나머지 짐하고 같이 보내줄게."

"면목이 없다. 짐은 없을 때 와서 가져갈게."

그의 목소리는 푸석하니 건조했으나 위축되지 않았다. 넓은 등을 보이며 뒤돌아섰다. 용서해 달라는 말조차 한번 하지 않고 등을 보였다. 아버지처럼 조용히 떠났다.

현우가 나간 뒤 해원은 학원에 일주일 휴가를 냈다. 떠나는 자를 생각하기보다 자신을 돌보고 싶은 시간이었다. 머릿속을 비우며 최대한 잠을 많이 잤다.

휴가가 남았는데 학원에서 급한 전화가 왔다. 희진이 며칠째 연락 두절이며 문제가 생겼다는 연락이었다. 휴가를 신청했을 때 희진은 현우에 관해 물어보지 않았다. 오히려 다행이라 여겼다. 그게 마지막이었다.

학원에 들어서자, 투자자 서너 명과 새로운 주인이라며 일제히 해원을 다그쳤다. 그들은 언성을 높이며 같은 말만 반복했다. 희진의 사업계획과 추진력을 믿었는데 이렇게 사기를 치냐고 울분을 토했고 돈보다 인간에 대한 배신감이 크다며 핏대를 올려 욕설을 퍼부었다. 희진이 학원을 몰래 매각해 돈을 갖고 잠적한 것이다.

해원은 이 지경이 되도록 모르고 있었던 어리석음에 분노와 자책이 엇갈렸다. 현우와 희진이 교대로 차는 발길질에 정신이 혼미했다.

*

    카디건을 걸친 해원은 현관문을 나섰다. 요정이 뿌린 찬란한 빛을 나무처럼 온몸으로 받고 싶었다. 따스하게 보였던 볕은 아직 냉기를 품었다. 아이가 없는 놀이터는 황량하기까지 했다. 어깨를 한껏 움츠리며 벤치에 앉았다. 찬란한 봄볕이 허상이 아닌지 의심했다.

    그녀는 놀이터로 걸어갔다. 모래알이 발가락 사이에서 까슬거렸다. 그네 위에 앉아 모래를 털고 발을 굴렀다. 어릴 적 그네를 탔던 기억도 함께 흔들렸다. 몸이 하늘로 치솟아 오르고 일순간 뒤로 곤두박질쳤다. 다시 발로 치받았다. 그네를 쥔 손에 힘이 들어갔다. 세상이 흔들렸다. 아니 세상이 나를 흔들었다. 떨어지지 않으려고 줄을 힘껏 붙잡았다.

    이모의 전화가 그네를 멈추게 했다. 해원이 보는 세상도 멈췄다. 엄마가 교통사고를 당했다는 연락이었다. 움츠렸던 어깨가 쪼개지는 충격이었다.

    엄마는 그녀를 기다려 주지 않았다. 통곡 소리가 나오지 않았다. 울음은 가슴에 걸려 쌓이더니 덩어리가 되어 심장을 짓눌렀다. 숨이 막혔다. 컥컥 소리로 숨구멍을 뚫을 뿐이었다. 엄마를 잃은 슬픔은 고통을 넘어 공포로 다가왔다.

    허망하게 엄마를 보내고 집으로 돌아왔으나 더는 여기에 머물

러야 할 이유를 찾지 못했다.

　서울집을 정리한 해원은 엄마 집으로 다시 내려갔다. 집에 들어서니 곳곳에 묻어있는 엄마의 체취와 어릴 적 머물렀던 흔적이 아픈 기억을 들쑤셨다. 빈집에서 지내는 것이 더 힘들었다. 슬픔을 비우기 위해 가방을 챙겨 또다시 집을 나섰디.

　갈 곳을 정하지 못한 해원은 출발하는 마량행 버스에 올라탔다. 낯선 곳에 내려 몇 시간을 무턱대고 걸었다. 목적지 없이 다다른 종착지는 마량항이었다. 바다가 가로막아 더는 갈 수 없었다. 어릴 때부터 서울에 대한 막연한 동경은 엄마뿐만 아니라 해원에게도 있었다. 항상 가고자 했던 곳은 북쪽 서울이었지 남쪽은 아니었다. 모든 관계가 파국을 맞은 서울이어서 무의식적으로 남쪽을 택했는지 모른다.

　온종일 빈속으로 다닌 해원은 허름한 바닷가 식당으로 들어갔다. 회 한 접시에 소주 한 병을 주문했다. 혼자 마신 술이라 급하게 들어갔다. 취기가 오르자 뒤섞인 감정이 요동쳐 말랐던 눈물이 비집고 나왔다. 식당에 사람이 많은 것은 아니었으나 한쪽 구석에 앉아있는 노인이 계속 해원을 쳐다봤다. 손님도 주인도 아닌 노인의 눈길이 그녀는 거북스러웠다. 마지막 술잔을 비우고 쏟아지는 눈물을 주체하지 못해 급히 식당에서 나왔다. 가슴이 먹먹하니 더 슬퍼할 게 남았다.

해원은 식당에서 뛰쳐나와 조용한 해안가에 주저앉았다. 술에 취한 것을 핑계 삼아 소리내어 흐느꼈다. 흐느낌은 바다 밑의 침전된 고요함을 깨우고 심연으로 들어갔다. 엄마가 들어주길 바라는 마음으로 높은 울음소리를 냈다. 기어코 그녀는 엄마를 만나기 위해 바다로 걸어 들어갔다. 일렁이는 물결은 심장까지 뒤흔들었다. 바다의 무게를 이기려고 다리에 힘을 주었으나 중심을 잃고 말았다. 그대로 바다에 몸을 맡겼다. 검푸른 바다가 육신을 조금씩 집어삼키려고 할 때, 어디선가 엄마 소리가 메아리쳤다.

　"으매, 고약헌 그잉, 어찌코롬 이딴 짓을 하능가?"

　어디서 나타났는지 식당에 있었던 노인이 진한 사투리를 내뱉으며 해원의 머리채를 잡아당겨 끌고 나갔다. 질질 끌려갈 수밖에 없는 해원이 소리 높여 울었다.

　노인이 가쁜 숨을 몰아쉬며 해원과 함께 주저앉았다.

　"쌔빠지게 키어놓께 헛짓꺼리나 하고. 암만 봐도 미심쩍다 혔어."

　쓰러져 있는 해원에게 다시 질책했다.

　해원은 통곡으로 마지막 사모곡을 불렀다. 아니 상처가 아파 소리 질렀다. 가슴에 덩어리졌던 멍울이 산산이 부서져 입 밖으로 튀어나왔다.

　노인이 물에 흠뻑 젖은 해원을 힘겹게 끌어안고 자신이 하는 민박집으로 데려갔다. 안방에 자리를 펴고 그녀에게 꿀물을 먹이며 투박하게 말했다.

"아무 생각허질 말고 괜찮으닝께 당분간 여서 지내야."

그녀는 쏟아지는 졸음으로 대답 대신 눈을 감았다. 엄마의 손길처럼 푸근하고 투박한 사투리는 따뜻했다. 노인은 해원에게서 눈을 떼지 못했다.

아침에 눈을 뜨니 바다 향이 났다. 시각보다 후각이 먼저 일어났다. 창밖으로 바다가 보였다.

노인의 거친 인사에 민망한 해원은 눈을 맞추지 못하고 감사하다고 말했다. 그리고 다시 노인의 눈을 보고 물었다.

"왜 이렇게까지 챙겨주시는 거예요?"

"먼저 가뿐 딸년 생각혀서 그라제…"

이번에는 노인이 얼굴을 돌리며 말끝을 맺지 못했다.

아침밥을 챙겨야 한다며 급히 부엌으로 가는 노인의 뒷모습에 슬픔이 그득했다.

해원은 감사에 대한 보답이라도 되듯 머물기로 작정했다. 사실은 노인의 가려진 슬픔을 보아서 바로 떠날 수가 없었다. 빈방을 쓰기로 하고 돈을 지급하려 했지만, 오히려 노인은 서운해했다.

갑자기 찾아든 투숙객 때문에 노인이 분주했다. 장사수완을 발휘하여 가격은 깎아주지 않고 아침을 주는 것으로 후한 인심을 보였다. 오랜만에 찾아든 손님이었고 열흘 이상 머문다는 소리에 노인은 생기가 돌았다.

그냥 머물기 미안한 해원은 청소와 해놓은 음식을 차리는 정도로 노인을 도왔다.

투숙객은 동네 산책을 다녀와서 아침을 먹었다. 노인의 음식이 입에 맞았는지 해원이 차려준 아침밥을 깨끗이 비우고 난 후, 감사 인사와 함께 박선태라며 자신의 이름을 말했다. 작은 키에 통통한 모습이 흡사 노인의 막내아들로 보이기까지 했다. 그의 얼굴에서 알 수 없는 절망과 희망이 함께 보였다.

그는 외출하고 들어올 때면 해원에게 커피를 사다 주기도 하고 초콜릿을 건네기도 했다. 낮에 둘만 있게 되지만 특별한 이야기를 나누지 않았다.

늦은 오후 선태에게서 산책하러 가자는 제안을 받았다. 그가 한참을 망설이다 어렵게 말한 것을 알고 있었다. 해원은 머무는 동안 민박집 밖을 나간 적이 없었다. 어렵게 청한 선태와 함께 해안 길을 산책하러 나갔다.

바다는 또 하나의 하늘을 담고 있었다. 미항이라고 부를 만큼 아름다웠다. 아름다운 것을 넘어 포근했다. 태풍이 와도 파도가 잔잔할 것 같았다. 멀리 수면 위로 오른 까막섬은 울창한 숲 때문에 검게 보였다. 까마귀 떼만 그곳의 비밀을 알고 있는 듯했다.

그들은 자연스럽게 걸음을 맞춰 걷다가 손끝이 닿으면 그가 모자를 매만졌다. 짧은 침묵에도 겸연쩍어 해원에게 노인과 어떤 관계냐고 물었다.

그녀는 당황한 기색을 감추며 대답을 회피하기 위해 질문을 되받았다.

"서울에서 여기까지 쉬러 오게 된 이유가 있어요?"

그도 질문이 당황스러웠는지 답을 찾는 것이 역력했다.

"…꿈을 이룰 방법이 있지 않을까 싶어 찾으러 왔습니다."

"꿈이 뭔데요?"

"소설가요. 글도 쓰면서가 아니라 글만 쓰면서 살고 싶어서요. 직장을 그만두고 소설을 쓰니 여러 부작용이 있었어요. 이곳에서 만족스러운 소설 한 편을 쓸 수 있을까 해서요."

"확고한 자신의 꿈이 있는 게 부러워요."

"꿈만 있으면 뭐 합니까? 현실은 백수인데요."

"안정된 직장을 그만두기 힘들었을 텐데. 큰 용기가 필요했겠어요."

"용기요? 오히려 꿈을 포기하고 싫은 일을 계속하는 게 저한테는 큰 용기가 필요했어요."

"아! 네…."

해원은 자신도 모르게 짧은 탄식을 낮게 내뱉었다. 깊은 우물에서 빠져나와 첫 호흡을 한 기분처럼 맑은 충격을 받았다.

그도 해원에게 어떤 일을 했는지 물었다.

해원은 피아노를 가르쳤다고 했다. 힘든 일이 겹쳐 노인의 도움을 받아서 잠시 머무는 것이라 말했다. 피아노를 쳤다는 말에 그가 의외라는 듯 눈을 크게 떴다.

그들은 바다 풍광을 옆에 끼고 계속 걸었다. 언덕 위 작은 교회 앞에서 걸음을 멈췄다. 누가 먼저라고 할 것 없이 함께 예배당으로 들어갔다. 정중앙에 예수님이 고개를 떨구고 고요함을 그대로 안고 있었다. 텅 빈 예배당은 적당한 어둠이 주는 안정감과 스테인드글라스로 들어오는 빛이 묘하게 어울렸다.

한쪽에 피아노가 보였다. 해원은 학원에서 가르쳤던 복음 성가를 쳐 볼까, 생각했지만 그만두었다.

예배당 긴 의자에 나란히 앉았다. 침묵이 주는 경건함을 온전히 느끼며 해원은 지나간 사람이 된 현우를 생각했다. 현우의 꿈이 무엇인지 몰랐다. 만나오면서 묻지 않았고 그도 말하지 않았다. 단지 말하지 않을 뿐인지 아니면 좇을 꿈이 없었는지 확실치 않았다. 자신 또한 목표도 희망도 없는 삶을 살았다는 게 부끄러움으로 다가왔다. 이전에 느꼈던 무력감과는 달랐다.

예배당에서 나오니 하늘과 바다는 어느새 붉은 기운으로 가득 찼다. 몸속으로 뜨거운 수혈을 받는 기분이었다. 눈을 감고 한동안 서 있었다.

그날 밤, 그녀는 선태의 말을 곱씹으며 밤잠을 설쳤다. 꿈을 포기하고 싫은 일을 계속하는 게 오히려 큰 용기가 필요했다는 말이 계속 살아 움직였다. 새벽녘이 돼서야 긴 터널을 빠져나온 것 같은 마음으로 잠들 수 있었다.

　해원은 돌아갈 채비를 하고 노인을 끌어안았다. 진한 눈물을 흘리며 한동안 말이 없었다.
　"이젠 헛짓거리 그만 허고! 잘 산당께 맴이 좋크만."
　해원의 등을 토닥거리며 노인은 미소 지었다.
　그녀는 울먹이면서 노인에게 자주 오겠다며 인사했다.
　선태가 해원의 가방을 들고 따라나섰다.
　두 사람은 언덕을 내려가면서 어색한 침묵을 나눴다. 버스정류상에 도착히자 그가 밝게 말했다.
　"저는 여기서 에너지 충전하고 가겠습니다. 언제 또 지칠지 모르나 그러면 잠시 쉬었다 다시 시작하면 되겠죠."
　"쉽게 이루어지면 꿈이 아니겠죠. 좋은 결과물이 있을 거예요."
　선태는 고맙다며 들고 있던 상자를 해원에게 건넸다. 아침밥을 챙겨준 감사의 선물이라고 했다. 쑥스러워하는 선태에게 해원이 먼저 악수를 청했다.
　버스에 오른 해원이 차창 밖으로 가늘고 긴 손가락을 보이며 손을 흔들었다. 선태도 손을 들었다.
　그녀를 태운 버스는 먼지를 날리며 다른 세상으로 달렸다.

　그녀는 집에 돌아와 도배와 장판을 새로 했다. 수십 년 전 아버지가 집을 나갔지만, 엄마는 아버지의 그림자를 품고 살았다. 아직도 아버지의 바람기가 집안 곳곳에 남아있었다. 그 바람 때문에 엄마는 집을 평생 떠나지 못했었다.

해원은 묵은 짐을 정리하며 아버지의 바람기와 엄마의 우울함을 집에서 내몰았다. 그리고 침대 머리맡에, 선태에게서 받은 하얀색 드림캐처를 걸었다.

그녀가 다녔던 초등학교 앞에 '칸타빌레 피아노교습소' 간판을 걸고 개원했다. 마음을 바꾸니, 하기 싫은 일이 아니라 가장 잘할 수 있는 일이었다. 그녀는 마량에서 만난 선태의 말에 생각을 바꾸게 됐다. 밤을 지새우며 터널 안에 갇힌 빛을 끄집어내기 위해 계획했던 일을 시작했다.

초등학교와 연계해 다문화가정 자녀에게 무료로 피아노 교습을 하기로 했다. 생각을 바꾸니 몇 푼의 돈을 벌기 위해서가 아닌 가슴 한쪽이 뜨거워지는 일인 것을 비로소 알게 됐다. 학생들에게 기교만 가르치는 것이 아니라 꿈을 품을 수 있게 희망의 메시지를 전할 계획이다. 꿈의 노래를 부를 수 있게 말이다.

오전 일찍 해원은 칸타빌레 피아노교습소로 출근했다. 창문을 열고 대청소를 시작했다. 유리창까지 말갛게 닦고 있을 때 현우에게서 전화가 왔다. 헤어진 후 처음 오는 전화였다. 그동안 그의 전화를 기다린 적은 없었으나 현우라는 이름이 뜨자 잠시 흔들렸다. 물끄러미 그의 이름을 쳐다보며 끝내 받지 않았다. 마른걸레를 쥔 손에 힘을 주었다. 뽀드득 소리가 나도록 유리창을 문질렀다. 흔들렸던 마음을 부정하려고 읊조렸다.

"넌 이미 스쳐 지나간 사람이야."

청소를 마친 그녀는 손을 깨끗이 닦았다. 핸드로션을 정성껏 바르고 티슈로 잔여 유분을 닦아냈다. 휴대전화를 꺼내 현우 번호를 차단한 후, 피아노 의자에 허리를 세우고 앉았다.

그녀는 프란츠 리스트 「사랑할 수 있는 한 사랑하라」를 연주하기 시작했다. 프란츠 리스트가 이 곡을 제자에게 지도할 때 있었던 일화를 떠올렸다.

"사랑이 항상 그렇듯이 길게 지속하지 못하니 더욱 성막하게 연주해라."

후회 없는 사랑을 하라는 것인지, 상처받지 않을 만큼만 하라는 것인지 그녀는 어려운 답을 남겨놓고 노래 부르듯 미소 지으며 곡을 쳤다.

일그러진 초상

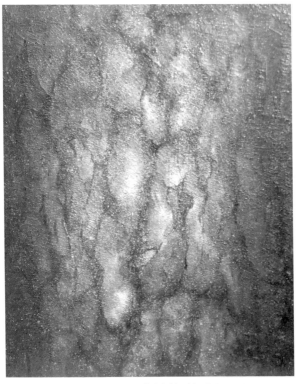

이민경 〈수피2〉 73x61cm, oil on canvas

호찌민 국제공항 하늘에 검은 물기가 가득했다. 어둠이 내려앉을 무렵 우재는 익숙하게 출국 절차를 마치고 비행기에 탑승했다. 이번 출장은 유난히 힘들었으나 다행히 잘 마무리되었다. 긴장감이 풀리니 한꺼번에 피로감이 몰려왔다.

우재는 이 시각의 비행기를 자주 이용했다. 어둠이 주는 고요 속에서 오롯이 혼자일 때 편안했다. 고요함에서 들리는 비행기 소리는 과거로 돌아가는 신호 역할을 했다. 수면과 최면의 경계선에서 그는 과거와 마주하는 시간을 가졌다. 이날도 어김없이 지나간 시간과 마주했다.

의류 사업을 하는 우재는 출장이 잦았다. 한때 적지 않은 돈을 벌기도 했으나 현지 직원들의 노사분규가 자주 일어나고 원자재

상승으로 어려움을 겪게 되자 규모를 줄여나갔다. 사업이 활발하게 잘 되었을 때는 한 달에 절반 이상을 해외에서 보내기도 했다. 아이들의 교육과 집안 대소사는 아내 은희가 별 탈 없이 잘 챙겼다. 사업에 온 힘을 쏟을 수 있었던 것은 은희 덕분이었다. 우재는 아내가 주는 안정만 취할 뿐 그녀를 헤아리지 못했다.

은희는 순수미술을 전공했지만 오랜 시간 그림을 그리지 않았다. 어느 날 다시 붓을 잡았다. 화구들이 널려있는 것을 보고도 우재는 무관심했다. 단지 물감 냄새에 인상을 찌푸리며 환기 좀 시키라는 말만 했을 뿐이었다. 유화물감 오일 냄새가 진동할수록 은희의 외로움도 그만큼 깊어져 갔다. 우재는 바쁘다는 이유로 알지 못했다. 그녀는 마음의 병이 육신으로 옮겨가 사경을 헤맬 때도 우재는 말로만 챙겼을 뿐 곁에 있어 주지 못했다. 아이들에게도 아버지의 빈 자리에서 오는 외로움만 깊어지게 했다. 바쁘게 활동할 때 은희는 기다려 주지 않고 팔 년 전 먼 곳으로 떠났다. 아내를 잃은 슬픔보다 그녀가 했던 역할에 공백이 생기니 현실적으로 어려움이 많았다. 사업적 바쁜 일정은 그에게 슬퍼할 시간을 주지 않았다. 은희의 죽음은 결국 경제적 풍요로움과 맞바꿔 버린 셈이 돼버렸다. 누구를 위해서 바삐 움직였던가 후회도 했다. 우재는 가족을 위한 것으로 생각했으나 결국 성취욕을 위한 것이 돼버렸다. 점점 시간이 갈수록 아내와 자식들에게 미안함과 죄책감으로 다가왔다. 자기 잘못을 인정하고 속죄하며 어떤 변명이나 항변도 하지 않았다. 그러나 잘못을 용서해 줄 은희는 없었다.

딱지 않은 상처를 일부러 건드리며 우재는 때늦은 후회를 했다. 죗값을 치르듯이 아픈 기억을 들추는 만큼 마음의 짐을 조금씩 풀어나갔다. 새로운 가정에서 누리는 행복 비용을 그렇게 치렀다.

인천공항에 도착한다는 안내 방송이 들렸다. 지극히 사무적으로 말하는 승무원의 목소리는 그를 최면 상태에서 깨어나게 했다.

자정이 넘어 집에 도착했다. 우재는 무거운 불안감까지는 아니어도 걱정스러움을 안고 집안에 들어섰다. 지난해에 재혼한 아내 하영과 복학생인 아들, 대학생이 된 딸이 일주일 동안 별문제 없이 잘 지내고 있었는지 염려스러웠다. 밝은 미소로 맞이하는 하영의 얼굴을 보자 한편 다행이다 싶은 생각에 마음이 놓였다. 아이들은 매번 그랬듯이 의례적인 인사만 하고 각자 방으로 들어갔다.

면세점에서 산 하영의 모자와 선글라스를 내밀었다. 다소 챙이 큰 페도라와 요즘 트렌디한 선글라스였다. 패션 감각이 뛰어난 하영은 평범하지 않은 것을 좋아했다. 이번 선물은 마음에 들었는지 함박웃음을 지으며 좋아했다. 그녀가 좋아하는 모습을 보는 것도 즐거웠지만 없는 동안 아이들과 잘 지낸 고마움의 표시였다. 그녀는 고맙다고 말하며 수고했다는 말도 잊지 않았다. 하영이 따뜻한 차를 가져다주고 욕조에 물을 채우러 들어갔다. 그녀의 뒷모습을 보는 순간 고마움과 미안함이 서로 교차했다.

　우재가 대학을 졸업하고 입사한 회사에서 동료 직원으로 하영을 처음 만났다. 그 당시 하영이 한 해 먼저 입사해 신입사원 우재를 남달리 챙겼다. 몇 년 후에 하영이 결혼하면서 퇴직했다. 하영의 결혼식에도 참석하여 그녀의 빛나던 시간을 축하해 주었으며 축복해 주었다. 그 후 우재는 몇 해 더 직장생활을 한 후, 자기 사업을 시작했다. 하영을 보지 못한 이십여 년의 세월이 흘렀고 퇴직자들의 모임이 있었던 어느 날 하영이 혼자 되었다는 소리를 전해 들었다. 그날부터 우재는 기억 속에 있는 하영을 끄집어냈다. 깊고 짙은 눈에 하얀 피부, 발랄했던 그녀가 생각났다. 하영이 결혼한다고 했을 때 서운한 기분이 들었던 그때의 감정이 떠올랐다. 색바랜 앨범을 찾아 넘기면서 동료들과 함께 찍었던 몇 장의 사진을 찾아냈다. 어떻게 변했을까? 궁금증이 컸다. 그 궁금증은 하영의 연락처를 금방 알아낼 수 있었다. 그녀가 기억할지 염려하면서 연락을 취했다. 다행히 하영은 우재를 기억하면서 놀라움과 함께 반갑게 인사를 했고 만나기로 약속까지 하게 되었다.

　하영과 통화하고 난 후, 우재는 복잡한 생각으로 잠을 이루지 못했다. 자신이 또 다른 여자를 만나려고 하는 절대적 이유를 찾았다. 남자의 본능인지 아니면 빈자리가 없는 완벽한 가정을 만들기 위함인지, 그것도 아니면 다 커버린 아이들의 엄마가 필요한 것인지 비겁할 정도로 여러 이유를 찾았다. 자신의 헛된 욕구가 또다시 아이들과 한 여자에게 상처 주는 게 아닐까 염려스러웠다. 흡사 똑같은 범죄를 저지르려고 준비하는 전과자 같았다.

만나기로 한 날, 우재는 아침부터 바빴다. 깔끔하게 이발하고 염색도 했다. 거울 속에 늙지도 젊지도 않은 어중간한 중년의 남자가 웃고 있었다. 나름 흡족했다. 그는 숨기고 싶은 한 가지를 제외하면 하영에게 충분히 어필할 수 있는 자신감이 있었다. 적지 않은 재력을 가졌고 평소 운동을 열심히 한 탓에 탄탄한 몸과 풍성한 머리숱, 호남형의 얼굴은 자신감으로 가득 차게 했으며 어깨에 힘을 실어주었다.

약속 시각보다 일찍 나간 우재는 식당으로 들어가지 않고 문앞에서 서성거렸다. 조명이 있는 어둑한 곳에서 하영을 맞이하고 싶지 않았다. 해 질 무렵이지만 걸어오는 모습을 보고 싶었다. 첫 대면을 가감 없이 뜯어 보고자 하는 속내가 있었다.

멀리서 걸어오는 하영을 금방 알아보았다. 적지 않은 나이지만 그간의 세월에 농익은 원숙미를 품었다. 높은 힐을 신었는데도 세련된 걸음걸이로 늘씬한 몸매를 돋보이게 했으며 염색한 갈색 머리는 저녁 햇살에 반짝거렸다. 구불거리는 긴 머리가 어울렸다.

그녀도 외모에 자신이 있었는지 오랜만의 만남을 흔쾌히 수락했다고 짐작했다. 나풀거리며 걸어오는 하영의 모습에 순간 가슴이 콩닥거렸다. 오랜만에 느끼는 설렘이었다. 심장의 혈액이 순식간에 모세혈관까지 뻗쳐 나갔다. '내가 또 왜 이러지!' 실소가 나왔다. '정신 차려라, 김우재' 자신에게 타일렀다. 하영도 그를 알아봤는지 환하게 웃으며 걸어왔다. 마음 같아서는 외국인처럼 포옹하며 인사를 나누고 싶었으나 악수로 대신했다. 손끝에서 전해지는 전율과 함께 그녀에게서 꽃향기가 났다.

예약된 곳은 적당한 조도 때문인지 그녀가 더욱 돋보였다. 잔잔한 음악은 편안한 대화를 위한 전주곡이었다. 테이블마다 푸른색 병에 흰장미가 꽂혀있었다. 푸른색 화병 때문에 흰색 테이블보가 유난히 하얗다.

우재는 그녀에게 예전과 똑같다고 인사하며 만나게 된 반가움을 시종일관 미소로 표현했다. 그는 자신이 어떻게 살아왔는지 강약을 조절하며 말하기 시작했다. 아픈 아내와 아이들만 남겨놓고 출장으로 집을 비우는 날이 많았으며 그 와중에 애들 엄마가 잘못됐다며 시선을 떨궜다. 아내를 경제적 풍요로움과 바꾼 셈이 돼버렸다며 회한의 한숨을 내쉬었다. 그의 뛰어난 화술은 배경음악 위에 얹혀서 빛을 발했다.

우재의 힘들었던 시간을 하영이 공감하고 있는 게 역력했다. 그는 그녀를 보면서 붙잡을 수 있다는 자신감이 꿈틀거렸다. 사별한 아내 이야기를 하면서 하영의 마음을 읽고 움직이기에 여념이 없었다.

하영이 그의 말을 다 듣고 말없이 고개만 끄덕였다. 그리고 자신의 이야기를 시작했다.

"제가 불임인 줄 알았어요. 결혼 십여 년 후에 남편이 무정자증 상태인 것을 알게 됐어요. 남편은 처음부터 알고 있었지만 말하지 않았고, 아무것도 모르는 시부모는 저에게만 대놓고 압력을 가했어요. 병원에 함께 가보자고 했지만, 남편은 그냥 둘이 살자며 거부했죠. 시부모의 눈치를 보며 마음 졸였고, 남편에게 미안한 마음을 가지면서 그 세월을 살았어요. 친정어머니까지 애달픈 마음을 갖게 했죠. 남편이 무정자증인 것을 알았을 때 참담했어요. 그동안 마음 졸이며 살아온 십여 년의 결혼 생활이 불신의 칼로 난도질당한 느낌이었어요. 신뢰할 수 없는 남편이 더는 필요치 않았어요."

이번에는 우재가 몸을 끌어당겨 그녀 이야기에 귀 기울였다.

하영이 이혼한 지는 꽤 되었다고 하며 요즘은 동생의 권유로 결혼 정보회사에서 연결해 주는 사람을 만나 보고 있다며 멋쩍게 웃었다.

하영이 다른 사람을 만난다는 말에 우재는 초조했다. 남자의 본능을 더욱 자극하는 말이었다. 하영이 온순하게 보이지는 않으나 올곧은 성품과 따뜻한 인간미를 가진 여자인 것을 알 수 있

었다. 비록 힘든 시간을 보낸 탓에 피해의식으로 이혼했지만, 전
남편 말을 할 때 작아진 목소리에서 여린 부분을 찾을 수 있었
다. 그러나 눈꼬리가 올라간 눈매와 날카로운 콧날, 까랑까랑하
니 비음이 섞인 하이톤의 목소리는 그녀의 성격이 보통 아님을
알 수 있었다.

그녀에게 아이가 없고 경제적 자립도가 있다는 것은 우재의 심
리적 계산기에 플러스 부호를 집어넣을 수 있는 조건이었다. 무엇
보다 살아온 연륜으로 아이들 조율을 잘하리라는 믿음이 갔다.

그들은 예전 신입사원 시절 얘기하면서 오랜 시간 웃음꽃을
피웠다. 이런 분위기에서 우재가 유일하게 핸디캡이라고 생각되는
것을 차마 말할 수 없었다. 알게 되면 인격적인 결함으로 받아들
일까 염려스러웠다. 끝내 하지 못한 말 때문에 음식을 훔쳐먹은
것처럼 소화가 되지 않았다. 하영의 이혼 사유가 남편의 불신인
것을 알았기에 속이 더욱 불편했다.

그날 이후 우재는 이성을 만나면 집중하는 성격이 그대로 드
러났다. 하루도 빠짐없이 전화했고 퇴근을 서둘러 그녀와 저녁
시간을 즐겼다. 출장을 가게 되면 일정보다 빨리 끝내고 하영에
게로 달려갔다. 그 순간만큼은 불쌍하게 생각됐던 아이들도 잠시
접어두었다. 하영의 두 번째 결혼식에도 하객으로 참석하게 될지
도 모른다는 생각에 마음이 조급했다. 그녀를 놓치고 싶지 않았
다. 차마 말하지 못한 것이 있었으나 기회를 놓치고 나니 다시 꺼

낼 용기가 없었다. 그 말을 하게 되면 그녀가 등을 돌릴 거만 같아 불안했다.

*

우재는 은희와 사별하고 그 이듬해에 새로운 인연을 만났었다. 젊은 남자가 혼자서 살기 힘들다며 애들도 저렇게 놔두면 안 된다는 이유를 들면서 친구의 권유로 나이 차이가 크게 나는 미혼의 여자를 소개받았다. 그녀는 이연화, 이름처럼 고왔다. 우재의 흡족한 표정을 알아챈 주변 친구들이 결혼으로 몰아갔다. 아이들에게 엄마의 빈자리를 채워주고 싶은 마음은 허울 좋은 핑곗거리일 뿐이었다. 그는 자신의 외로움이 더 컸고 젊고 고운 여자를 아내로 삼고 싶었다. 결혼 경험이 없는 연화에게 딸린 자식이 없다는 것도 빠른 결정을 내릴 수 있는 요소였다. 우재는 아내보다 여자를 더 원했던 것이다. 그렇게 두 번째 결혼을 서둘렀다.

결혼을 준비하던 우재는 아버지가 떠올랐다. 대학 다닐 때 어머니를 여의었다. 시골 유지였던 아버지는 어머니의 사십구재 탈상이 끝나자, 동네 과부들을 하루가 멀다고 불러들여 음식을 대접했다. 과부들은 아버지의 상당한 재산에 관심이 많았다. 또한, 서울에서 학교 다니는 자식들과 함께 살지 않아도 되기에 두 번,

세 번 방문하여 눈도장을 찍었다. 아버지로서는 나름대로 좋은 배필감을 선별하기 위함이었다. 동네 사람들이 수군거리며 흉을 보았으나 개의치 않았다. 육 개월 정도 지났을 때쯤, 아버지는 삼 형제를 불러 앉혀 놓고 큰기침을 한 후, 화려한 언변이 시작됐다.

"부부간에 일찍이 먼저 가는 것도 배우자에 대한 큰 배신이다. 인명은 재천이라 하지만 남아있는 나로서는 배신감을 감당하기 힘들구나. 해서, 조금 급한 감은 있으나 다음 달 너희 새어머니 될 사람을 맞이해야겠다. 너희가 모두 객지에 나가 있고 아무리 잘한다고 해도 마누라만큼이야 하겠느냐?"

"어머니 일 주기 세사라도 지내고 난 후 새어머니를 모셔 오시죠."

"내 그러고 싶다만, 스님께 날을 받으려고 여쭤보니 음력 시월을 넘기면 아주 좋지 않다고 하더라. 다음 달에 합치는 것이 좋다고 하니 그리 알아라."

우재는 장남으로서 동생들 보기가 민망했다.

아버지의 재력은 두 번째 아내를 얻을 때 엄청나게 발휘했고, 경제적 자립을 못 하는 자식들에게도 가장의 권위를 일방적으로 내세울 수 있었다.

새어머니와 삼 형제는 어머니의 첫 제사 준비를 했었다.

초혼이었던 연화는 자식을 낳고 키워보지 않아 사춘기 아이들을 다루지 못했다. 아이들도 나이 차이가 크지 않았던 연화를 만만히 보면서 사흘이 멀다고 연화도 딸도 우재를 붙들며 울었고, 중학생 큰아들은 험한 욕까지 하면서 연화를 얕잡아 보았다. 출장을 가고 없을 때는 싸움의 정도가 더 심했다. 이유는 다양했다. 불손하게 말하는 아들의 언행에 연화는 자존심이 상해 식사를 챙기지 않았고 내팽개쳤다. 사춘기에 막 접어든 딸은 죽은 엄마가 연화 탓인 것처럼 매사에 불만을 품고 몰아세웠다. 연화의 존재가 아이들에게 생각 이상으로 고통이었다. 우재는 막연하게 짐작만 했을 뿐 진심으로 자식들의 상처를 들여다보지 못했다. 아이들은 그런 아버지에 대한 분노가 컸으며 때 이른 재혼으로 미움은 극에 달했고 그 여파는 고스란히 연화에게로 갔다.

출장에서 돌아온 그날도 집 안은 아수라장이 되어있었다. 가방을 풀지도 못하고 아들을 불렀다.

"새엄마는 어디에 있니?"

"그 여자가 어디에 있는지 왜 저한테 물어요. 집안 꼴은 이렇게 해놓고 며칠째 들어오지 않는 여자를 왜 찾아요."

아들은 비웃듯이 콧방귀를 끼면서 대답했다.

며칠 전 출장 중인 그에게 연화가 전화했었다. 아들 녀석이 욕을 했다며 분해 못 살겠다고 했다. 싸우게 된 원인은 중요하지 않았다. 아들이 욕한 사실만 중요했다. 그녀가 울먹이느라 아들 이름과 욕했다는 말만 겨우 알아들었다. 서러움에 북받쳐 감정을 쏟아내며 당분간 친정에 있겠다고 했다. 울고 있는 연화를 달래면서 출장에서 돌아오는 날 집에 와 있기로 약속했었다. 출장 내내 아이들도 걱정이 되었지만, 연화가 상처받은 것을 생각하니 일이 손에 잡히지 않았다. 부랴부랴 일을 마치고 집에 돌아오니 이 지경이었다.

"이 녀석아, 너 새엄마한테 욕했었니?"

"그 여우 같은 여자가 전부 고자질했나 보죠?"

아들의 비웃음은 어느새 분노의 찬 목소리로 낮게 내질렀다. 히번덕거리며 부라리는 아들의 눈에서 살기마저 느껴졌다. 이 상황에서 아들에게 기선 제압당하면 안 된다는 생각이 들었다. 그도 모르게 아들의 뺨을 후려쳤다. 우재에게도 명분은 충분했다. 나이가 많든 적든 아버지와 같이 사는 새엄마에게 상스럽게 말하는 자식은 때릴만했다. 이렇게 대드는 것을 보면 연화에게 어찌했을지 보지 않아도 알 수 있었다.

"어린 여자한테 빠져 자식도 보이지 않습니까?"

히번덕거린 눈에 독기 품은 눈물이 그득 했다. 왼쪽 뺨이 벌겋게 부풀어 올랐다. 부푼 뺨 위로 붉은 눈물이 흘렀다.

"아빠가 뭘 잘했다고 오빠를 때리고 그래!"

딸이 제 오빠를 끌고 방으로 들어가며 차갑게 노려봤다.

우재는 아들을 때린 것이 이내 후회됐다. 말없이 서재로 들어가 의자에 주저앉았다. 머릿속이 뜯긴 거미줄처럼 너덜거렸다. 피로감이 덮쳤다. 한쪽 벽에 걸려있는 초상화가 눈에 띄었다. 얼마 전에 치워놓았던 그림인데 다시 걸려있었다. 연화가 보기 싫다고 하여 치웠으나 딸이 제 엄마 그림이라 또 걸어놓은 것을 알 수 있었다.

그림 속에 있는 우재는 우울한 것인지 슬픈 것인지 아니면 화난 표정인지 볼 적마다 가늠할 수 없었다. 알 수 없는 표정뿐만 아니라 배경도 검붉은 크림슨 색, 죽은 피의 색깔이었다. 배경색 때문에 얼굴은 더욱 칙칙하고 어두웠다. 우재는 자신의 초상화를 볼 적마다 섬뜩한 생각이 들었다. 일그러진 표정의 초상화. 그것은 은희의 마지막 그림이었다. 우재에 대한 미움과 자식에 대한 걱정, 그리고 죽음의 공포가 그림 속에 있었다.

우재는 초상화를 보면서 은희에게 말하듯 읊조렸다.

"여보, 내가 괜히 결혼했나 봐. 힘들다. 미안해."

그는 그렇게라도 먼저 간 은희에게 사과하며 염치없이 하소연까지 했다.

어느 날 연화는 정식으로 이혼을 요구했다. 우재가 받아들일 수밖에 없는 이유였다. 좋아하는 남자가 생겼다고, 외로움만 주는 당신과 더는 살 수 없다고 했다. 당신의 자식들과 함께하는 것이 고통이라며 차갑게 말했다. 그런 그녀에게 어떠한 말로도 잡을 수 없다는 것을 알았다. 연화와 아이들에게 씻을 수 없는 상처만 남기고 두 번째 아내와 이별했다.

두 번째 이별은 아이들의 말수를 급격히 줄어들게 했다. 연화와 헤어진 후 하영을 만나기 전까지 홀로 지냈다. 아이들에게 속죄하는 마음으로 바쁜 시간 속에서도 먹을 것과 입는 것을 챙기고 학교생활에도 신경을 썼다. 그러나 이미 닫혀버린 아이들은 우재의 노력에도 어떠한 반응도 하지 않았다. 다행스럽게 학교생활을 잘하고 있는 것이 큰 위안이었다. 우재는 외로웠으나 집안은 평온했다. 진정한 평온함은 아닐지언정 조용했다. 오 년이라는 짧지 않은 구신의 시간을 그렇게 보냈다. 그런 시간을 보내고 비교직 인정된 분위기에서 하영을 만났다.

세 번째 결혼을 앞두고 큰아들은 별다른 반응을 보이지 않았다. 표현하지 않았지만 속으로 어쩔 수 없는 아버지라고 비웃을 수도 있고, 어쩌면 아버지 인생이니 알아서 하라며 받아들였는지도 모른다. 사춘기 시절 연화와 그런 일이 있고 난 후, 아니 우재에게 뺨을 맞은 후 아들은 아버지와의 대면을 피했다. 물질적인 부분이 필요하거나 돈이 아쉬울 때만 찾았다. 우재는 그런 아들이 차라리 편했다. 하영을 만나고 나니 자식보다 노년을 함께 보낼 배우자가 더 필요했다. 그러나 재수생 딸에게 말하기는 쉽지 않았다. 더욱 예민해진 딸은 그에게 제일 무서운 존재였다. 제 오빠보다 훨씬 어린 나이에 엄마를 잃었기에 우재에게는 가슴속 멍울이었다.

늦은 밤, 공부하고 있는 딸의 방에 그는 우유 한잔을 데워서 들어갔다. 책상 위에 놓은 후 침대 모서리에 걸터앉았다. 딸은 왜 나가지 않고 앉아있냐는 듯 눈짓을 보냈다.

"요즘 공부하기 힘들지? 아빠가 너한테 항상 미안하다."

우재는 머뭇거리며 다음 말을 잇지 못했다.

"무슨 말 할 건지 빨리하고 나가. 신경 쓰이니깐."

"음…. 아빠가 좋아하는 사람이 생겼어. 결혼까지 하고 싶은 사람이다. 한 가족이 되는 건데 너의 의중은 알아야 할 것 같아서…."

"아니, 아빠는 무슨 결혼을 또 한다고 그래. 아빠 인생이니깐 아빠가 알아서 해. 내가 싫다고 안 할 것도 아니잖아. 대신 대학 들어가면 독립할 거니깐 그런 줄 알아."

아버지의 삶에 더는 신경을 안 쓰고 자기 삶을 살겠다는 말이었다. 섭섭함과 함께 많이 컸구나 싶은 생각이 들었다.

"독립하는 문제는 나중에 다시 얘기하자."

우재는 씁쓸하고 허탈했다. 방문을 열고 나오기 전 딸의 뒷모습을 보면서 맥없이 미안하다는 말을 한번 더 했다. 아무 반응 없는 딸을 응시하며 조용히 문을 닫았다. 그렇게 무언의 허락을 받은 후 하영과의 결혼은 이루어졌다.

성심성의껏 집안 살림과 아이들을 살핀 하영은 우재에게도 신혼의 달콤함을 느낄 수 있게 노력했다. 그녀도 이혼으로 찾아온 실패감과 외로움을 새로운 결혼 생활에서 회복하고 보상받으려 했다. 사춘기를 넘긴 아이들은 연화 때만큼 집안을 시끄럽게 만들지 않았다. 딸은 다행히 원하는 대학에 들어갔다. 그 이면에 하영의 정성과 애정이 깃들어 있었다. 오랜 시간 부실한 음식과 인스턴트를 접한 아이들은 하영의 따뜻한 음식에서 온기를 조금씩 느꼈다.

*

예전과 다르게 출장을 다녀온 다음 날은 유난히 피곤했다. 우재는 늦잠을 자고 싶었지만, 식사 준비하는 소리에 깼다. 달그락달그락 그릇 소리와 함께 음식 냄새가 피곤한 몸을 일으켜 세웠다.

정성스럽게 준비한 아침을 먹기 위해 아이들과 함께 식탁에 둘러앉았다. 따뜻한 밥과 국에서 김이 났고 갖가지 반찬은 식구들이 좋아하는 것으로 차려졌다. 테이블 매트와 식기들이 보지 못했던 새로운 것이었다. 새 접시에 담긴 조기는 먹기 좋게 살을 발라 놓았고, 갓 무쳐낸 신선한 나물은 맛있어 보였으나 음식을 담은 그릇 때문에 초라해 보였다. 한식 그릇으로 쓰기에는 썩 어울리지 않았고 비싸게만 보였다.

그는 못마땅한 표정을 숨기고 말했다.

"여보, 새 그릇에 음식을 담으니 더 맛있게 보이네. 어서 먹읍시다."

"덴마크 왕실 도자기 브랜드인데요. 양식기와 한식기 두 세트 샀어요. 한식에는 어울리지 않는 것 같으나 좋은 그릇 아침저녁 쓰려고요."

"잘 샀어."

비위라도 맞추는 듯 우재는 가볍게 대답하고 아이들을 슬쩍 쳐다봤다.

출장을 가고 없을 때마다 하영은 집안 곳곳에 있는 멀쩡한 것을 버리고 새로 사들였다. 마치 연화의 존재를 알고 있는 것처럼 그녀의 흔적이 묻어있던 것을 버리고 새로 사는 것인가 싶은 정도였다. 식구들이 필요한 물건도 최고급으로 구매했다. 집안 살림살이뿐만 아니라 자기 외모를 치장하는데도 하영은 지갑을 쉽게 열었다. 식구를 위해서 행한 노고의 대가를 소비 행위로써 보상받고 정당화했다.

우재는 그녀와 결혼을 결정할 때 외모가 큰 비중을 차지했다. 젊고 아름다운 외모로 연화를 선택해 아픈 일이 있었지만, 그의 본능은 한번 필터링되었을 뿐 여전히 남아있었다. 하영 또한 그의 품성을 보았겠지만, 경제력을 비중 있게 본 것을 알고 있었다. 그녀가 외모에 남달리 신경 썼기에 세련되었고, 소비를 많이 해왔기에 물건 고르는 안목도 생겼을 것이다. 그것을 알면서도 헤프게 소비하는 것이 못마땅했다.

우재는 하영에게 싫은 소리를 하지 못했다. 삼혼이 뭐 그렇게 큰 죄라고 미안함을 느껴야 하나 싶은 생각이 들기도 했다. 그러나 이미 때를 놓친 이야기를 뒤늦게 꺼내면 집안이 시끄러워질 게 뻔했다. 또다시 폭풍우를 맞기에 그는 이미 지쳤다. 무엇보다 이 일로 다시 한번 이별하게 될지도 모른다는 생각에 두려웠다. 우재는 삼혼을 말하기가 어려운 게 아니라 다시 일구어낸 정상적인 가정의 울타리가 흔들릴까 겁났다. 결핍 없는 가정을 유지하는 것이 그에게는 무엇보다 중요했다.

아이들은 아무 말도 하지 않고 식사만 했다. 어찌 되었든 아침 식사를 위해 네 식구가 모여 있으니 새삼 행복했다. 누가 보아도 흠집 없는 이상적인 가정의 아침 풍경이었다.

조금 늦은 시간 우재는 출근하려고 채비했다. 아들은 이미 인사도 없이 나갔고, 딸은 수업이 오후에 있다며 소파에 누워 TV 채널을 이리저리 돌렸다. 그런 자세로 우재에게 인사했다.

"아빠, 오늘은 늦게 출근하네, 잘 다녀와."

눈은 텔레비전을 보면서 무엇이 재미있는지 히히거리며 입으로만 인사했다.

딸의 태도를 못마땅하게 쳐다보는 하영의 시선이 보였다. 그녀의 안색을 살피며 잘 다녀오겠다는 인사를 하고 집을 나섰다. 출근하는 발걸음이 무거웠다.

그는 아이들에게 싫은 소리는 되도록 하지 않았다. 깊은 상처를 많이 주었기에 못마땅한 것이 있어도 그냥 넘겼고, 훈계하는 차원에서 말하고 싶어도 잔소리 같아서 하지 않았다. 가장 큰 이유는 아이들과의 관계가 나빠질 것을 염려해 회피했다. 하영과 아이들의 관계를 보는 것만으로도 외줄을 타는 기분이었다. 그런 긴장감은 결국 우재가 출근 후에 일이 벌어졌다.

하영이 딸에게 할 말이 있다며 마주 앉았다.

"이젠 너도 대학생이고 어린애가 아니니 아버지께 존댓말을 써야 하지 않겠니? 친구한테 말하듯 반말로 얘기하는 것이 듣기가 거북하다."

"참, 어이가 없어서. 아줌마, 아빠도 같은 생각이에요? 그렇게 얘기했어요?"

"아직 모르셔. 아마 아빠도 나와 같은 생각일 거야."

"아줌마가 뭔데, 아빠와 나 사이에 이래라저래라 훈계하고 가르치려고 해요. 우리 밥해주고 빨래해 주면서 아빠하고 같이 사니깐 진짜 엄마라도 되는 줄 알아요? 착각하지 말아요."

딸은 두 눈을 치켜뜨고 목에 핏대를 올리며 목소리를 높였다. 그러더니 할 말을 다 했다는 듯 박차고 일어나 현관문이 부서지도록 닫고 나가 버렸다.

저녁에 돌아온 우재는 하영에게서 낮에 있었던 이야기를 들었다. 그녀는 연화처럼 분노하지 않았다. 자존심은 상했을지언정 자기 생각을 우재에게도 차분히 전했다.

"여보, 내가 아이들 밥해주고 빨래해 주는 사람이 아니니 그 정도의 얘기는 할 수 있는 위치라고 생각해요. 아이들 엄마로서가 아니라 당신의 아내로서 충분히 말할 자격은 있다고 봐요. 당신도 이 일은 전적으로 저와 뜻을 같이했으면 좋겠어요. 애한테 알아들을 수 있도록 말씀 잘해주세요."

우재는 알았다는 말 외에 달리 할 말이 없었다. 몇 년 전 악몽을 다시 꾸는 듯했다. 아들과 연화가 아닌 딸과 하영으로 재현되었다.

늦은 밤까지 들어오지 않은 딸에게 전화했으나 받지 않았다. 그는 거실에 덩그러니 혼자 앉아 딸을 기다렸다. 아들이 들어오면서 왜 그러고 있냐고 물었지만, 대답을 기다리지 않고 방으로 들어가 버렸다. 자정이 다 돼서야 딸이 들어오는 소리에 몸을 일으켰다.

"저녁은 먹었고? 너하고 얘기하고 싶어서 아빠가 기다렸다."

들은 척도 하지 않고 딸은 방으로 들어가 옷을 갈아입고 욕실로 들어갔다.

걸어가는 딸의 뒷모습에서 죽은 은희 모습이 보였다. 성인이 되어가면서 제 엄마를 부쩍 많이 닮아갔다. 콧잔등 세로 주름을 세우며 언짢음을 표시할 때, 헤헤거리며 눈웃음을 칠 때, 시시때때로 은희의 그림자가 보였다. 씻고 나온 딸을 쫓아서 방으로 들어갔다. 딸은 말간 얼굴에 로션을 바르느라 우재를 쳐다보지 않았다.

우재는 딸의 옆얼굴을 보면서 무거운 마음과 달리 비위를 맞추려 온화하고 따뜻한 목소리로 말을 꺼냈다.

"우리 예쁜 딸, 그래도 새엄마가 우리를 위해서 애 많이 쓰잖아. 그건 너도 알지? 아빠하고만 있을 때는 말을 편하게 하더라도 다른 사람이 있을 땐 조금만 조심하자. 그럴 수 있지?"

우재는 비굴할 정도로 눈치를 보면서 어르고 달래며 말했다.

"아니, 그런 얘기는 아빠가 직접 해야지 아줌마가 뭔데 나한테 훈계야. 그게 기분 나빠. 아줌마가 잘하고 있는 것 나도 알아. 지난번 그 여자보다야 백번 낫지."

"쉬~ 연화 아줌마 얘기는 절대 꺼내지 마라. 새엄마는 몰라."

집게손가락으로 입을 가리며 우재는 목소리를 낮췄다. 딸에게 보이지 말아야 할 비겁한 행동을 또 한 번 보였다. 체면이 말이 아니었으나 혹시 밖에서 하영이 들을까 걱정이 앞섰다.

"그 말 안 했어? 나중에 알면 어떡하려고 그래. 아줌마 화나면 보통 아닐 것 같은데, 그래서 아빠가 벌벌 떨었구나…."

딸은 안됐다는 듯 그러면서 이젠 다 알았다는 표정으로 말끝을 흐렸다.

딸의 시선에 그는 얼굴이 확 달아올랐다. 창피했다. 보잘것없는 것을 훔치다 들킨 기분이었다. 주인한테 들킨 것이 아니라 어린 딸에게 아비의 도둑질한 모습을 보여준 심정이었다. 그러나 그런 창피함은 딸과 공모자가 되어 아비를 이해하는 데 한몫했다고 생각하니 다행이다 싶었다. 그는 딸의 어깨를 다독이며 쓰디쓴 미소를 지었다.

우재가 딸의 방에서 나오는데 주방 불이 꺼지더니 하영이 어둠 속에서 나타났다. 그녀가 언제부터 나와 있었는지, 혹시 들은 것은 아닌지 모를 일이었다. 머릿속이 하얘지며 불안이 스멀스멀 올라왔다. 그녀는 아무 말도 하지 않았다.

*

퇴근하고 집으로 돌아온 우재는 다른 날과 달리 하영이 보이지 않았다. 어둑해진 집안은 불도 켜있지 않았고 저녁 그림자만 기다렸다.

"여보 어디 있어?"

인기척이 없다. 안방 문을 열자, 자주색 벨벳 의자에 우두커니 앉아있는 하영이 보였다. 그녀의 옆얼굴에 저녁 그림자가 길게 드리웠다.

"왜 그러고 있어 불도 켜지 않고, 무슨 일 있어?"

그녀 곁으로 다가가 걱정스럽게 물었다.

아무런 대답 없이 하영이 우재를 쳐다봤다. 빛을 외면하고 고개를 돌린 그녀의 얼굴에 어둠이 짙게 깔렸다. 어두웠지만 까만 눈은 반짝이면서 많은 말을 했다. 우재는 그녀가 먼저 말할 때까지 조용히 기다렸다. 섣부르게 다른 말을 꺼낼 상황이 아니었다. 침묵이 주는 시간은 곤욕스러울 정도로 길게 느껴졌다. 이윽고 그녀가 아무 말 없이 테이블에 있던 종이를 우재에게 내밀었다.

'혼인관계증명서' 거기에는 조은희, 이연화, 신하영 배우자들의 이름이 적혀있었다. 그리고 사별, 이혼, 결혼, 삼혼의 이유를 각각 다른 단어로 명시했다. 우재는 당황했다. 하영이 혼인신고를 하러 가자고 할 때, 핑계를 대고 혼자 하고 왔기 때문이었다.

우재는 자세를 낮추고 하영의 손을 잡고 잠긴 목소리로 말했다.

"여보! 미안해… 첫날 만났을 때 얘기해야 하는데 그러면 당신이 나에게 오지 않을 것 같았어. 나중에 기회 봐서 얘기하려 했지만, 쉽사리 꺼내기 힘들었어. 전남편의 솔직하지 못한 것 때문에 이혼한 것을 알기에 나중에 말하기가 더 겁났어. 당신을 잡고 싶은 마음이 간절하다 보니 이렇게 됐어. 염치없는 소리지만 내 심정을 헤아려 줘. 정말 미안해."

진심이 전달되도록 그는 고개를 들었다 숙이기를 반복하며 말했다. 위기 상황을 모면하기 위한 행동으로 보일지 모르나 우재에게는 절실했다. 하영의 무릎 위에 얼굴을 얹고 좌우로 비벼댔다. 도가 지나칠 정도로 과하게 표현했다. 힘들게 일궈놓은 가정이 다시 흔들리는 것이 아닌가? 겁이 났다. 이별의 상실감과 혼자 보낼 시간의 외로움을 생각하니 몸서리가 쳐졌다.

우재의 변명에 하영이 어떠한 반응도 하지 않았다. 꼼짝하지 않고 그의 행동을 지켜보고 있을 뿐이었다. 그녀는 온종일 잃어버린 물건이 무엇인지 모르고 무작정 찾아 헤매다 지쳐버린 모습이었다.

그런 하영을 보면서 우재는 생각했다. 가족 전체에 대한 배신감으로 느꼈을 것이다. 결혼했으나 아이들은 여전히 아줌마라는 호칭을 썼고 무례하게 행동해도 아비라는 사람이 어떠한 제재도 하지 않은 것에 절망했을 것이다. 그녀가 전남편에 대한 불신으로 이혼했기에 삼혼이 중요한 게 아니라 믿음이 깨져 좌절했을 것이다.

신뢰가 깨진 부부관계, 아이들의 적대적인 언행, 그런 우재의 가정에서 그녀가 할 수 있는 것이 무엇인지 의문을 품은 얼굴이었다. 신뢰감과 믿음이 회복될 수 있을지 의심하고 있는 것을 엿볼 수 있었다.

하영이 우재의 머리를 가볍게 밀치고 일어났다.

"혼자 있고 싶으니 나가줘요."

"여보, 차마 말하지 못한 내 심정도 이해해 줘."

"얘기는 나중에 하죠. 생각 좀 정리해야겠어요."

살얼음 위를 걷듯 호흡을 고르며 말하는 그녀에게 더는 할 말이 없었다. 조용히 방문을 닫고 나왔다.

깊은 침묵의 공간인 서재로 들어왔다. 우재는 검붉은 초상화가 눈에 먼저 들어왔다. 미간의 구겨진 주름과 처진 눈꼬리. 눈매와 달리 치켜 올라간 눈썹. 팔자 주름은 깊었고 꺼진 볼은 입꼬리를 짓눌렀다. 왼쪽 턱 끝에 선명한 검은 점만이 우재인 것을 알렸다.

또다시 이별할지 모르는 불안한 상황에 우재는 은희를 떠올렸다. 일그러진 초상화를 보면서 왜 저렇게 그렸을까? 때늦은 의문을 가졌다. 처음 초상화를 봤을 때 누구의 얼굴이냐고 물었으나 은희는 대답하지 않았었다. 왼쪽 턱 끝에 점을 보고 알았지만 대답하지 않은 은희에게 되묻지 않았다. 해괴하게 그린 초상화를 보면서 못마땅한 표정만 지었다.

이미 죽음의 기운이 은희를 에워싸고 있었을 때 우재는 아무것도 감지하지 못했다. 사업적 성과로 성취감에만 취해있었다. 욕심에 들끓고 있는 우재의 영혼을 끄집어내어 그린 것이다. 물질적인 보상만으로 가장의 책임을 다했다는 생각. 그것만으로도 괜찮은 남편이었으며 아버지 역할을 다한 것으로 착각했었다. 이후 어려운 일을 겪을 적마다 반성과 후회, 회개하는 시간으로 마음의 짐을 내려놓았으나 반복된 잘못은 때늦은 후회만 남겼다.

또 다른 자아가 뒤늦게 튀어나와 우재를 깊고 깊은 어둠으로 끌고 들어갔다. 깊은 수렁에서 밤새 일그러진 자아와 싸우며 허우적거렸다.

아침까지 의식과 무의식을 오가며 잠을 설친 우재는 둔기로 맞은 것처럼 두통이 심했다. 비몽사몽 하영이 있는 방으로 갔다. 말끔하게 정리된 침실에 그녀는 없었다. 순간 온몸에 긴장감이 맴돌았다. 새벽녘 현관문 소리가 들렸으나 늦게 들어오는 아들이라고 생각했다, 아무 말 없이 집을 나간 하영이 무슨 마음을 먹은 것인지 모를 일이었다. 다시 이별하게 되는 것은 아닌지 이른 불안감에 목덜미가 서늘했다.

낮은 노크 소리에 우재는 고개를 돌렸다. 딸이 살며시 방문을 열자 갑자기 열려있던 창문과 맞바람이 들이쳤다. 우재 뒷머리는 바람에 솟구쳐 엉망이 되었다. 헝클어진 머리에 부은 얼굴, 퀭하게 충혈된 눈. 몰골이 그의 심정을 대변했다.

딸이 애처로운 눈으로 쳐다봤다. 이른 아침 빈방에 그런 몰골로 있는 이유를 알고 있다는 눈빛이었다.

그는 일그러진 초상화처럼 검붉은 낯빛이 됐다. 딸의 눈길에 어찌할 바를 몰랐다.

'뭐라고 말해야 하나….'

그는 딸에게 해야 할 말을 찾기 위해 머릿속이 분주했다.

회전레일

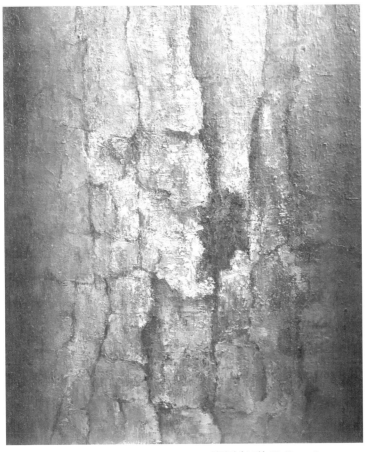

이민경 〈수피1〉 73x61cm, oil on canvas

영업 준비를 위해 식당 안은 분주했다. 김 사장은 주방과 홀, 화장실, 주차장을 다니며 제대로 준비가 되어가고 있는지 눈길과 발걸음이 바삐 움직였다. 주방에서는 최 실장 명령 소리에 일사불란하게 생선을 잡아 회를 뜨고, 해산물 손질과 채소를 다듬었다. 주방 직원들은 덜그럭, 탁탁 소리를 내며 각자 맡은 일을 했다. 홀서빙 직원들은 초밥이 돌아갈 회전 레일을 점검하고 그릇에 락교와 초생강을 소복이 덜어 담았다. 냉장고에 술을 채워 넣으며 나는 병 부딪히는 소리가 청명했다. 화장실에서 걸레 빠는 소리가 일정한 박자음을 내고, 주차장 쪽에서는 쓱쓱 비질하는 소리가 들렸다. 하루를 시작하는 소리였다.

영업 준비가 마무리될 때쯤 김 사장과 최 실장이 아침 식사를 먼저 시작했다.

"사장님, 민석이 말입니다. 아무리 아르바이트생 구하기 힘들다지만 계속 써야 합니까?"

최 실장은 식사하는 도중 김 사장 눈치를 살피며 어렵게 말을 꺼냈다.

"…사람 구하기가 쉽지 않아. 새로 뽑아봤자 처음에는 잘하는 것 같아도 나중에는 요령만 피우고 석 달을 못 넘기잖아. 눈치껏 못하는 부분도 있지만 성실하니 좀 두고 보자."

김 사장은 낮은 한숨을 쉬며 이번에도 같은 대답을 했다.

최 실장이 바삐 식사를 마치고 서두르며 일어났다. 일어나는 모습에서 불만스러움이 고스란히 묻어났다.

오전 열한 시 삼십 분, 영업 개시를 알리는 회전 레일이 돌아갔다. 점심시간이 되자 손님들이 몰려 들어왔다. 손님들은 회전 레일을 향해 앉아있어서 필요한 것이 있으면 앞에 있는 조리사들에게 말하는 경우가 많았다. 서빙 직원이 눈치 빠르게 서비스를 제공 못 하면 최 실장이 지시해야 했다. 민석이 담당하는 레일 쪽에서만 계속된 지시가 이어졌다.

"이쪽 손님 장국 더 가져다드리고 메밀도 나왔으니 가져가라. 들어오신 손님께 물티슈 가져다드려야지."

최 실장은 능숙한 손놀림으로 초밥을 만들며 민석에게 끊임없이 지시했다. 손님이 주문한 메뉴도 밝은 목소리로 확인하며 맛있게 드시라는 인사도 잊지 않았다. 식당 안에서 일어나는 모든 일을 관리하고 통솔하며 주방장다운 면모를 보였다.

빈틈이 없는 최 실장은 허점이 많은 민석이가 못마땅했다. 민석이와 일 년 넘게 일하지만, 여전히 실수가 잦았다. 직원들과 소통도 되지 않았다. 엉뚱한 이야기를 하며 중요하지 않은 것에 집요하게 매달리는 일이 많았다. 최 실장이 통솔하는 데 있어 민석은 항상 열외 사람이었다. 더욱이 김 사장이 그런 민석을 유난히 감싸는 것이 이해되지 않았다. 무엇보다 최 실장의 지시에 대답조차 하지 않아 더 미워했다. 성격 급한 최 실장은 참다가 한 번씩 폭발했다. 민석에게 다른 일을 찾아보라고 말한 적도 있었다.

이날도 평소보다 손님이 많이 몰려들었다. 민석은 과부하가 걸려 허둥댔다. 최 실장의 매서운 눈초리에 주눅이 들어 손님 다리에 장국을 흘리고 말았다. 그러나 흘린 장국을 닦아 줄 생각은 하지 않고 얼굴만 벌겋게 달아올라 얼빠진 표정으로 서 있었다. 그 일로 손님의 식대는 고사하고 세탁비를 지급하게 됐다. 김 사장은 실수한 민석이 답답하고 짜증스러웠으나 화내지 않았다. 한숨을 몰아쉬며 감정을 눌렀다.

북새통 같은 점심시간이 끝나고 직원들 식사 시간이 되었다. 민석은 항상 가지고 다니는 수저를 가방에서 꺼냈다. 그는 식당에 있는 수저를 절대 사용하지 않았다. 수저를 가지고 오지 않은

날은 아예 밥을 먹지 않았다. 그런 날은 빵을 사다가 끼니를 때
웠다. 자기 물건에 대한 애착이 심했고 정해놓은 루틴을 강박적
으로 지켰다. 루틴이 깨지면 스트레스를 많이 받았다.

최 실장은 밥을 먹고 있는 민석에게 비아냥거리며 말을
걸었다.

"너는 오늘 일당만큼 사장님한테 손해를 입혀놓고 밥숟가락이
입에 들어가냐? 그래, 네 숟가락으로 밥 퍼먹으니, 밥맛이 좋냐?"

최 실장이 하는 말에 민석은 쳐다보지 않고 계속 밥을 먹었다.
그 무습에 최 실장은 자기를 무시한다고 너 그새 윽박지르며 욕
했다.

"시끄러워서 밥을 먹기 힘드니 조용히 하세요! 아까 저를 노려
보지만 않았어도 천천히 다 할 수 있는데 그것을 못 기다리고 쏘
아보니 제가 그런 것입니다."

민석은 최 실장에게 눈길도 주지 않으며 말했다.

"저 자식이. 그것도 내 탓이냐? 내가 말을 하지 말자. 너하고
무슨 말을 하겠냐. 입 다물고 밥이나 처먹어라."

"입 다물고 밥을 어떻게 먹습니까?"

민석은 천연덕스럽게 말을 맞받았다.

최 실장은 화가 치밀어 얼굴이 벌겋게 달아올랐다.

"저 새끼가 대답 안 할 때는 속 터지게 하더니 입을 여니 머리
터지게 만드네. 저것 꼴 보기 싫어 내가 그만두든지 해야지."

최 실장은 들고 있던 젓가락을 내동댕이치며 일어나 나가
버렸다.

민석은 아랑곳하지 않고 먹던 밥을 계속 먹었다. 식사를 마친
후에는 칫솔질을 이십여 분 동안 한 다음 손을 씻었다. 가방에서
휴대용이 아닌 가정용으로 쓰는 대용량의 베이비로션을 꺼내 손
과 입 주위에 발랐다. 다시 손에 로션을 짠 후 헤어젤을 바르듯
머리 옆을 문지르며 붙였다. 얼굴이 더 크게 보였으나 그런 얼굴
이 마음에 들었는지 무표정한 자기 모습을 휴대전화로 찍었다.
그가 매일 하는 행동이었다.

다른 직원들은 민석의 행동을 보면서 정상이 아니라는 듯 눈
길을 보냈다. 그들도 민석과 소통되지 않는 것은 마찬가지였다.
언쟁이 있을 때마다 직원들은 최 실장 편에 서서 기분을 맞췄다.
최 실장이 싫어하는 사람을 공감하고 공유해야지 일하기 편하다
는 것을 알고 있었다.

김 사장은 서빙 직원을 아르바이트생으로 충원했다. 비용 문제
로 주중 주말 그리고 점심과 저녁 시간, 상황에 따라 인원을 조정
했다. 잠시 용돈을 벌려고 오는 학생들, 복학하기 전에 오는 군필
자들, 취업이 될 때까지 잠깐 머무는 정거장 같은 근무지였다. 한
달이 멀다 하고 구인 사이트에 광고를 올리지만, 지원자는 많지
않았다. 고객층이 젊어서 서빙은 나이가 많지 않은 사람을 채용

해야 했다. 젊고 경력 있는 지원자는 시급이 낮아서 오지 않았다. 아르바이트생에게 직업의식을 원하는 건 아니지만 최소한의 시간 개념도 없는 지원자가 많았다. 면접 날짜를 약속하지만, 아무 연락 없이 오지 않는 경우가 비일비재했다. 일을 시작하더라도 한 달 안에 그만두는 경우가 허다했다.

민석은 근무한 지 벌써 일 년이 됐다. 민석이 처음 면접을 보던 날도 김 사장은 약속해 놓고 오지 않을 것을 염려해 시간을 지키라고 재차 확인했다. 면접이라고는 하지만 불성실하게만 보이지 않으면 채용했다. 아르바이트생의 잦은 채용과 퇴직이 반복하나 보니 이력서도 받지 않는 경우가 종종 있었다. 단지 일을 하게 되면 신분증 사본만 받을 뿐이었다. 단순한 업무인 서빙 일을 하는데, 이력서에 적혀있는 출신학교와 경력이 무슨 필요가 있나 싶었다. 시간당 평균 아르바이트 비용만 지급하기 때문에, 그런 것을 따지는 것이 무의미했다. 김 사장은 아르바이트생과 조리사를 채용하는 일이 주 업무가 된 지 오래되었다.

민석은 면접 시간에 맞춰 왔었다. 스물세 살 군필자였고 신장 183cm 건장한 체격에 외모는 준수했다. 입대하기 전 컴퓨터공학을 전공했다. 복학하지 않는 이유는 사적인 거라 물어보지 않았다. 그는 말하는 동안 표정이 굳어있었다. 상냥하면 좋겠지만 그 정도는 큰 문제가 되지 않았고 다른 특이 사항은 없어 보였다. 다음날부터 바로 근무하기로 했다. 그러나 이틀간 일하는 것을 보고 김 사장은 민석을 그만두게 해야 하는지 고민했다. 직원들과 지내는 것을 보니 문제점이 많아 보였다. 분위기 파악을 못 하고 생각한 것, 본 것을 여과 없이 말했다. 타인의 기분에 관심이 없었으며 직원들과 어울리지 못했다. 저런 성격으로 일을 제대로 할 수 있을지 의문이었다. 자폐 스펙트럼 장애가 있는 것으로 보였다. 물어볼 수 없는 일이었다. 확인하지는 않았으나 김 사장은 알 수 있었다. 아들과 비슷했다.

다른 직원들은 담배를 피운다고 들랑거리고 틈만 나면 휴대전화를 들여다보지만, 민석은 한시도 쉬지 않고 주어진 일을 묵묵히 했다. 김 사장은 지금까지 많은 아르바이트생을 채용해 봤으나 그처럼 열심히 일하는 사람은 없었다. 상황에 따라 근무 시간을 조절해도 불만스럽게 생각하지 않았다. 결함이 있지만 열심히 일하는 모습에서 그의 문제점을 덮어주고 싶었다. 민석의 성실성과 부지런함이 마음에 들었다. 무엇보다 측은지심으로 그를 끌어안았다. 김 사장의 마음을 민석도 아는지 아버지 같다는 소리를 하기도 했다. 그 소리를 들었을 때 뭉클했었다. 민석이 이곳에 오기 전 여러 곳을 거쳐왔으며 크고 작은 상처의 말을 들었을 게 뻔했다. 사회생활에 적응할 수 있도록 돕고 싶었다.

김 사장에게는 아픈 손가락 아들이 있었다. 학습적인 지능지수는 별문제 없었으나 사회지수가 많이 떨어져 일상생활에서 어려움이 많았다. 사람들과 어울리지 못해 결국 히키코모리가 되어 자신을 사회와 격리했다. 결국 부모의 가슴으로 들어가 버렸다. 민석이 오기 두어 달 전 일이었다. 김 사장은 민석을 볼 적마다 아들의 그림자를 보았다.

민석은 점심시간이 끝나자, 김 사장에게 면담을 요청했다.

"주방에서 일하게 해주십시오."

그는 밑도 끝도 없이 김 사장에게 말했다.

"홀에서 일하기 싫으니? 갑자기 주방에서 일한다고 하게."

"저희 어머니가 서빙만 하는 것보다 주방에서 조리 일을 배우는 게 나을 것 같다고 해서요. 저도 그것이 나을 것 같습니다."

책을 읽듯이 무표정한 얼굴로 말했다. 상대가 어떻게 받아들일지 생각하지 않았다. 망설임 또한 없었다. 표정은 항상 굳었으며 표현이 유연하지 못했다.

김 사장은 걱정이 앞섰다. 회전 초밥집의 서빙은 다른 음식점에 비하면 지극히 단순한 일이다. 그런데도 몇 가지 일이 겹치면 힘들어하는 그가 조리사 일을 할 수 있을지 염려스러웠다. 최 실장이 그를 못마땅하게 생각하고 있는데 그 밑에서 버텨낼 수 있을지 의문이었다. 민석의 부모가 경제적인 것도 있겠지만, 사회성을 키우려고 서빙 일을 시킨듯했다. 일 년 정도 한 곳에 다니는 것을 보고 적응이 되었다고 생각하고, 민석에게 얘기한 것으로 짐작이 갔다. 김 사장의 엄청난 배려로 민석이 일하고 있지만 상세

한 부분까지 그의 부모가 알지 못하는 것은 당연했다. 김 사장은 내키지 않았지만 직접 겪어본 다음 감당할 수 있는 일인지 확인하는 것도 나쁘지 않다고 생각했다.

"민석아, 다른 사람 눈치를 보라는 게 아니고, 주방은 서열 관계가 확실하니 조리사들과 관계를 잘 맺어. 그래야지 일을 끝까지 배울 수 있어. 무슨 말인 줄 알겠니, 할 수 있겠어?"

무표정한 얼굴로 알았다는 말과 할 수 있다고 대답했지만, 진짜 무엇을 알았는지 표정으로는 모르는 얼굴이었다.

그동안 김 사장은 그를 볼 적마다 컴퓨터 관련 일을 하는 게 낫다고 생각했다. 얼마 전 사무실 컴퓨터에 문제가 생겼을 때 민석이 나서서 고치는 것을 보고 적잖게 놀랐다. 부족한 부분을 채우는 것도 좋지만 잘할 수 있는 일을 하는 것이 더 낫지 않나 싶다. 기회 되면 민석에게 말하려 했었다. 지금은 본인이 원하는 것을 경험하게 해보는 것이 우선이라 생각 들었다. 민석이 병역을 어떻게 마쳤을까 싶은 생각에 힘들었을 것을 생각하니 가슴에 묻어둔 아들이 꿈틀거렸다.

김 사장은 최 실장을 불렀다.

"주방보조를 구하기 힘들어서 할 수 없이 민석을 들여보내야겠어. 물어보니 할 수 있다고 하고."

"무슨 말씀을 하시는 거예요. 인원이 부족한 대로 해보겠습니다."

"애 하나 가르친다고 생각해. 눈치가 없고 조금 느려서 그렇지. 시키는 것은 잘하잖아."

최 실장은 난감한 표정을 지었다. 아무런 대꾸도 하지 않고 일어났다. 그리고 수족관에 있는 도미 한 마리를 꺼내 큰 칼로 내리쳤다.

"미친놈, 내 밑에서 일 배우려는 놈이 아침에 그렇게 대들었어. 이상한 놈인 줄은 알았지만 너 한번 두고 보자."

최 실장은 혼자 중얼거린다는 것이 도미 머리를 내리치며 큰 소리로 말했다.

옆에 있던 직원이 최 실장의 행동에 흠칫 놀랐다. 이내 주방 안은 긴장감으로 서늘했다.

민석은 앞치마를 두르고 주방으로 들어섰다. 무엇을 할지 몰라 우두커니 서 있었다. 최 실장이 한심하다는 듯 턱으로 채소를 가리켰다. 민석이 소매를 걷어 올리고 저녁에 쓸 채소를 열심히 씻었다. 끝나기도 전에 쌀을 씻으라고 한다. 쌀을 씻고 있는 민석의 뒤통수를 향해 설거지 나온 것 바로 하지 않았다고 머리가 있는 놈이냐며 모욕적인 핀잔을 주었다. 불과 몇 시간 지나지 않았지만, 끊임없이 지시와 힐책이 쏟아졌다.

김 사장은 최 실장의 언성이 높아지는 것을 듣고 오후 내내 위태로운 상황을 지켜볼 수밖에 없었다. 퇴근 시간 때 민석의 얼굴은 여느 때보다 더 굳어있었다.

식당 문을 닫고 김 사장은 피곤한 몸으로 운전대를 잡았다. 점점 떨어지는 매상 때문에 답이 없는 해결점을 찾으려니 운전하는 내내 심란했다. 복잡한 생각에 찬물을 끼얹듯 민석에게서 전화가 왔다. 전화를 받자마자 육두문자가 쏟아졌다. 그가 뱉은 상스러운 욕이 살아서 가슴을 후벼팠다. 민석은 못 해 먹겠다며 소리 지르며 고함쳤다. 그의 행동에 김 사장은 가슴이 철렁 내려앉고 무섭기까지 했다. 그가 엉뚱한 일을 벌이는 것은 아닌지 두려웠다. 김 사장 가슴속에 묻어두었던 아들이 자꾸 비집고 나왔다.

"민석아! 지금 어디에 있니? 진정하고 숨 좀 깊이 들이마셔. 버스정류장에 아직 있는 거니? 내가 갈 테니 기다려."

다급하게 그리고 간절함이 배인 목소리로 달래듯이 말했다.

민석은 하고 싶은 욕을 다 했는지 거칠게 몰아쉬는 숨소리만 냈다.

김 사장은 왔던 길로 되돌아갔다. 버스정류장 벤치에 앉아있는 민석이 보였다. 그 사이 다시 무표정이 되어있었다. 표정 없는 얼굴은 오히려 안정감을 주었다. 차에 태워 집까지 데려다주면서 그에게 아무 말도 하지 못했다. 한참이 지난 후에 민석은 입을 열었다.

"사장님, 죄송합니다."

"그래."

김 사장은 짧게 대답했다. 민석의 마음이 어떤 것인지 알고 있다. 호의적인 사람한테 스트레스를 푼 것이다. 그를 집 앞에 내려주며 김 사장은 민석의 손을 잡았다. 민석이 고개를 꾸벅 숙이고 차 문을 닫았다.

다음날 민석은 별일 없었다는 듯 출근했다. 김 사장은 최 실장에게 어제 무슨 일이 있었는지 물어보지 않았다. 민석이도 마음으로 아끼는 직원이지만 최 실장 또한 없어서는 안 될 꼭 필요한 지원이었다.

김 사장은 부드러운 목소리로 최 실장을 바라보며 말했다.

"최 실장, 요즘 고생 많지? 조리사 인원도 부족한데 민석이가 제 역할을 못 하고 매상도 줄어드니 자네로서는 신경 많이 쓰이지."

"아닙니다. 누구보다 사장님이 제일 힘드시죠. 장사가 잘돼야 하는데 지금 이런 상황에서는 일손이 부족해도 꾸려나가야죠."

최 실장의 애로사항을 미리 얘기하니 그도 민석에 대한 불만을 말하지 않았다.

점심시간에는 객단가가 저렴한 정식판 메뉴가 많이 나갔다. 김 사장은 계산대와 서빙을 오가며 동분서주 바삐 움직였다. 바쁜 것에 비해 매상은 얼마 되지 않았다. 직장인들의 점심시간이 끝나는 오후 한 시가 되자 손님들이 빠져나갔다.

손님의 수보다 직원의 수가 훨씬 많은 한산한 시간이다. 유난히 전화벨이 크게 들렸다. 김 사장이 수화기를 들자 모르는 남자의 낮은 목소리가 들렸다.

"사장님이세요? 어제 거기서 초밥을 먹었는데, 배 아파서 밤새도록 설사했어요. 도대체 위생관리를 어떻게 하는 겁니까? 아니면 상한 생선을 회 떠서 파는 겁니까? 아침에 출근도 못 하고 병원에 다녀오느라 손해가 심합니다. 내가 회계사인데 하루 일당으로 치면 얼마인 줄 아십니까?"

전화를 걸기 전에 어떻게 말할 것이며 어떤 요구를 해야 할지 작정하고 전화하는 목소리였다.

"죄송합니다. 병원에 다녀와 약은 드셨습니까? 지금은 좀 어떠신지요?"

김 사장은 차분하게 상대가 감정을 누그러질 수 있도록 낮은 자세로 응대했다.

음식점을 운영한 지 십수 년 동안 이런 일은 종종 있었기에 김 사장은 놀라지 않았다. 손님 성향에 따라서 식사한 후 속이 안 좋았다며 가볍게 얘기하는 사람도 있지만, 어떤 손님은 병원비와 택시비, 정신적 위자료까지 계산해서 달라고 요구하는 사람이 종종 있었다. 그런 사람에게는 보험회사에서 처리하도록 했다. 그러나 잦은 보험처리를 하게 되면 재계약이 어려워 될 수 있으면 일이십만 원 한도에서 해결을 보았다. 이런 일이 생기면 최 실장에게 싫은 소리를 해대고 위생관리를 철저히 하라고 몰아세우며 잔소리했다.

김 사장이 저자세로 응대하니 더욱 목에 힘이 들어가 거만함을 노골적으로 드러내며 원래 목적한 바를 말했다.

"며칠 더 병원에 다녀야 하는데 병원비는 어떻게 하실 겁니까? 그리고 내가 일을 보지 못해 생기는 손해는 어느 정도 보상을 하실 겁니까?"

"당연히 지금해 드려야죠. 손님께서 생각하시는 금액을 말씀해 주십시오."

"최소 삼백만 원은 받아야 할 것 같소. 내가 일을 못 해 손해 보는 것으로 따지자면 훨씬 더 청구해야 하나… 으흠…."

헛기침까지 하면서 많이 봐주니 고마워하라는 식으로 말끝을 흐렸다.

김 사장은 말이 나오지 않았다. 이런 사람에게는 틈을 주면 안 되겠다는 생각이 들었다.

"손님, 저희 음식을 드시고 탈이 난 것은 입이 열 개라도 할 말이 없습니다만, 너무 과한 요구입니다. 저희로서는 곤란합니다. 그렇게 많은 금액이라면 보험회사에서 처리하도록 하겠습니다."

김 사장은 말끝에 힘을 실어 차가운 냉기를 품어내며 지극히 사무적인 톤으로 말했다.

"뭐! 보험회사에서 처리하도록 한다고. 네가 사장 맞아? 내가 돈 때문에 이러는 줄 알아. 일 처리를 그렇게밖에 못 해. 코가 땅에 닿도록 빌어도 모자랄 판에. 너, 내가 가만있을 줄 알아. 구청 식품위생과에 고발하고 인터넷에 죄다 올릴 거야."

사장과 직접 얘기해서 한몫 챙기려고 하다가 보험회사 얘기를 하니 갑자기 목소리를 높였다. 급기야 마지막에는 악을 썼다. 지금까지 목젖을 누르며 한껏 거드름을 피우면서 말하더니 금방 바닥을 보였다.

김 사장도 화가 치밀어 올랐다. 그가 회계사인지 아니면 놀고먹는 백수건달인지 모르나, 매상도 줄어들고 직원은 부족해 몸으로 온종일 움직이다 보니 죽을 지경이었는데 이런 일이 있으니 죄송하다는 소리가 더는 나오지 않았다.

"당신이 회계사라 하루 일당으로 치며 얼마인지 모르나 그럼 S전자 사장이 밥 먹고 탈 나면 몇천만 원씩 줘야 합니까? 당신 마음대로 하십시오."

전화를 끊으려고 하는 순간 어느새 민석이 수화기를 빼앗아 전날 했던 육두문자를 다시 한번 쏟아냈다. 김 사장은 속이 시원했다. 그런데 녹음이 된 것은 아니었나 싶은 생각에 걱정이 앞섰다. 민석의 행동에 대해 아무 말도 하지 않고 보험회사에 연락했다.

김 사장은 낮의 전화로 기분이 엉망이었다. 하루가 유난히 길었다. 매상은 여전히 신통치 않았다. 술 생각이 났다. 누군가와 함께 마시자니 그럴 기분은 아니었다. 식당 문을 닫고 포장마차가 즐비한 도로변으로 갔다. 포장마차의 노란 전구가 붉은 천막을 비춰 아늑한 장소로 바꿔놓았다. 발길 닿는 대로 두 번째 포장마차로 들어가 플라스틱 원형 의자에 앉았다. 김 사장은 해산물을 좋아하지 않았다. 메뉴판을 보지도 않고 소주와 닭똥집을 시켰다. 잠시 후, 멀건 국물과 오이와 당근 서너 조각이 기본 안주로 나왔다. 노란 양은 냄비에 유부가 둥둥 떠 있는 국물을 보니 서글픈 생각이 들었다. 술을 따르려고 할 때, 어느새 민석이 앞에 와 앉았다. 그는 소주병을 뺏더니 김 사장의 술잔을 채웠다. 여전히 말이 없었다. 이런 기분일 때 말없이 앞에 앉아주는 민석이 고마웠다. 김 사장은 그에게도 술을 따라 주었다. 서로 아무 말 없이 술잔만 기울이다 김 사장이 먼저 말을 꺼냈다.

"요즘 많이 힘들지? 예전부터 생각했던 건데 이쪽 일보다는 컴퓨터 관련 일을 하는 것이 어떻겠니? 너무 늦었다고 생각하지 말고 워낙 성실하니 네가 열심히 하면 일을 찾을 수 있을 것 같은데. 지금 시작해도 결코 늦은 시작은 아니야."

김 사장은 불과 몇 해 전 아들에게 했던 말을 그대로 민석에게도 했다.

민석은 두 눈만 껌뻑이며 말없이 들었다. 무덤덤하게 듣고 있는 그를 보고 있자니 인상을 썼던 아들의 표정이 생생하게 떠올랐다. 괜한 이야기를 했나 싶은 생각이 들었으나 다시 말을 이어갔다.

"집안 사정이 여의찮아 컴퓨터 학원비가 부담된다면 요즘 구직자 국비 지원도 해주는 것 알아보고, 부족한 부분은 조금이나마 지원을 해줄 테니 깊이 생각 좀 해봐. 네가 내 아들 같아서 그래."

"여러 가지로 신경 써주고 이런 말씀까지 해주시니 감사합니다. 집안 사정이 여의찮아 복학하지 않았지만, 사실 학교를 다시 다니고 싶지 않았어요. 제대 후에도 맨날 게임만 해서 부모님이 많이 힘들어하셨어요. IT 학원에 다니려고 알아도 봤는데 부모님이 당분간은 컴퓨터를 멀리하고 세상으로 들어가 부딪히라며 식당 알바를 적극적으로 권유했어요."

김 사장은 고개를 끄덕였다. 민석이 길게 이야기하는 것은 처음이었다.

김 사장은 차차 생각해 보자며 일단 주방일을 해보라는 말로 마무리 지었다. 민석의 진로를 생각하다 보니 먼저 간 아들 생각에 심경이 복잡해졌다.

집안은 조용하고 어두웠다. 김 사장이 집에 돌아온 시간은 이미 늦은 밤이었다. 냉기 가득한 정적만 흘렀다. 아내는 방에 누워있을 것이다. 직원들과 오전 열 시, 오후 세 시 식사하고 저녁은 하지 못했으나 아내는 항상 저녁밥을 챙겨주지 않았다. 저녁을 챙겨 달라고 하기에는 너무 늦은 시간이기도 하고 혼자서 사 먹고 들어오는 것도 어쩌다 한두 번이지 매번 사 먹기도 싫었다. 직원들도 저녁 장사를 마치면 뒷정리하고 퇴근하기에 바빴다. 김 사장은 우유 한 잔으로 때우든지 아니면 맥주 한 캔으로 저녁을 대신했다. 혼자 먹겠다고 밥상을 차리기에는 이미 에너지가 다 소진됐다. 집에서 식사한 지가 언제인지 모른다.

아내의 방문을 열어보았다. 방안은 어두웠으나 텔레비전 불빛이 그녀를 비췄다. 팔을 베고 옆으로 돌아누워 있었다. 허리춤까지만 덮인 이불 밖으로 새우등처럼 웅크린 아내의 뒷모습이 보였다. 어두침침한 조명을 받아 구부정한 등은 더욱 궁상맞게 보였다. 오늘은 아내의 등에서 슬픔과 안쓰러움보다는 초라하고 기름기 빠진 노인의 굽은 등으로 보였다. 방 안으로 들어가지 않고 방문 손잡이를 붙들고 저녁은 먹고 누워있는 거냐고 아내에게 말을 건넸다. 뒤도 돌아보지 않고 먹었다는 푸석한 목소리가 들렸다. 아내의 목소리인지 화면 속에서 나는 소리인지 얼핏 구분하기 쉽지 않았다. 김 사장은 그대로 방문을 닫았다.

아내는 가슴에 묻은 아들 때문에 일 년 넘게 힘들어했다. 아내에게 아들은 모든 에너지를 쏟아붓는 대상이었다. 어릴 적부터 이상한 징후를 인정하지 않고 원래 내성적이고 친구 사귀는 게 서툰 것으로만 생각했다. 결국, 사춘기 때에 학교 담임의 권유로 병원에 갔었고 아스퍼거증후군이라는 생소한 이름을 듣게 됐다. 아내는 자책감에서 벗어나고자 현실을 부정하기 시작했다. 현실 부정을 끼워서 맞추기라도 하듯 아들에게 부족한 부분을 더욱더 채우려고 압력을 가했다. 마치 다리를 절단한 사람에게 뛰지 못한다고 몰아세우는 격이었다. 아들에게는 사람들과 어울리는 것이 가장 힘든 일이었고 상대 기분을 이해하는 일이 세상 어떤 것보다 어려웠다. 그런 아들을 아내는 깊이 이해하지 못하고 받아들이지 못했다. 아내는 빗나간 욕심으로 점점 거칠어만 갔다. 김 사장은 아내에게 정신과 치료를 받길 권했지만, 돌아오는 말은 생각지 못한 말이었다. 아이가 저렇게 된 게 나 때문이냐며 거품을 물고 달려들었다. 두 번 다시 정신과 치료라는 말은 꺼내지 않았다. 결국, 아들은 학교생활에 적응하지 못하고 그만두었다. 변해가는 엄마의 모습을 보면서 아들 또한 죄책감에 시달렸다.

그날도 아들은 가상 세계에서 허우적거리며 게임을 했다. 그런 모습을 본 아내는 참아왔던 울분이 터지고 말았다. 급기야 손에 칼을 들고나와 우리 함께 죽자고 소리 지르며 울음을 터트렸다. 아들은 아내의 손에 쥔 칼을 빼앗았고 조용히 밖으로 나갔다. 그리고 몇 시간 후 아파트 옥상에 빈 소주병을 남기고 홀연히 날아갔다.

*

  정해진 시간에 매일 방영하는 일일 드라마를 보듯 회전 초밥집에서 시작하는 소리는 항상 같았다. 같은 시간에 문을 열고 영업 준비하는 소리는 다른 날과 다르지 않았으나 드라마 내용처럼 그 안에서 벌어지는 일은 다양했다.

  주차 관리하는 직원이 김 사장을 찾았다. 고급 외제승용차를 주차하다 타이어 휠을 긁었다며 어찌할 바를 모르고 쩔쩔맸다. 김 사장은 인상을 찌푸리며 한숨을 크게 내쉬었다. 손님에게 죄송하다는 말을 언거푸 하며 머리를 조아렸다. 보험처리를 하면서 일단락되었다.

  김 사장은 전부터 생각해 왔던 주차대행업체로 변경해야겠다는 마음을 먹었다. 비용적인 부분은 크게 차이 나는 것은 아니지만, 이것저것 신경 쓰지 않아도 되는 것들이 많았다. 무엇보다 적은 돈이라도 경비를 줄여야 했다.

  주차 직원은 오랫동안 근무한 사람이라 그만두라고 말하기가 쉽지 않았다. 자의적으로 그만두게 되면 그때 주차대행업체에 의뢰하려고 했었다. 그러나 나이 육십인 주차 직원은 적은 금액이라도 안정된 월급이 나오는 직장을 그만둘 리 없었다.

  이번 달도 두 사람 인건비 정도의 금액이 적자를 보았다. 주방과 홀의 직원을 더는 줄일 수 없었다. 오히려 법정 근로시간 단축으로 직원을 충원해야 할 상황이었다. 메뉴 종류를 줄여서 조리사를 한 명 정도 줄어야 했다. 인건비는 자꾸 오르고 식자재 원가도 하루가 다르게 올랐다. 임대료와 공과금 외에도 나가는 고정비용 때문에 한숨만 나왔다. 그대로 있는 것은 음식값뿐이었다. 이대로 더 버티는 것은 무리라 판단하고 편치 않은 결단을 내렸다.

훤머리가 반백인 주차 직원을 앞에 두고 김 사장은 쉽게 입을 열지 못했다.

"저…. 이달까지만 계셔야 할 것 같습니다. 적자가 계속되어 어쩔 수 없이 주차대행업체에 의뢰해야 할 것 같습니다. 오랜 시간 같이했는데 죄송합니다."

주차 직원은 올 것이 왔다는 표정으로 알겠다는 간단한 대답으로 이야기를 끝냈다. 다행이었다. 서너 달이라도 유예기간을 달라고 하든지 아니면 실업급여를 받을 수 있게 처리해 주겠지만, 한 달 치라도 급여를 더 지급해 달라고 사정할 수 있는 문제였다. 말없이 받아들이는 것이 다행이라 생각하면서, 한편 오랜 시간 같이 해왔는데 어떤 말도 하지 않는 것이 서운했다.

그동안 음식점을 운영하면서 많은 직원을 채용하고 또 상황에 따라 해고했었다. 예전과 달리 요즘 김 사장은 고용주와 고용인의 관계로 인연을 맺었다가 끊는 것이 점점 힘들었다. 머리 위에 하얀 서리가 내린 주차 직원을 해고하면서 김 사장은 자기 처지를 생각했다. 김 사장 또한 음식점을 닫으면 어디 가서 주차 직원으로 취업하기도 쉽지 않은 나이인 것을 알고 있었다.

회전 초밥집은 오후 세 시부터 다섯 시 삼십 분까지는 쉬는 시간이다. 직원들은 점심을 먹은 후 한 시간씩 교대로 쉬고 저녁 영업을 준비하는 시간이다. 매장 근처에 월세가 저렴한 작은 숙소를 마련했다. 직원들이 교대로 쉬는 공간으로 사용되었으며, 사무를 보는 사무실로도 쓰였다.

이날도 다른 방에서는 직원 몇 명이 쉬고 있었고 김 사장은 부가세 납부 기간이라 세금계산서를 정리하고 신용카드 매출을 확인했다. 현금매출은 찾아보기 힘들었다. 적자 가게에서 카드수수료는 미안한 기색 없이 잘 빠져나갔다. 한숨을 쉬며 세금 낼 돈이 되는지 은행 계좌를 들여다보고 있을 때 식당에 있는 직원에게서 전화가 왔다. 최 실장과 민석이가 싸우고 있다는 다급한 목소리였다.

김 사장은 식당으로 달려갔다.

"네가 실장이면 다야. 왜 사람을 바보 취급하면서 우습게 봐! 이 개새끼야!"

"이 새끼가 미쳤나? 야! 정신 차려, 또라이 새끼야."

둘은 기어이 멱살을 잡았다. 신체 건장한 민석은 열 살 이상 차이 나는 키 작은 최 실장의 얼굴을 주먹으로 가격했다. 최 실장은 얼굴을 부여잡으며 바닥에 쓰러졌고 민석은 씩씩거리며 숨을 몰아쉬고 있었다. 김 사장이 들어설 때는 이미 싸움이 끝난 뒤였다.

김 사장은 급히 최 실장을 일으켜 세웠다. 그의 코에서는 피가 흐르고 콧등이 점점 부어올랐다. 코뼈가 부러진 것이 확실했다. 다른 직원과 함께 병원으로 보냈다. 최 실장은 수건으로 코를 부여잡고 민석에게 욕을 해대며 나갔다.

왜 싸움이 일어났는지 김 사장은 묻지 않아도 알았다. 그동안 유난히 최 실장의 목소리가 컸다. 아무 대꾸도 하지 않은 민석이 차곡차곡 감정을 쌓아놓고 있었던 것이 터진 것이다. 김 사장은 애꿎은 다른 직원에게 싸움을 말리지 않았느냐고 호통만 쳤다. 민석이 여전히 감정을 추스르지 못했다. 그를 주차장 뒤쪽으로 데리고 나왔다. 한참 동안 씩씩거리며 분을 삭이고 있는 민석을 보고만 있었다. 김 사장도 화가 치밀어 올라 거친 말이 나오려는 것을 겨우 목울대로 누르며 침을 삼켰다. 최대한 감정을 가라앉혀서 차분히 말했다.

"그동안 말없이 잘 참고 일하더니 기어이 사고를 쳤구나. 화가 아무리 나도 사람을 그렇게 치면 되겠어? 너보다 한참 나이 많은 사람을 그것도 네 사수인 최 실장한테 주먹질을 그렇게 했으니, 앞으로 어떡하려고 그래."

민석은 고개를 푹 떨구고 아무 말도 하지 않았다. 김 사장은 그를 충분히 이해한다고 해도 이런 상황에 입을 다물고 있으니, 속이 답답했다. 병원에 같이 간 직원의 연락이 왔다. 코뼈가 부러져 치료받고 있다는 전갈이었다. 김 사장은 민석에게 당부했다. 최 실장 오면 잘못했다고 진심으로 말하라고 했다. 그는 아무런 대답을 하지 않았다.

최 실장이 병원에서 치료받고 돌아왔다. 김 사장은 치료를 잘 받았는지 며칠 동안 더 병원에 가봐야 하는지 걱정스러운 마음으로 민석을 대신해서 물었다. 왜 싸웠는지는 물을 수도 없었다.

최 실장은 다 듣기 싫다는 듯 물음에 대답은 하지 않고 정색하며 말했다.

"사장님, 저 자식하고 도저히 같이 일 못 하겠습니다. 민석이를 그만두게 하든지 아니면 제가 그만두겠습니다. 저 자식한테 맞아서 코뼈까지 부러졌는데 어떻게 같이 일할 수 있겠습니까? 말한다고 고쳐질 애도 아닙니다, 사장님이 결단을 내려주십시오. 그리고 병원비며 위자료도 받아야겠습니다. 쟤하고 얘기하고 싶지 않고, 사실 얘기가 되지도 않으니, 민석이 부모님하고 얘기해야겠습니다. 사장님은 그리 아시고 오늘 안으로 결정을 내려주십시오."

김 사장은 난감했다. 다른 직원들 앞에서 호구처럼 생각했던 민석에게 그런 일을 당하고 나니 체면이 말이 아니었을 것이다. 김 사장으로서는 최 실장도 꼭 필요한 사람이었고 민석이 또한 아들을 먼저 보낸 죄인의 마음으로 속죄하듯 애정을 갖고 돌봐

왔기에 그 어떤 것보다 힘든 결정을 요구한 것이다.

"최 실장, 내일 다시 얘기하고 오늘은 이만 퇴근하는 게 좋겠네."

"아닙니다. 제가 없으면 저녁 장사 엉망 됩니다. 아픈 것은 참을 만합니다. 퇴근 전까지 답변을 주십시오."

최 실장은 자기 자리로 돌아갔다. 어수선한 분위기를 제압하듯 영업 시작 시각이 얼마 남지 않았으니 서두르라고 큰 소리로 말했다. 주방 구석에 서 있던 민석을 보더니 나가라고 손짓했다. 민석이 말없이 고개를 숙이고 나왔다.

주방에서 나온 그를 데리고 김 사장은 사무실로 갔다. 무슨 얘기부터 꺼내야 할지 잠시 머뭇거렸다.

"민석아, 오늘 일은 부모님께 말씀드리고 최 실장과 직접 통화하시게 해라. 최 실장이 먼저 부모님께 연락하게 되면 상황이 더 안 좋아질 것 같다. 나도 최 실장을 붙들고 얘기 잘해보마. 그리고… 당분간 나오지 않는 게 좋을 것 같구나."

나오지 말라는 소리를 에둘러서 힘겹게 했다. 이곳에서는 주방 보조 일하는 민석보다는 최 실장이 더 필요한 사람이었고 중요한 사람이었다. 그것을 현실적으로 받아들이고 인정해야만 했다. 가슴속에 묻어둔 아들에게 두 번 죄를 짓는 기분이었다.

민석의 어깨를 다독이며 김 사장은 진심이 담긴 말을 이어서 했다.

"오늘은 그만 들어가거라. 그리고 컴퓨터학원 다니는 것은 부모님과 상의했는지 모르나 다시 깊이 생각해 보고 결정되면 나에게 연락을 줘. 너에게 보탬을 주고 싶다."

김 사장은 나지막이 쉰 목소리로 말했다. 묵직한 아픔이 스며들어 가슴 속의 상처를 헤집었다.

민석은 음식물이 튀어서 얼룩진 조리사 옷을 벗고 인사했다.

"사장님, 도움은 못 되고 폐만 끼쳤습니다. 죄송합니다. 학원 다니는 것은 다시 생각해 보겠습니다. 정말 죄송하고 감사합니다."

고개를 푹 숙이고 나가는 뒷모습에서 샛빛 얼굴의 아들이 뒤돌아보았다. 민석도 먼 곳으로 보내는 심정이었다.

오후 다섯 시 삼십 분, 영업을 알리는 회전 레일 스위치를 올렸다. 김 사장의 회전초밥 레일은 삐걱거리며 빙글빙글 돌아갔다.

"어서 오십시오!"

최 실장의 목소리는 코뼈가 울리도록 우렁찼다.

푸른 날개

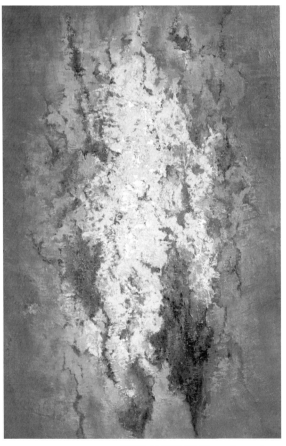

이민경 〈수피16〉 117x80cm, oil on cabvas

나는 집에만 있습니다. 열다섯 살이니 중학교에 다녀야 할 나이지만 자퇴했어요. 학교 성적은 하위권이었어요. 학교가 정말 다니기 싫었으니, 공부는 당연히 안 했죠. 그렇다고 게임에 빠져 있거나 왕따도 아니었어요. 물론 불량청소년도 아니고요. 모든 게 다 귀찮고 움직이는 게 싫어요. 그래서 엄마는 답답한 마음으로 어디 가서 나쁜 짓이라도 하라며 한숨을 내쉬어요. 내가 왜 이렇게 됐는지 이유를 모르겠어요. 흔히들 말하는 청소년 우울증인지, 아니면 사춘기 탓인지 어쩌면 그 어느 것도 아닌 태생적으로 타고났는지…

엄마는 청담동에서 규모가 큰 미용실을 운영하는 대표예요. 명문대 출신 엄마는 학창 시절에 공부를 굉장히 잘했다고 해요. 지금도 무엇이든 열심히 해요. 전공과 무관한 일을 하고 있지만 잘 하고 있어요.

첫돌 사진에는 아빠가 없어요. 일찍이 이혼한 엄마는 아빠에 대해 전혀 말하지 않았어요. 나도 아빠 이야기를 묻지 않았죠. 처음부터 없었던 존재였기에 골똘히 생각해 본 적은 없지만 요즘 들어서는 가끔 생각하게 돼요.

난 아빠의 외모와 성격을 닮았나 봐요. 엄마하고는 다른 부분이 많아요. 같은 것은 성별이 여자인 것 말고는 없어요. 아마도 성격 차이로 일찍 이혼한 것 같아요.

나하고는 다른 세계에 있는 엄마인 것을 알고부터 대회의 양이 상당히 줄었어요. 어떤 일이 있었는지 아세요? 사실 난 매일 지각했어요. 그것도 엄마가 승용차로 학교 앞까지 내려주지만, 행동이 느려 집에서 항상 늦게 나오죠. 차 대기하고 있는 엄마는 늦게 나온다고 항상 똑같은 말을 해요.

"너는 도대체 어떻게 생겨 먹은 애가 매일 늦니, 학교 다니기 싫으면 다니지 마라."

그러잖아도 다니기 싫은 학교를 엄마가 먼저 다니지 말라고 해요. 그래도 안 다닐 수는 없잖아요. 어쩔 수 없이 억지로 다니는데. 자식한테 할 소리는 아니라고 봐요.

엄마 말에 힘입어 반년 동안 엄청나게 고민했어요. 십오 년을 사는 동안 가장 심각했어요. 학교에 다니지 않기로 마음먹었죠.

엄마한테 어떻게 말해야 하나 겁이 났어요. 엄마가 말은 그렇게 해도 학교 그만둔다고 하면 못된 성격이 나올 것 같아 걱정됐어요. 그런데 예상은 빗나갔어요.

그날도 엄마는 집에서 유튜브에 올릴 영상을 찍고 있었어요. 집안 곳곳에 있는 것을 모르는 사람들에게 낱낱이 알리기 위해서요. 내 방만큼은 안된다고 소리를 지른 적이 있어서 찍히지 않았지만요.

난 엄마가 카메라를 끄기만 기다렸어요. 항상 바쁘고 성질이 고약한 엄마라서 집중하고 있을 때 잘못 건드리면 불같이 화를 내요. 그런데 한 시간이 넘도록 기다리는데 도무지 끝나지 않아요. 화가 스멀스멀 올라왔어요. 더는 못 기다리겠더라고요. 처음 생각과 달리 퉁명스럽게 말이 나갔어요.

"엄마는 내가 기다리고 있는 것 안 보여? 도대체 언제 끝나는 거야?"

"왜? 할 말 있으면 그냥 해!"

"나 학교 자퇴할 거야! 다니기 싫으면 그만두라고 얘기한 적 있었지."

그제야 엄마는 저를 빤히 쳐다보았어요.

"그래. 그렇게 다니기 싫으면 할 수 없지. 그만둔 후 뭘 할 건데?"

"…지금부터 생각하려고."

"엄마한테 계획까지 먼저 말해야 하는 것 아니니?"

예상 밖 질문에 당황해서 멀뚱멀뚱 엄마 얼굴만 쳐다봤어요.

한참 동안 말이 없던 엄마는 말을 이어갔어요.

"너 나름대로 심사숙고해서 결정한 것 같은데. 알았다. 이후 계획은 함께 고민해 보자."

"어."

예전에도 다른 엄마들처럼 학원 안 간다고 난리 치지 않았어요. 다니기 싫으면 어쩔 수 없다며 쿨하게 말하는 엄마였어요. 그 긴 니도 인정해요. 이번 자퇴 건노 내 의시결정을 존중해 주는 것을 보고 엄마 같은 사람도 없다고 생각했어요. 아이 같은 부분도 많지만 이래서 엄마를 좋아하나 봐요.

어릴 때부터 유독 엄마의 품이 그리웠어요. 물론 식구가 엄마뿐이라서 그런 것도 있지만요. 학교 수업이 끝나면 학원 빠지는 날이 많았고 친구들과 어울려 놀지도 않았어요. 나를 돌봐주는 아줌마만 있을 뿐인데 엄마가 없는 집으로 바로 갔어요. 방에서 혼자 그림을 그리거나 책을 보거나 했어요. 계속 시계를 보면서 엄마가 돌아올 시간을 손가락으로 꼽으면서요.

밤이 되어서 돌아온 엄마는 눈도 마주치지 않고 피곤해 죽겠다며 침실로 가기에 바빴어요. 온종일 기다린 나는 허탈하지만, 엄마를 보면 그냥 좋았어요. 엄마 품에 파고 들어가 냄새를 맡았어요. 은은한 허브 향기의 화장품 냄새가 엄마 냄새였어요. 나를 품은 엄마는 어느새 등지고 돌아누워 코를 골았어요. 잠든 엄마 등에다 동그라미를 그리고 눈코입을 그려 넣다가 잠이 들곤 했어요. 어릴 때부터 늦게 자는 게 버릇이 되어 지금까지 아침이면 정신을 못 차려요.

엄마는 유튜브를 시작하면서 엔도르핀이 터지는지 생기가 돌았어요. 예전에는 피곤하다는 말을 입에 달고 살았는데 요즘은 힘들다고는 말하지만 즐거워 보여요. 내가 엄마의 관심 서열에서 자꾸 밀려나는 것 같아 유쾌한 일은 아니에요.

사람에게 주목받는 것을 좋아하는 엄마는 본인 영상뿐만 아니라 다른 유튜버들에게도 초대를 많이 받아요. 물론 거절이라는 건 엄마 사전에는 없어요. 신나서 머리하고 화장하고 한껏 치장하고 나가요.

내가 어떻게 아냐고요? 엄마의 행동이 못마땅하지만, 이상하게 출연하는 모든 영상을 보게 돼요. 웃기는 일이죠. 내가 엄마를 일일이 감시한다는 생각이 들 때도 있어요. 그렇다고 나쁜 점만 있는 건 아니에요. 엄마의 생각이 어떤지 알 수 있기도 해요. 아무 상관 없는 사람에게 시시콜콜 말하는 게 이해되지 않지만요.

*

엄마가 이른 시간에 들어왔어요. 기쁜 일이 있는지 두 발을 동동거리며 나를 붙잡고 좋아서 어쩔 줄을 몰라 해요. 이럴 때는 어린아이 같아요.

"종편 방송에 나가게 됐다."

엄마 목소리가 나풀나풀 날아갈 듯 가벼웠어요. 콧노래를 부르며 아주 신이 났어요.

어떤 프로인지도 모르면서 들뜬 엄마가 보기 싫었어요. 심통이 났어요. 그래도 감정을 누르며 냉랭하게 말했어요.

"나가서 엄마 이야기만 해. 내 얘기는 하지 마!"

"야~ 얘기하다 보면 네 얘기도 하는 거지 뭐."

"하기만 해봐. 가출할 거니깐 그런 줄 알아!"

"나도 이야기가 어떻게 흘러갈지 몰라."

엄마는 눈을 흘기며 나를 쳐다봤어요.

무슨 주제로 나가는 거냐고 물었는데 엄마가 대답을 회피해요. 언제 방송되냐고 물으니 모른다고 해요. 일부러 가르쳐주지 않는 게 분명해요. 그렇다고 모를 내가 아니죠. 엄마를 믿을 수가 없어요. 나가서 무슨 말을 할지 뻔해요.

화면에 보이는 엄마는 예뻤어요. 저렇게 예뻤는지 새삼스러웠어요. 그런 엄마를 닮지 않은 내가 싫었던 적이 있었어요. 그래도 성격까지 닮지 않아서 다행이에요.

열다섯 살 딸이 있다는 게 도저히 믿어지지 않을 만큼 예뻤어요. 마사지를 많이 받았는지 이마와 볼에서 광채가 났어요. 화장은 누드 메이크업으로 자연스럽게 했고 옷도 미색 상의를 입은 게 얌전하게 보였어요. 액세서리도 하지 않고 명품 시계 하나만 찼어요. 물론 손톱은 연분홍색으로 정성껏 네일아트 받은 게 눈에 띄었어요. 일단 비주얼은 마음에 들어요. 그렇다고 엄마에게 예뻤다고 말하지 않을 거예요. 말했다간 도를 넘는 엄마의 반응이 예상돼요. 그런 모습을 길게 보고 싶지는 않거든요.

방송의 내용은 상담하는 프로그램이었어요. 그동안 엄마가 출연한 영상의 콘텐츠와는 달랐어요. 엄마는 많은 영상에 출현하니 이상한 곳도 많았어요. 심지어 성에 관한 이야기도 스스럼없이 할 때도 있었어요. 부끄럼은 내 몫이었죠.

모녀지간의 문제를 푸는 솔루션 프로그램에 그 문제라는 게 결국 나였어요. 다른 영상에서 나에 관한 이야기를 할 때는 에피소드의 하나로 잠깐 말하는 게 고작이었는데 이번에는 달랐어요. 솔루션을 제시하기 위해 집중적으로 분석하는 방송이었어요.

엄마의 철없는 행동이 예상되어 겁이 덜컥 났어요. 문제의 원인을 파악하려면 내 십오 년을 다 읊을 것 같았어요. 진짜 폭망하는 인생이 되겠다 싶었죠. 프로그램이 본격적으로 시작하기도 전에 난 벌써 마음이 상했어요. 꺼버리려다 참고 보기로 했어요.

첫 이야기는 내가 자퇴한 것부터 시작했어요. 그건 명백한 사실이니깐요. 엄마는 나와 했던 대화를 빠짐없이 말했어요. 명확하고 정확한 발음으로 수업 시간에 선생님 질문에 정답을 말하듯이요. 평소에도 마침표까지 매듭지어 말하는 스타일이에요. 명확한 것을 넘어 냉정하게 들렸어요. 우물쭈물 말끝을 흐리는 나와는 대조적이었죠.

자퇴 이야기는 영상을 통해 여러 번 들었어요. 다른 영상에서는 낄낄거리며 우습지도 않은 이야기를 웃으며 말하는 엄마가 너무 싫었는데, 이번에는 달랐어요. 엄마의 태도가 신중했어요. 있었던 일만 알리는 게 아니라 그 이면에 엄마의 감춰진 그림자 이야기를 듣게 되었어요.

"저도 학교 다닐 때 공부가 너무 하기 싫었어요. 그래서 내 딸에게도 하기 싫은 공부 억지로 하지 말라고 했어요. 학교를 꼭 다녀야 한다고는 생각하지 않아요. 예전과 다르잖아요. 학교 공부가 아니더라도 본인이 하고 싶은 게 있으면 그것을 향해 어떤 교육의 방법이 되든 하면 되니깐요.

제가 학교 다닐 땐 그렇지 않았잖아요. 저는 공부가 하기 싫을 때마다 어머니를 생각했어요. 집에서 벗어날 수 있는 것은 서울에 있는 대학으로 가는 길밖에 없다고 생각했어요. 집에서 저

248

는 강아지보다 못한 존재였어요. 남동생은 황태자였고요. 어머니는 아들이라면 당신의 전부를 바쳤어요. 전생에 사랑했던 연인이 아들로 태어난 게 분명해요. 집안이 어렵지는 않았어요. 아버지는 굉장히 권위적인 가장이었어요. 아버지 또한 뿌리 깊게 남아선호 사상으로 중무장한 분이셨어요. 아버지의 사고가 그러니 어머니는 더욱 아들만 챙겼던 것 같아요. 지금 생각하면 딸을 서울로 유학 보내준 것만으로도 감사하게 생각해야 할 일이었어요.

저는 죽으라고 공부한 결과 좋은 대학에 들어갔지만, 어머니의 반응은 시큰둥했어요. 남동생이 특목고에 합격했을 때는 동네잔치를 시끌벅적하게 했죠. 서울 친척 집에서 기거하며 대학에 다녔는데 어머니가 주는 용돈은 항상 빠듯했어요. 대학교 때 먹는 것, 입는 것, 제대로 못 했어요. 친척 집에서 특별히 눈치 주는 건 없었지만 편치 않았어요. 내 입장을 어머니는 단 한 번도 생각해 주지 않았어요. 대학에 다니는 동안 아르바이트를 계속했어요.

방학이 끝나고 집을 나설 때면, 기숙사 생활하는 고등학생 남동생에게는 십만 원 수표를 척척 주면서 저한테는 너무나 인색했어요. 고속버스 타기 직전까지 징징거려야 겨우 몇만 원을 집어주는 게 다였어요. 지금도 대학교 3학년 겨울방학이 잊히지 않아요. 그때도 고속버스를 타기 직전까지 용돈 달라고 졸랐어요. 어머니는 못마땅하듯 만 원권 몇 장을 획 던지듯이 줬는데 제가 재빠르게 받지 못했어요. 지폐가 겨울바람에 날아갔어요. 마치 저한테 오기 싫어 도망가듯이요. 그때는 창피한 줄도 모르고 이리저리 흩어진 돈을 주웠어요. 그런 제 모습을 어머니는 못마땅하게 눈을 흘기며 보고 있었죠. 주운 돈을 헤아리니 사만 원이었어요. 그때까지는 괜찮았는데 버스를 타고 서울로 오는 두 시간 내내 소리도 못 내고 한없이 울었어요.

제가 이혼하겠다고 했을 때도 어머니는 저한테 네가 그러면 그렇지. 뭐 하나 잘하는 게 있냐며 혀를 찼어요. 이혼의 모든 책임이 저한테 있듯이 얘기했어요. 위로받을 생각을 한 건 아니지만 참담했죠.

어머니는 입버릇처럼 니는 대어나지 말아야 했는데 태어났다고 말했어요. 무슨 의미인지 지금도 모르겠어요. 알려고 하지 않았어요. 마음속으로 어머니를 무시했는지 모르겠어요. 어머니의 독한 말이 더 이상 상처가 되지 않았어요. 간혹 어머니가 아무 생각 없이 내뱉었던 말처럼 나도 무의식중에 딸에게 상처를 주는 건 아닌가 생각해 보긴 해요. 사실 제가 사랑을 받아 보지 않아서 내 딸에게 어떻게 전해야 할지, 어떤 게 사랑인지 잘 모르겠어요."

"이혼하게 된 경위를 들을 수 있을까요?"

"그동안 아이에게 아빠에 관한 이야기를 전혀 하지 않았어요. 지금 여기서 이야기한다는 게 옳은 것인지 확신이 서지 않네요."

"곤란하면 하지 않으셔도 됩니다. 그러나 자연스럽게 이런 자리를 빌려 이야기하는 것도 괜찮을 거라 생각됩니다. 엄마에게 말하지 않았지만, 자녀가 자기 정체성에 관해 혼란을 겪고 있을지도 모를 일입니다. 설사 지금은 괜찮은 것 같아도 자기 뿌리를 찾는 것에 이성과 감성이 서로 충돌해 혼란을 겪는 일이 생깁니다. 그건 본능이고 자아 정체성을 찾는 핵심이기도 합니다.”

나는 숨을 죽이며 봤어요. 상담사의 마지막 질문에 끝내 말하지 않는 엄마의 얼굴이 클로즈업됐어요. 엄마의 입술 끝에 고집스러운 완고함이 보였어요.

방송 내내 엄마는 눈물은 고사하고 울먹이지도 않았어요. 당당하기까지 했어요. 마치 엄마에게는 이런 일 따위는 아무것도 아니란 듯 지나간 아픈 기억을 에피소드처럼 편하게 말했어요. 오히려 듣고 있는 내가 힘들었어요. 가슴에 알지 못하는 물체가 가득 차 터질 것 같아 눈물이라도 쏟아내야 가슴이 편해질 것 같아서 소리내어 울었어요.

외할머니와 친하게 지내지 않는 이유를 알게 됐어요. 어릴 때 이모라고 불렀던 아줌마가 나를 돌봐주었지만, 외할머니와의 왕래는 수년간 없었어요. 외갓집에 다니기 시작한 것도 초등학교 5학년 때부터였어요. 명절날 두 번 정도 보는 게 고작이지만요. 지금 생각하니 이혼하고 혼자 사는 딸과 아빠 없이 자라는 손녀에게 측은지심이 없었고, 이혼한 딸을 집안 수치로 여겼던 것 같아요. 사촌과 차이를 두는 건 나도 일찍이 알았어요. 밥상에서 외할머니는 사촌 동생들 앞으로 음식을 옮기느라 바빴으니깐요. 엄마와 외삼촌과의 차별도 내가 알 수 있을 정도였어요. 외삼촌을 바라보는 외할머니 눈에는 따뜻함과 이유 없는 안쓰러움이 배어있지만, 엄마에게는 의례적인 인사만 할 뿐 애틋한 눈길은 찾을 수 없었어요. 우리 엄마 너무 불쌍해요. 요즘 같은 시대에 이혼이 무슨 큰 죄도 아니고 또 아들이 뭐라고 그렇게까지 차별하는지. 부모가 준 상처가 얼마나 큰 슬픔인지 알았으면 좋겠어요.

방송에서 한 이야기는 엄마를 이해하는 데 큰 도움이 됐어요. 이혼의 경위는 말하지 않아서 모르지만, 그 부분은 엄마를 이해하는 문제와는 별개인 것 같아요. 상담사의 원론적인 솔루션보다 엄마의 지난 이야기가 해답이었어요.

*

엄마가 들떠 있어요. 유튜브 영상에서 조금 알려지고 그것으로 방송을 한번 타더니 더 바빠졌어요. 유튜버들의 초대가 줄 이었어요. 초대받은 채널은 콘텐츠가 뒤죽박죽 종잡을 수 없어요. 엄마 채널도 뒤죽박죽이기는 마찬가지지만 인기 요인은 따로 있어요. 필터링되지 않는 채 이야기하는 게 재밌기는 해요. 그런 엄마를 솔직한 성격이라고 포장하고 싶지는 않아요. 엄마도 고치려는 생각은 없어 보여요. 오히려 장점으로 생각해 날이 갈수록 강화돼요.

엄마의 영상 활동이 사업에 큰 도움이 되는 건 아니에요. 물론 비즈니스 때문에 그런 건 절대 아니지만요. 오히려 그랬다면 좋겠어요. 최소한 쓸데없는 말은 하지 않을 테니깐요.

요즘 엄마는 이유 없이 피식 잘 웃고 콧노래도 흥얼거려요. 엄마한테서 봄바람이 불고 있어요. 뭔가 좋은 일이 있는 것 같아요. 카메라를 많이 받아서인지 외모가 더 예뻐지고 어려 보여요. 볼에 복숭앗빛 블러셔를 칠한 게 카카오 피치의 얼굴 같아요. 혹시 남자 친구가 생긴 게 아닌가? 이런 생각은 하기도 싫지만…. 엄마는 아직 젊고 예쁘고 능력 있고 흠이 있다면 내가 있는 건데. 그래서 툭하면 내가 엄마 발목을 잡았다고 얘기하나 봐요. 이전에 어떤 일이 있었는지 모르지만 내가 엄마한테 걸리적거리는 존재로 여겨진다면 진짜 슬플 것 같아요.

어릴 때는 엄마가 갑자기 사라져 버릴까 불안했어요. 지금도 불안감이 없어진 건 아닌데 언제까지 내 엄마로 남아주길 바라는 마음은 그대로예요. 누군가와 엄마를 나누고 싶지는 않아요. 그런 생각을 하니 우울하고 불안해요.

엄마가 나온 다른 채널 영상을 봤어요. 출연진 중 한 사람이 다른 곳에서도 엄마와 함께 여러 번 나온 사람이었어요. 생긴 건 그런대로 스마트했어요. 직업은 그냥 유튜버인 것 같았어요. 근데 자꾸 그 남자가 마음에 걸려요. 엄마는 남자 옆에 앉아서 평상시와 다르게 웃어요. 웃으면서 남자 어깨를 때리기까지 해요. 교태를 부리는 것 같아 너무 꼴 보기 싫어요. 뭐가 그렇게 재미있는지 웃을 일도 아닌데 말이죠. 엄마 단속을 조금 해야겠어요. 단속이라는 표현이 과하죠? 그럼 다시 말해서 챙겨야겠어요.

엄마에게 전화했어요. 주로 문자를 하는데 챙겨야 하니 직접 전화했죠. 그런데 받지 않아요. 무슨 이유로 바쁜지 모르겠지만 오 분 후에 또 했어요. 여전히 받지 않아요. 신경질이 나서 연달아 열 번 이상 전화했어요. 드디어 열두 번째 전화에 엄마가 받았어요. 그런데 받자마자 엄마가 더 성질을 부려요. 어이없어서 가만히 있었어요. 사실 급한 일로 전화한 게 아니니깐요. 엄마는 목소리를 더 높여 고래고래 소리를 질렀어요.

"왜 이렇게 전화를 해대."

"나 귀 안 먹었어."

"시끄러워, 용건이 뭐야?"

"엄마가 소리 질러서 더 시끄러워."

"야! 너 정말."

"…엄마 일찍 오라고."

엄마는 내 대답을 듣고 대꾸도 안 하고 끊어버렸어요. 아무튼 엄마는 외할머니한테 가정교육을 제대로 못 받은 게 확실해요.

내가 이해해야죠. 외할머니한테 그렇게 구박받고 자랐으니, 정상이 아닌 게 당연해요. 그것 생각하면 엄마가 안 됐어요.

*

-현아, 아빠다. 한번 보고 싶구나.

존재가 없던 아빠. 딸의 생사를 잊고 살았을 것 같은 아빠. 나한테는 원래부터 없었던 아빠한테 연락이 왔어요. SNS 메시지로 한번 보고 싶다고. 처음에는 누가 장난치나 싶었는데 아닌 걸 느낌으로 알았어요. 나를 검색해서 찾았나 봐요. 내 이름을 알고 있다는 게 신기했어요. 아빠 계정은 게시물이 일 개도 없고 사진도 없어요. 아마 나를 찾기 위해 개설한 것 같아요.

그런데 얼굴도 모르는 아빠의 문자를 받은 내 심정이 어떤지 아세요. 가슴 속에서 무언가 철렁 내려앉아 푹 꺼지는 느낌이었어요. 흔히들 간이 떨어졌다고 하죠. 그 정도가 아니에요. 심장과 위, 간, 콩팥 갈비뼈까지 내려앉은 기분이랄까. 텅 빈 몸통에서 짙은 바닷바람이 불었어요. 지금까지 아빠라는 존재가 나한테 어떤 작용도 하지 않았는데. 직접 본 것도 아니고 문자만 왔을 뿐인데 말이죠.

어떻게 해야 할지. 벌써 한 시간이 지나도록 대답을 못 했어요. 정말 만나기 싫다면 대답이 쉬웠겠지만 싫다 좋다 자체를 생각해 본 적이 없으니깐요. 이제부터라도 생각해야 할 것 같아요. 사실 만나는 것도 겁나요. 엄마가 알면 뭐라 그럴까? 걱정도 되고 배신행위를 저지르는 것은 아닐까? 하고요. 아빠에 대한 미움은 없어요. 본 적 없는 아빠를 미워할 이유도 그리워할 필요도 없으니깐요.

엄마는 아빠의 모든 흔적을 없애버렸어요. 너무나 미워서 그랬는지 모르겠어요. 그런 엄마의 행동에 대해 화난 적은 없었어요. 요즘 들어 아빠라는 존재에 아주 가끔 생각한 적은 있었지만. 마상 연락받으니 만나 보고 싶기도 해요.

난 엄마를 닮지 않았으니, 아빠를 닮았겠죠. 남자 얼굴에서 내 모습이 보인다면 조금 잘생기지 않았을까 싶어요. 내가 아빠를 보고 싶어서가 아니라 생김새가 궁금할 뿐이에요.

도산공원으로 가면서 혹시 엄마를 만날까 봐 걱정했어요. 이 시간에 엄마가 공원에 오지는 않겠지만. 그런데 왜 하필 공원인지 모르겠어요. 장소가 어디가 되든 심장이 두근두근 발랑발랑 종잇장이 바람에 팔랑거리듯 나부꼈어요. 내 심장이 나를 데리고 어디로든 날아갈 것 같아 꼭 붙들었어요. 이렇게까지 긴장될지 몰랐어요. 그래도 막상 아빠를 보면 괜찮겠죠?

멀리서 보니 도산공원 입구에 어떤 남자가 서 있어요. 저 사람이 아빠인가? 그러기에는 너무 나이가 많은 것 같아요. 작은 신장에 등이 구부정하고 먹구름이 낀 것처럼 주변에 회색빛이 감돌았어요. 11월 쓸쓸한 공원의 잿빛 하늘과 걸맞았어요.

저 남자가 아빠가 아니었으면 좋겠어요. 구체적으로 외모를 떠올린 적은 없지만, 막연하게 나와 비슷하게 생겼고 엄마와 나이 차이가 크지 않을 거로 생각했으니깐요.

에르메스 전시장의 화려한 색이 내 발길을 멈추게 했어요. 오렌지색 배경을 등지고 앉아있는 남자 마네킹. 멋진 슈트를 입었으나 눈코입이 없는 얼굴. 어떻게 생겼는지 알아 맞춰보라고 문제를 낸 것 같아요. 아빠를 맞춰보라는 것처럼. 그 마네킹에 넋을 놓아버렸어요.

약속 장소로 가는 발걸음이 선뜻 내키지 않아요. 서 있는 남자가 아무리 생각해도 아빠가 맞는 것 같아요. 이상하게 가슴이 서늘해졌어요. 아직 확인되지 않았으나 늙고 초라한 행색의 아빠여서인지, 태어나 처음으로 보는 아빠라서 그런 건지, 복잡한 감정이 들었어요.

천천히 발걸음을 옮겼어요. 도산공원에서 삼십 미터 지점에 갔을 때쯤 남자는 나를 힐끔 봤어요. 순간적으로 눈을 마주치지 않기 위해 땅을 봤어요. 남자가 저한테 오는 것이 느껴져요. 다시 가슴이 팔랑거려요. 가던 걸음을 멈추어 버렸어요.

어느새 남자의 구두가 내 시야에 들어왔어요. 회색빛을 안고 있었던 남자. 확인되지 않은 칙칙한 남자가 내 아빠인 것을 구두가 확인시켜 주었어요.

구두는 형태가 틀어져 앞코가 유난히 들렸고 발 폭이 넓은지 가로 주름이 깊게 파인 낡은 구두였어요. 그동안 삶이 그대로 묻어있는 구두. 그래도 딸을 본다고 가장 좋은 구두를 신고 나왔을 텐데.

드디어 남자가 말을 걸어와요. 제발 길을 묻는 거라면 좋겠어요.

"현아, 맞니?"

세상에 나만큼 불쌍한 아이도 없을 거예요. 아빠라는 사람이 딸의 얼굴을 보고 맞냐고 확인하고 있으니깐요. 나는 대답 대신 고개만 끄덕였어요. 순간 괜히 나왔다는 생각이 들었어요.

"우리 좀 걷자."

아빠는 한걸음 앞서서 걸었어요. 한걸음 뒤에서 나는 아빠의 뒷모습을 흘끔 쳐다봤어요. 굽은 등을 보니 평소 운동은 하지 않은 것 같고, 나이는 엄마보다 열 살 이상 많은 것 같아요. 직업이 뭘까? 재혼은 했나? 나 말고 딴 자식이 있겠지? 꼬리에 꼬리를 물었어요. 그런 것까지 생각하는 내가 웃기죠.

아빠도 쉽게 말을 꺼내기가 힘들었나 봐요. 이런 무거운 분위기 정말 싫은데 그렇다고 내가 먼저 말하고 싶지는 않아요.

"우리 저기 의자에 좀 앉을까?"

아빠는 의문형으로 질문했으나 내 대답을 듣지 않고 그냥 앉더라고요. 순순히 하자는 대로 그냥 했어요.

아빠는 매번 '좀'이라는 부사를 사용했어요. 평소에도 잘 쓰는 말인가 봐요. 말의 속도도 조금 느렸어요. 명료하고 속도감 있게 말하는 엄마와 대조적이었어요. 확실히 난 엄마 쪽은 아닌 것 같아요.

아빠가 말하기 시작했어요.

"너한테는 씻을 수 없는 죄인이라 선뜻 나서지 못했다. 예쁘게 잘 컸구나."

아빠는 자라목을 들어 허공을 응시하며 말했어요. 그리고 짧은 공백을 만들었어요.

"엄마하고는 잘 지내지?"

허공에 두었던 시선을 나에게로 옮기며 아빠가 물었어요.

엄마와의 관계를 묻는 건지 그 말속에 엄마의 안부를 묻는 건지. 나로서는 질문의 요지를 몰라 대답하지 않았어요. 내 운동화만 쳐다봤어요.

"엄마가 아빠에 대해 어떻게 말했는지 모르겠지만 너를 잊은 적은 없었다."

주말 가족 드라마에 나오는 대사였어요. 상투적인 말을 듣고 나니 앞으로 무슨 말을 할지 알겠더라고요. 짐작된 말이 이어진

다고 생각하니 이 자리가 불편하고 지루했어요. 집에 빨리 가고
싶다는 생각이 들었어요.

스산하게 부는 가을바람에 나는 호주머니에 손을 넣고 어깨를
움츠렸어요.

"뭐 좀 먹으러 어디 들어갈까?"

"저 과외 가야 할 시간 됐어요"

나도 모르게 거짓말이 튀어나왔어요.

아빠에게 처음 내뱉은 말이 거짓말이라니. 맙소사. 나쁜 딸임이
틀림없어요. 그러나 아빠도 결코 좋은 아빠는 아니니 상쇄해서
불편한 마음을 갖지 않을 거예요. 사실 아빠의 마음이 어떤지 궁
금하지 않고 듣고 싶지 않았어요.

내가 한 말이 핑계인 것을 알았는지 아빠는 미간에 세로 주름
을 세웠어요. 내 마음을 다 읽은 것 같아요. 아빠가 벌떡 일어나
더니 택시를 태워주겠다는 것을 그냥 버스 타고 가겠다고 했어
요. 내가 간다는 말에 마음이 상한 게 분명해요.

버스정류장까지 걸어가는데 이번에는 아빠가 한걸음 늦게 따
라왔어요. 뒤통수가 뜨거웠어요. 내가 했듯이 아빠도 나를 샅샅
이 뜯어 보고 있을 거예요.

그 뜨거운 눈길 속에 아빠 목소리가 들렸어요.

"식사도 못 하고, 헤어지니 섭섭하구나."

"..."

"전화번호 알고 싶은데…."

아빠도 저처럼 말끝을 흐렸어요. 아빠의 휴대전화에 제 번호를 찍어줬어요. 이것마저 거절할 용기는 없었어요.

나는 버스를 타고 나서야 비로소 아빠를 정면으로 봤어요. 아빠는 손을 흔들었어요. 나는 웃지 않았고 손을 들지도 않았어요. 빨리 버스가 출발하길 바랐어요.

아빠를 뒤로하고 버스는 서서히 출발했어요. 지금도 뒤에서 보고 있겠죠. 휴대전화 시계를 봤어요. 정확히 삼십 분. 아빠를 만난 시간이었어요.

아빠는 여유를 가지고 딸에게 말하고 싶었을 거예요. 이렇게 된 상황에 대한 이유를, 그동안 연락하지 못한 변명을 사무치도록 보고 싶었다는 부풀린 거짓말을요. 그게 아니라면 생물학적으로 댕기는 본능일 수도 있고요. 지금 와서 그런 이야기를 듣는 게 불필요하다는 생각이 들었어요. 더는 아빠에 대해 생각 안 할래요.

갑자기 초콜릿 생각이 나네요. 왜 단 게 먹고 싶을까요.

*

복숭앗빛이 나던 엄마가 근심이 생긴 것 같아요. 목소리 톤이 두 단계는 내려왔어요. 말수도 적어졌고요. 걱정이 살짝 돼요. 엄마에게 남자 친구가 있는지 확인하지 않았으나 그 사람하고 잘 안됐나 봐요. 힘 빠진 모습을 보니 마음이 좋지 않아요. 내 존재만으로도 엄마의 고운 깃털을 억지로 뽑아 버린 것 같아요. 또다시 엄마 발목을 붙잡은 게 아닌가 해서요.

아빠를 만난 이후 엄마에게 엄청 미안했어요. 몰래 죄를 지은 것 같아서요. 물론 죄를 씻기 위해 엄마에게 고해성사는 절대로 하지 않을 거예요. 여러 가지 이유로 계속 마음이 무거워요.

집에 들어온 엄마에게 요즘은 왜 영상을 안 올리는지 물었어요. 엄마는 만사가 귀찮다며 일찍 침실로 가버렸어요. 침실까지 쫓아가 말을 걸었다가는 소리 지를 게 분명해요. 어쩌면 세상에서 제일 듣기 싫은 소리를 엄마가 할 수도 있어요. "네가 내 발목을 잡았어"라는 말을 듣지 않으려면 조심해야 해요.

따뜻한 차를 준비해서 엄마한테 갔어요. 침대 옆 테이블에 살며시 찻잔을 내려놓았어요. 엄마가 고개를 돌려 저를 빤히 봤어요.

"엄마, 이것 마시고 자."

"그래, 고맙다."

엄마가 고맙다는 인사를 정중하게 할 사람이 아닌데 이상해요. 물론 저도 차를 타다 준 적은 처음이긴 해요.

나는 방으로 돌아와 낮에 읽다가 접어두었던 책을 펼쳤어요.

프란츠 카프카 「아버지에게 드리는 편지」 집에 이런 책이 있는 줄 몰랐어요. 내지가 누렇게 변색한 것을 봐서 오래전부터 있던 책 같았어요. 완독하지 않아 결말을 아직 모르지만, 카프카의 아버지라면 지금의 내 경우가 훨씬 낫다고 생각해요.

엄마가 꽂아둔 책, 제목이 주는 표면적 의미. 내가 읽고 있는 이런 상황이 아이러니해요. 그러나 책에 집중이 되지 않아요. 자꾸 엄마의 가라앉은 모습이 떠올랐어요. 내가 아빠의 회색 기운을 엄마에게 이염시켰는지. 아니면 진짜 실연의 그림자가 엄마의 복숭앗빛을 잃게 했는지 모르겠어요.

창밖을 보니 캄캄한 하늘만 보여요. 별도 없고 반짝이는 불빛 하나 없어요. 여기로 이사 왔을 때 엄마는 앞이 막힌 곳이 없어 전망이 좋다고 했어요. 지금 사는 삼십삼 층보다 더 높았으면 좋겠다고 했죠. 엄마는 하늘 높은 곳에 닿고 싶은가 봐요. 날개를 활짝 펴고 날아가고 싶은 마음이 간절한가 봐요.

나는 높은 곳이 싫었어요. 베란다에 나가서 내려다봐야 건물들이 보였어요. 내려다볼 적마다 현기증이 났어요. 방에서 창을 보면 아무것도 보이지 않아요. 그렇다고 하늘이 싫다는 건 아니에요. 다만 넓은 집안을 부유하며 이리저리 떠다닌다는 생각이 들긴 했어요. 발을 지면에 닿으려면 도대체 몇 미터를 내려가야 하나 계산도 했던 적이 있었어요. 높은 층이 싫다고 엄마한테 말하지는 않았어요. 엄마 돈으로 사는 집이니깐요.

하얀 불빛이 싫어 형광등을 끄고 노란색 조명과 캔들워머를 켰어요. 은은한 향이 나면서 아늑해졌어요. 다시 집중해 책을 보려 할 때 메시지 알림 진동이 왔어요.

-네가 편한 시간에 다시 보고 싶다.

아빠한테서 온 문자예요. 난 아빠를 보고 싶지 않은데. 어떻게 거절해야 할까? 어떤 말로 답해야지 아빠가 상처를 덜 받을까? 잠시 고민했어요.

계속 만날 게 아니라면 따뜻한 거절이라는 건 없을 것 같아요. 깊이 생각하지 않을래요.

-이젠 연락하지 마세요. 건강하세요.

문자를 전송하고 휴대전화 전원을 껐어요.

형광등의 차가운 기운이 여전히 노란 전구 주변을 맴돌고 있어요. 캔들워머의 향은 이미 희석되어 아무 냄새를 못 느끼겠어요. 변덕스러운 성격은 아닌데 아늑했던 방안이 서늘해요.

난 베개를 들고 나갔어요. 엄마 방으로 향하면서 넓은 거실 창을 봤어요. 무거운 밤하늘은 세상을 삼켜버릴 기세로 캄캄하게 버티고 있어요. 그래도 밤이 지나고 내일 아침이 되면 모든 게 달라져 있겠죠. 하늘도 마음도.

　이젠 엄마 품으로 파고 들어갈 거예요. 따스한 온기와 허브향
이 나는 엄마 냄새를 맡으며 잠들 거예요.

　내일 아침 하늘이 바뀌듯이 지금의 엄마가 아닌 내일의 엄마를
위해 날개를 달아줄 방법을 생각하며 잘 거예요. 푸른 하늘을 자
유롭게 날 수 있도록. 그렇게 하려면 나에게도 푸른 날개가 필요
하겠죠.

해설 | 박다솜(문학평론가)

수피(樹皮)의 온기

이민경 〈수피12〉 53x46cm, oil on canvas

1. 일그러진 정상 가족의 초상

감정에는 각본이 있다. 우리가 살면서 겪는 많은 일들에는 상식적인 감정적 반응이 정해져 있다는 뜻이다. 예를 들어 '이별'이라는 단어를 생각할 때 대다수의 사람에게 가장 먼저, 가장 강렬하게 떠오르는 감정은 단연 슬픔일 것이다. 그러나 우리의 경험이 말해주는 바 어떤 이별은 더없이 후련하기도 하다. 그럼에도 이별의 후련함에 대해서는 상대적으로 논의된 바가 적다. 고착화된 감정 각본은 '당연'하고 '타당'한 감정들을 규정함으로써 주체를 '상식'의 세계에 속박하는 역할을 하기 때문이다. 김지혜는 그의 저서 『가족 각본』(창비, 2023)에서 가족 개념에도 견고한 각본이 있다고 말한다. 우리의 감정적 반응을 규제하는 감정 각본처럼, 가족 각본은 우리가 가족을 사유하는 방식을 제한한다. 가족 각본은 다른 말로 '정상 가족 이데올로기'라고도 할 수 있을 텐데, 정상 가족 이데올로기는 아빠, 엄마, 자녀로 이루어진 가족만을 '정상'으로 간주하며 각 구성원에게도 '정상적'인 역할을 부여한다.

새삼스럽게 정상 가족 이데올로기를 언급하는 것은 물론 이남산 소설 세계의 근저에 정상 가족에 대한 의구심이 놓여있기 때문이다. 가족을 아프게 하고 있으면서도 그 사실을 알지 못하는 인물들, 가족이 남긴 상흔으로 고통스러워하는 인물들을 거듭 등장시킴으로써 이남산의 소설은 정상 가족 이데올로기를 심문하고 있다. 그러니 그의 첫 소설집을 해설하는 이 글은 「일그러진 초상」에 대한 분석으로 시작하는 것이 좋겠다. 「일그러진 초상」의 주인공은 의류 사업에 종사하고 있는 김우재다. 그는 첫 번째 배우자 은희와 사별하고 두 번째 배우자인 연화와는 이혼, 현재 세 번째 부인인 하영과 함께 살고 있다. 하영은 다소 낭비벽이 있긴 하지만 성심성의껏 집안 살림을 꾸려나가고 우재의 아들과 딸을 잘 돌보기 위해 애쓴다.

문제는 우재가 삼혼인 것을 하영이 알지 못한다는 점이다. 사실 하영에게도 이혼의 경험이 있는데 그녀의 전남편은 무정자증을 십여 년 넘게 하영에게 숨겼고, 후에 그 사실을 알게 된 하영이 신뢰할 수 없는 남편과는 더 이상 함께 살 수 없어 이혼하게 되었다. 사정이 이렇고 보면 우재가 재혼이 아니라 삼혼이라는 사실을 가족 구성원 중에서 오직 하영만 모르고 있는 현재의 상황은 살얼음판 위처럼 아슬아슬하게 느껴진다. 그런데 이런 상황에 대한 우재의 소회는 아래와 같아서 조금 당혹스럽다.

우재는 삼혼을 말하기가 어려운 게 아니라 다시 일구어낸 정상적인 가정의 울타리가 흔들릴까 겁났다. 결핍 없는 가정을 유지하는 것이 그에게는 무엇보다 중요했다.
아이들은 아무 말도 하지 않고 식사만 했다. 어찌 되었든 아침 식사를 위해 네 식구가 모여 있으니 새삼 행복했다. 누가 보아도 흠집 없는 이상적인 가정의 아침 풍경이었다.

그는 신뢰의 문제로 이혼한 내력이 있는 배우자에게 삼혼 사실을 숨기고 있으면서도 자신의 가정을 "정상적인 가정"이자 "이상적인 가정"으로 정의하고 "결핍 없는 가정"이라고 생각하고 있으며 이에 "새삼 행복"을 느끼기까지 한다. "누가 보아도 흠집 없는 이상적인 가정의 아침 풍경"이라는 그의 생각은 그가 외부의 시선에 얼마나 민감하며 또 가족 구성원의 내면에 얼마나 둔감한 인물인지를 적실히 보여준다. 그는 제삼자의 시선으로 자기 가족을 관찰하는 일에 능한 만큼 아내와 아들·딸의 결핍을 포착하는

데 무능력하다. 결국 하영이 모든 것을 알게 되고, 새벽에 훌쩍 떠나는 것으로 서사는 마무리된다.

소설의 제목인 '일그러진 초상'은 아이들의 엄마인 은희가 마지막으로 남긴 그림, 우재의 초상화를 뜻한다. 칙칙하고 어두워 어쩐지 섬뜩한 생각이 들게 하는 초상화에서 우재는 일그러진 표정을 하고 있다. "우울한 것인지 슬픈 것인지 아니면 화난 표정인지" 가늠할 수 없는 이 그림은 우재 자신의 초상화인 동시에 그가 꾸린 가족의 초상이기도 하다. 정상 가족 이데올로기와 그것이 만들어 낸 화목한 가정에 대한 환상은 역설적으로 우재에게 한껏 일그러진 가족의 형상만을 남겨두었다. 하영이 떠난 아침, "헝클어진 머리에 부은 얼굴, 퀭하게 충혈된 눈"의 몰골을 한 우재를 통해 소설은 정상 가족 이데올로기의 허상을 간파한다. 우재가 "정상적인 가정의 울타리"라고 인지하는 거짓된 외관 속에서 아들·딸의 마음은 곪아가고 있었으며, 하영과의 관계에는 갈등과 이별이 예정되어 있었다. 요컨대 우재의 가족은 단 한 순간도 '정상적'인 적이 없었다.

따라서 제법 의젓하게 아빠를 걱정할 줄 아는 「일그러진 초상」의 딸은 「푸른 날개」의 '나'와 그리 다른 인물이 아니라고도 말해 볼 수 있을 것이다. 하영이 진실을 알기 전, 우재는 딸에게 하영의 앞에서 두 번째 부인 이야기를 하지 말아 달라고 비굴하게 부탁한다. 딸은 "그 말 안 했어? 나중에 알면 어떡하려고 그래. 아줌마 화나면 보통 아닐 것 같은데, 그래서 아빠가 벌벌 떨었구나…" 라고 말하며 아빠를 측은하게 여긴다. 어딘지 미숙한 부모와 그런 부모를 바라보는 자녀의 구도는 「푸른 날개」의 모녀로 변주된다. 이번 소설집 전체에서 유일하게 일인칭 시점을 채택하고 있는 소설 「푸른 날개」는 열다섯 살 화자 '나'의 입을 통해 결핍을 직접 발화하는 전략을 취한다.

'나'는 부모의 이혼으로 엄마와 둘이 살고 있는데, 엄마는 화자를 존중하는 것 같기도 하고 화자에게 영 관심이 없는 것 같기도 하다. 학교를 자퇴하겠다는 '나'의 선언을 별로 놀라지도 않고 수용하는 엄마는 '나'에게 살가운 사랑을 준 적이 없다. 어느 날 종편 방송에 출연해 자신의 엄마(화자에게는 외할머니)에게 학대받았던 이야기를 하던 엄마는 "제가 사랑을 받아 보지 않아서 내 딸에게 어떻게 전해야 할지, 어떤 게 사랑인지 잘 모르겠어요."라고 말한다. 이 방송을 계기로 소설의 화자는 엄마를 이해하게 되고 나아가 측은히 여기는 데까지 이른다. ("내가 이해해야죠. 외할머니한테 그렇게 구박받고 자랐으니, 정상이 아닌 게 당연해요. 그것 생각하면 엄마가 안 됐어요.")

자녀와의 관계에서 문제를 발견하고 그것을 해결하기 위해 "모녀지간의 문제를 푸는 솔루션 프로그램"에 출연하는 엄마의 노력은 물론 가상하지만, '내가 사랑을 받아 본 적 없어서 사랑을 주는 방법을 잘 모르겠다'라는 익숙한 해명 내지는 변명이 그간 수 없이 반복되어 온 정황도 곱씹어 볼 필요가 있다. 그런 식의 해명은 현재의 모녀 관계(엄마와 나 사이)에서 발생하는 문제들을 과거의 모녀 관계(외할머니와 엄마 사이)에서 기인한 것으로 간주하게 한다. 어쩐지 '나'의 아픔에 대한 엄마의 책임은 슬그머니 희석되고, 엄마의 상처에 대한 외할머니의 책임이 부각되면서, '나'의 아픔 역시 얼마간 외할머니의 책임으로 떠넘겨지는 듯도 하다. 그래서 종편 방송을 시청하며 엄마를 불쌍히 여기게 된 화자가 외할머니에게 하고 싶은 말 "부모가 준 상처가 얼마나 큰 슬픔인지 알았으면 좋겠어요."는 여전히 '나' 자신에게도 유효하다. 소설의 화자는 엄마의 유일한 흠이 '나' 자신이라고 생각하며, 그런 생각이 잘못되었다는 것을 엄마로부터 정정 받기는커녕 "네가 내 발목을 잡았어."라는 말을 들으며 성장하고 있기 때문이다.

2. 가족이라는 가시

「불 꺼진 창」의 김서희 역시 가족관계 안에서 발생한 상처와 결핍을 안고 살아가는 인물이다. 일찍 아버지를 여읜 그녀는 엄마가 술에 취해 짐승의 울음소리를 내며 외로움을 토로하는 모습을 보고 자랐다. 그러던 어느 날 엄마는 집으로 남자를 들이고, 그는 곧 서희를 폭행하는 식으로 분풀이한다. 피붙이인 엄마와 오빠는 이를 방관한다. 그뿐만 아니라 오빠는 서희에게 "너, 성관계 해 봤니?" 묻고는 "그것 끼고 할 테니깐 나하고 한 번 하자?"라고 말한다. 서희는 집을 떠나기 위해 고등학교 졸업을 손꼽아 기다리고, 기숙사가 있는 카지노에 딜러로 취업하자 가족 그 누구에게도 말하지 않고 떠난다. 이후 카지노에서 만난 남자와 결혼하고 경제적으로는 풍족해졌지만, 정서적으로는 여전히 공허한 상황이 서희의 현재이다.

그녀는 제대로 된 사랑을 준 적도 없는 엄마를 평생에 걸쳐 그리워한다. 소설의 마지막에서 서희는 엄마가 운영하는 호프집 건너편에서 몰래 엄마를 지켜보다가 돌아온다. 그러나 돌아온 집에도 그녀를 따뜻하게 맞아 줄 가족은 없다. 아무도 없는 빈집을 활보하며 미친 듯 방마다 불을 켜고 "알아듣지도 못할 아리아 곡을 틀고, 외로움으로 허기진 배를 채우기 위해 냉장고를 뒤질" 그녀의 예견된 모습은 극복되지 못한/못할 깊은 상처를 암시한다. 앞서 살펴본 「푸른 날개」의 문장 "부모가 준 상처가 얼마나 큰 슬픔인지 알았으면 좋겠어요."가 「불 꺼진 창」의 "성장 과정에서의 상처가 아직도 아물지 않았다. 아니 상처가 너무 깊어 성장이 멈추어 버렸다. 영원히 불구가 되어버렸다."와 슬프게 공명할 때, 우리는 가족이 얼마나 날카로운 굴레인지 새삼 깨닫게 된다.

「나부의 춤」의 화정이 가진 상흔도 가족에서 기원한 것이다. 아마도 아버지의 외도로 태어난 듯한 혼외자 화정은 초등학교에 입학하기 전 육 개월 동안 엄마를 떠나 아버지의 가족과 함께 지냈다. 숨 쉬듯 먹어야 하는 눈칫밥과 자신의 존재가 원인이 되어 싸우는 아버지와 본처를 견디지 못한 어린 화정은 결국 다시 엄마에게로 돌아온다. 그 후로 엄마와는 아버지 이야기를 하지 않았고 아버지도 더 이상 화정을 찾지 않았지만, 아버지 집에서 보냈던 시간은 사춘기 내내 그녀를 괴롭게 했다. 더불어 생계를 책임지기 위해 늦은 밤 귀가하는 어머니를 그리워하고 원망하며 기다리던 그 시절의 시간들은 화정의 마음에 깊은 생채기를 남겼다.

그래서 그녀는 누드모델 일을 하나 빌린 남자 친구 태민과의 결혼에 집착하는 모습을 보인다. "부실한 행복감에 늘 불안했있다"며 "더욱 견고하고 안전한 관계를 맺고 싶었다"고 생각하는 그녀는 그 견고한 관계가 오직 "결혼이라는 장치로만 가능하다고 늘 생각"해 왔기에 결혼을 갈망한다. "모래성이 아닌 견고한 성", "정상적인 성을 짓고 싶은 마음이 간절했다"는 문장은 정상 가족에 대한 그녀의 염원을 보여준다. 결혼제도 바깥에서 탄생했다는 화정의 존재론적 조건은 그녀가 "사회적 편견의 시선 속에서 피해자로" 자라게 했고, 그 결과로 화정은 지금 결혼제도 안에 편입되기를 강하게 원하는 것이다. 그러나 태민은 결혼은 힘들 것 같다며 이별을 고하고, 화정은 절망감에 시달리다가 문득 혼자 태국 여행을 가기로 한다.

태국으로 출발하는 날 아침, 화정은 횡단보도 건너편에서 자신 쪽으로 걸어오는 태민을 발견하지만 걸음을 멈추지 않고 그를 스쳐 지나간다. 외로움을 사람으로 채우려 했었던 자신을, "결혼이라는 법적인 계약으로 남자를 소유하고 싶었던 자신을" 반성하며 태국으로 떠나는 화정의 씩씩한 발걸음은 상처의 건강한 회복을 암시하고 있다. 소설의 마지막 문장이 명시하는바, 그녀의 목에 걸려있는 태민의 선물 "물방울 펜던트는 점점 빛을 잃어" 간다. 정상 가족에 대한 환상이 빛을 잃어가는 꼭 그만큼 말이다. 표제작 「나부의 춤」은 자신의 상처를 냉정하게 직시하는 방식으로 극복해 내는 강인한 인물을 제시한다는 점에서 뜻깊다. 엉겨있는 피딱지에서 자신의 과오를 발견하고 골라내는 화정은 비록 새로운 피를 흘려야 하겠지만, 우리는 그녀가 영영 피만 흘리고 있지는 않을 것임을 알 수 있다. 미래의 어느 날 화정은 한층 옅어진 흉터와 돋아난 새살에 놀라는 자신을 발견할 것이다. 그리고 지금 화정이 해내는 날카로운 자기반성에 비추어 보건대, 그것은 전혀 놀랍지 않은 일일 것이다.

3. 가난한 예술가들과 조력자의 존재

지금껏 살펴본 것처럼 이남산 소설의 핵심 소재는 단연 가족이다. 그리고 두 번째 핵심 소재는 '예술'이다. 이남산의 많은 인물이 각자 나름의 방식으로 예술과 연관되어 있다.「일그러진 초상」의 죽은 아내 은희는 순수미술을 전공했고,「불 꺼진 창」의 김서희는 다이닝 모임에서 성악을 배우며 시 창작 수업과 미술사 수업을 듣는다. 3장에서 살펴볼 두 작품「수피」와「선태의 변명」은 예술에 대한 열망과 현실의 경제적 빈곤 사이에서 예술가가 겪는 곤경을 서사화하고 있다.

　「수피」의 주인공은 화가 변우석으로 그는 약 일 년 전 아내와 이혼하고 지금은 문화센터 서양화 반에서 강의하며 홀로 지내고 있다. 그는 "말주변이 없고 사교적이지 않은" 이른바 답답한 성격의 소유자로, 과거 부부가 함께 운영하던 미술학원의 영업과 관리도 아내가 도맡아 했었다. 학원이 임대료 내기도 어려울 정도가 되자 두 사람 사이에 다툼이 잦아지고 끝내 아내가 이혼을 요구한다. 아내는 지금 당면한 궁핍도 궁핍이지만 우석에게 미래가 보이지 않는다는 점을 들어 이혼을 선택한 것인데, 우석은 아내의 판단에 동의하며 별다른 반대도 없이 이혼을 받아들일 정도로 고리타분한 면모를 보인다. 그런 그가 유일하게 관심을 갖는 분야는 그림 작업이다. 이혼 후 "가장의 책임에서 벗어나 편안하게 그림만 그릴 수 있다는 생각에 해방감까지" 느꼈을 정도다. 간경변 초기 진단을 받고 나서도 그는 삶에 대한 본능적 의지와 함께 작업에 대한 열정을 되찾아 희열 속에서 그림 작업을 한다.

「수피」의 변우석이 미술에 대한 열정을 보여주었다면「선태의 변명」은 소설을 쓰기 위해 직장까지 그만둔 인물 선태를 다루고 있다. 대학을 졸업하고 컴퓨터 프로그래머로 일했던 그는 처음에는 웹소설을 쓰다가 이내 순수문학에 대한 갈증을 느끼게 된다. 십 년을 만났던 여자 친구 여정은 직장을 다니면서 소설 쓰는 것은 응원해 주었으나 본격적으로 소설을 쓰기 위해 직장을 그만둔다고 하자 어이없어한다. 안정된 직업을 가진 남자와 결혼하길 바랐던 여정은 결국 선태와 헤어지고 다른 남자를 만나 일 년 후에 결혼까지 한다. 선태는 생계를 위해 수학 과외를 하며 창작에 대한 열정을 불태우지만, 신춘문예 당선은 생각보다 쉽지 않은 상황이다. 그럼에도 불구하고 그는 "현실과 타협하지 않고 불확실한 미래에 청춘을 거는 일. 아무나 하지 못하는 일을 나는 하고 있다."고 생각하며 다시 한번 의지를 다진다.

두 작품은 예술을 갈망하는 주인공이 등장하며, 그들이 경제적 어려움을 겪고 사랑하는 사람과 헤어진다는 공통점이 있다. 또 하나의 뜻깊은 공통점은 그들에게 꽤나 든든한 조력자가 있다는 것이다.「수피」에는 변우석의 수강생 중 한 명인 천 선생이라는 인물이 등장하는데, 그는 우석이 미술학원을 차릴 때 도와주기도 했으며 우석의 아내를 찾아가 이혼을 말리기도 했고 "매주 점심을 같이하였고 전시장도 동행해 주었으며 간혹 저녁 술자리에도 불러주었다." 또 변우석의 그림을 구매해 주기도 하고, 그의 건강이 좋아 보이지 않는다며 친구가 의사로 있는 병원에 검사를 예약해 두기도 한다. 공범준 대표에게 사기를 당한 일로 충격받은 우석이 문화센터 수업을 결강하고 연락이 되지 않자, 집까지 찾아가 쓰러져 있는 우석을 발견하고 병원으로 옮긴 것도 천 선생이다. 「선태의 변명」에서 천 선생과 비슷한 역할을 하는 인물은 선태의 대학 단짝 윤호다. 윤호는 선태와의 만남에서 매번 술값을 내주고, 잘 쓸 수 있다고 용기를 북돋워 주며, 여행을 다녀오라고 선뜻 백만 원을 입금하기도 한다.

두 인물에게 주목하는 이유는 이들이 주인공들의 삶을 지속시키는 중요한 역할을 하기 때문이다. 천 선생은 변우석의 목숨을 구해주고, 윤호는 여행비를 지원해 줌으로써 선태의 창작열에 다시 불을 지피는 계기가 되어준다. 우리는 살면서 공범준 대표 같은 악인들을 만나 뜻밖의 불행을 겪기도 하지만, 천 선생이나 윤호 같은 사람들의 섬세한 애정에 계속 살아갈 힘을 얻기도 한다. 다음으로 살펴볼 두 소설은 이런 호의가 받는 사람뿐만 아니라 베푸는 사람에게도 유의미한 것일 수 있음을 보여준다.

4. 상처를 기반으로 형성되는 대안 가족

「회전 레일」과 「드림캐처」는 「수피」와 「선태의 변명」에서 발견되는 조력자의 존재와 역할을 보다 집중적으로 조명한 작품이라고 말할 수 있겠다. 「회전 레일」은 회전 초밥 식당을 배경으로 김 사장과 아르바이트생 민석, 주방장 최 실장의 갈등을 그린다. 아르바이트생 민석은 자폐 스펙트럼의 일종인 아스퍼거 또는 서번트 증후군이 의심되는 인물로, 식당에서 서빙 일을 한 지 일 년이 넘었지만, 여전히 미숙하며 다른 직원들과의 상호작용에도 어려움을 겪는다. 이런 민석을 가장 못 견뎌 하는 사람은 최 실장이다. 그는 민석이 부족한 만큼 자신이 업무적으로 더 신경 써야 하는 부분이 생긴다는 점, 이에 더해 민석이 그에게 고분고분하지도 않다는 점 때문에 큰 불만을 품은 상태다. 반면 김 사장은 어리숙한 민석을 감싸는데, 이런 태도에는 김 사장의 가정사가 깊이 연루되어 있다.

김 사장에게는 아스퍼거증후군에 걸린 아들이 있었다. 아들의 병을 받아들이기 어려웠던 아내는 아들에게 압력을 가했고, 이후 모종의 사건을 계기로 아들은 자살로 생을 마감했다. 그래서 김 사장은 민석을 처음 본 날부터 죽은 아들을 떠올렸으며 이후로도 피붙이를 대하는 끈적한 안타까움의 시선으로 민석을 바라본다. 그에게 민석은 아들의 모습이 투영된 존재인 것이다. 민석이 유독 힘들었던 날 김 사장에게 전화해 육두문자를 내뱉는 것을 묵묵히 견디거나, 식당 운영이 어려워져 "두 사람 인건비 정도의 금액이 적자를 보았"을 때도 민석이 아닌 다른 직원을 해고하는 것은 이 때문이다. 그는 누구보다 민석의 자립을 응원한다. 이 작품에서 김 사장은 자신의 상처를 기반으로 민석을 보듬고 있다. 병에 대한 인지적 이해뿐 아니라 민석의 진로에 대한 민석 부모님의 고민까지도 이해하는 모습은 그래서 가능하다. 이처럼 과거의 상처가 새로운 관계를 가능하게 하는 장면은 「드림캐처」에서도 발견할 수 있다.

「드림캐처」는 아무런 꿈도, 미래에 대한 일말의 기대도 없이 서로의 육체를 탐닉하는 것으로 생의 공허함을 달래는 해원과 현우 커플의 모습이 꽤나 씁쓸하게 읽히는 작품이다. 오늘날 젊은 세대의 팍팍한 삶을 그리는 이 작품에서 주인공 손해원은 온갖 방면의 어려움이 동시에 터지는 삶의 격랑을 맞이하게 된다. 남자친구 현우는 바람이 났고, 피아노학원 동업을 제안했던 친구 희진은 해원 몰래 학원을 매각해 도망갔고, 와중에 엄마가 교통사고로 돌아가셨다. 현실에서 벗어나기 위해 여행을 갔던 그녀는 허름한 바닷가 식당에서 술을 마시고 이내 바다로 걸어 들어간다. 그녀를 구한 것은 식당의 한쪽 구석에 앉아있던 노인이다. 노인은 바다에서 그녀를 건져내어 자신이 운영하는 민박집으로 데려가 꿀물을 타 먹인다. "왜 이렇게까지 챙겨주시는 거예요?"라는 해원의 물음에 노인의 답은 이렇다. "먼저 가뻔 딸년 생각혀서 그라제…" 「회전 레일」의 김 사장이 민석을 대할 때 그랬던 것처럼 「드림캐처」의 노인도 자기보다 먼저 죽은 딸을 떠올리며 해원을 돌보는 것이다.

우리는 이 글의 1, 2장에서 혈연 중심의 가족제도와 그 부작용을 함께 살펴보았다. 앞서 분석한 이남산의 작품들은 가족이 안락한 울타리가 아니라 때로는 주체의 평생을 억압하는 가시 돋친 굴레가 될 수 있음을 예증하고 있다. 이와 반대로 「회전 레일」과 「드림캐처」에서 발견되는, 자신의 아픔을 타인에 대한 돌봄으로 승화시키는 인물들의 모습은 우리에게 피가 아니라 '상처'를 나누는 새로운 형태의 대안 가족을 제안한다. 주목해야 할 점은 이때의 돌봄이 대상자(받는 사람)를 살릴 뿐만 아니라 행위자(주는 사람)까지도 함께 살린다는 것이다. 그들은 돌봄을 주고받으며 자신의 결핍과 상처를 치유해 나간다. 이남산의 소설 안에서 돌봄의 행위는 시혜적이지 않으며 쌍방으로 약효가 있다.

「회전 레일」에서 일련의 일들이 있은 후 김 사장은 크나큰 죄책감 속에서 결국 민석을 해고한다. 김 사장은 떠나는 민석의 뒷모습에서 또다시 아들을 발견하고 아들을 보냈던 것처럼 "민석이도 먼 곳으로 보내는 심정"이라며 고통스러워하지만, 김 사장의 선택을 마냥 비난하기는 어려워 보인다. 어쨌든 김 사장 덕에 민석은 식당에서 일 년 동안 아르바이트를 했던 귀중한 경험을 갖게 되었으니 말이다. 일 년간의 경험을 바탕으로 민석이 조금 더 편해진 모습을 보여줄 수 있을 거라고 기대하고 싶다.

「드림캐처」의 결말은 한층 더 선명한 희망의 미래를 노래한다.

노인의 민박집에서 「선태의 변명」의 선태를 만나 그의 꿈 이야기를 들은 해원은 스스로의 꿈에 대해서도 생각해 보게 된다. 노인과 작별하고 돌아온 해원은 '칸타빌레 피아노교습소'를 열어 다문화가정 자녀에게 무료로 피아노 교습을 하기로 한다. 이런 방식으로 해원은 노인에게 받은 돌봄을 타자에게 돌려주고자 한다. 게다가 「선태의 변명」과 「드림캐처」가 연결되면서 독자들은 윤호의 선의가 선태의 지속적 창작을 돕고, 선태의 말 한마디가 해원을 꿈꾸게 만드는 돌봄의 선순환을 확인하게 된다. 그리고 이 순환과 함께 선태는 도움을 받는 사람에서 어느새 타인에게 관심을 가질 수 있는 사람이 되어있다는 점 또한 눈여겨볼 만하다.

5. 느슨한 돌봄의 공동체

이들의 관계를 '느슨한 돌봄의 공동체'라고 지칭할 수 있겠다. 이들 관계 안에서 돌봄은 과중한 책무로 다가오지 않으며, 수혜자와 시혜자 모두에게 나름의 의의를 갖는다. 말하자면 이남산의 소설은 느슨한 돌봄의 가능성을 타진하고 있는 것이다. 이번 소설집의 문을 여는 작품 「해방고시원」 역시 이런 관점이 도드라지는 작품이다. 「해방고시원」은 거듭되는 삶의 실패 이후 자기만의 세계로 유폐되길 선택했던 화자가 다시 세상으로 나오는 과정을 담아낸다.

　소설의 화자는 40대의 비혼 여성으로 해방고시원에서 혼자 산다. 그녀는 어릴 적 엄마에게 버림받은 상처와 남동생의 갑작스러운 죽음으로 인한 충격에 세 번의 사업 실패가 겹치면서 세상과 단절하고 혼자 살기를 선택한다. 그래도 늪에서 빠져나오려는 노력을 멈춘 것은 아니다. 최근에는 고시원에 사는 자신의 일상을 유튜브에 올리고 있다. 이런 '나'를 돕는 것은 몇 해 전 해방고시원에서 아르바이트생으로 일했던 '승우'다. 남동생을 떠올리게 했던 첫인상 그대로 승우는 나를 누나라고 부르며 용기를 북돋워 주고 응원을 아끼지 않는다. 유튜브를 시작한 것도 승우의 제안을 수용한 결과다.

　소설은 아버지의 죽음을 계기로 변화하는 '나'를 묘사한다. 아버지의 죽음을 애도하며 올린 영상이 '떡상'하게 되자 화자는 엄청난 댓글을 받게 된다. 위로와 응원, 따끔한 힐책까지도 애정으로 받아들인 화자는 자신의 삶을 축복으로 이해하는 데까지 나아간다. "구독자들의 시선은 나를 객관화시킬 수 있었다. 그들과 글로 마음을 나누다 보니 두려움은 작아지고 자신감이 조금씩 커졌다." 댓글의 순기능을 힘껏 조명하는 장면을 통해 「해방고시원」은 한마디의 말이 누군가를 살리는 힘일 수도 있음을 명시한다. 먹을 수도, 입을 수도 없는 한 문장의 위로에 힘입어 화자는 다시 세상으로 나가고자 하는 것이다.

한편 고시원의 원장도 화자에게 지속적인 도움을 주는 인물인데, 사실 '나'는 그의 호의를 이성적 관심으로 오해하고 불쾌해했었다. 그러다가 원장이 부인과 자식을 사고로 잃었으며, 그래서 누나에게 호의를 베푼 것인지도 모르겠다는 승우의 말을 듣고는 오해를 풀고 마음을 고쳐먹는다. 원장은 「회전 레일」의 김 사장과 「드림캐처」의 노인에 비견되는 인물이었던 것이다. 자신의 회복 불가능한 상처를 타인에 대한 돌봄으로 변용시킬 수 있는 사람 말이다. 그래서 「해방고시원」은 원장이 오래전부터 권했던 고시원 총무직을 맡아보겠다고 결심하는 화자의 모습으로 마무리된다.

말하자면 이남산의 소설에는 온통 이런 사람들 투성이다. 가족이 아님에도 여기저기서 등장해 대가 없는 호의를 베푸는 사람들, 아픈 과거를 다정한 돌봄으로 변주해 낼 수 있는 사람들. 그리고 넓고도 느슨한 돌봄으로 인해 인생의 새 도화지를 꺼낼 수 있게 되는 사람들. 외로움과 결핍에 시달리던 인물들이 작은 호의에 기대어 삶을 지속하기 때문에 이남산의 소설은 미덥다. 소설 속 인물들처럼 우리 자신도 그럴 수 있을 것만 같다. 이 작은 안도감이 이남산의 소설이 독자들에게 수행하는 느슨한 돌봄일 것이다. 못나고 연약한 우리를 쓰다듬는 언어의 따뜻한 손 말이다. 거친 나무 표면을 담아내는 이민경의 그림이 이상하게도 따스한 이유를 나는 이렇게 발견할 수 있었다. 언제고 그의 수피(樹皮) 그림에는 온기가 묻어있을 테다.

| 수록 작품 발표 지면 |

해방고시원   《문장웹진》 2024년 8월
나부의 춤   《한국소설》 2019년 9월호
수피(樹皮)   《한국소설》 2018년 11월호
불 꺼진 창   《2020년 신예작가》 2019년 12월
선태의 변명   《한국소설》 2022년 7월호
드림캐처   《한국문학인》 2022년 여름호(칸타빌레 피아노)
일그러진 초상   《문학저널》 2022년 봄호
회전 레일   《시선》 2020년 가을호

나부의 춤

이남산 지음

발행처	도서출판 청어
발행인	이영철
영업	이동호
홍보	천성래
기획	육재섭
편집	이설빈
디자인	이수빈 ｜ 김영은
제작이사	공병한
인쇄	두리터

등록 1999년 5월 3일
　　　(제321-3210000251001999000063호)

1판 1쇄 발행 2025년 3월 14일

주소 서울특별시 서초구 남부순환로 364길 8-15 동일빌딩 2층
대표전화 02-586-0477
팩시밀리 0303-0942-0478
홈페이지 www.chungeobook.com
E-mail ppi20@hanmail.net

ISBN 979-11-6855-318-7(03810)